KB046925

테레즈
라캥

테레즈 라캥

Thérèse Raquin **Émile Zola**

에밀 졸라 장편소설 | **박이문** 옮김

문학동네

자신을 적극 지지하는 글을 쓴 것에 감사하는 뜻으로 1868년
마네가 그린 28세의 청년 졸라의 초상화.
캔버스에 유채, 146×114cm.

주인공 테레즈와 로랑의 결혼 첫날밤을 묘사한 드가의 작품. '실내(The Interior)' 혹은 '강간(The Rape)' 으로 불린다. 캔버스에 유채, 81×116cm, 1868~1869년경.

Thérèse Raquin

Emile Zola

차례

일러두기

- 『테레즈 라캥』의 초판은 1867년에 출간되었다.
- 에밀 졸라는 1868년 제2판에 자신의 서문을 달아 자연주의 소설관의 기초를 확립한다.

서문

순진하게도 나는 이 소설에 서문이 필요치 않을 것이라 생각했다. 나는 내 생각을 소리 높여 말하고, 글을 쓸 때 미미한 세부에도 근거를 마련해두는 습관이 있으므로, 굳이 미리 설명하지 않아도 이해받을 수 있으리라 기대했던 것이다. 그러나 그 생각이 틀렸던 것 같다.

비평가들은 이 책을 거칠고 분개한 어조로 받아들였다.

몇몇 고결한 사람들은, 역시 고결한 이 기록 속에서 핀셋으로 집어 불 속에 던져버리고 싶을 정도로 자신들의 기호에 맞지 않는 부분들을 발견했다. 매일 저녁 살롱에 제공되는 문예지들은 추잡하고 악취가 난다며 코를 틀어쥐었다. 그러나 나는 이러한 대접에 불평하지 않았다. 오히려 나는 나와 같은 일에 종사하는 동업자들이 젊은 처녀처럼 이 소설을 예민하게 받아들이는 것을 보고 흥미를 느꼈다. 내 작품이 내 소관임이 명백하듯, 사람들이 그녀가 혐오감을 준다고 생각할 수 있음도 명백하다. 나는 그것에 항의할 권리가 없다. 내가 불평하는 것은, 『테레즈 라캥』을 읽으면서 얼굴을 붉히는, 내가 보기에 이 소설을 제대로 이해한 것 같지 않은, 점잖은 저널리스트들 때문이 아니다. 만약 그들이 이 소설을 제대로 이해했다면, 얼굴이 더욱 붉어졌어야 하리라. 아무튼 적어도 나는 그들이 내 작품을 당연히도 역겨워하는 모습을 바라보며 내밀한 만족의 시간을 가질 것이다. 성실한 문필가들이, 자신들이 무엇을 외치는지도 모르는 채 타락에 항의한답시고 외쳐대는 것을 듣는 것만큼 화나는 일은 없다.

그러므로 내가 나서서 나의 판단자들에게 내 작품을 소개해야만 하겠다. 나는 몇 줄로 그렇게 할 것이다. 모든 것이 오해될지도 모를 미래를 피하기 위하여.

『테레즈 라캥』에서, 나는 사람의 성격이 아니라 기질을 연구하기를 원했다. 이 책 전체는 바로 그것을 담고 있다. 나는 자유의지를 박탈당하고 육체의 필연에 의해 자신의 행위를 이끌어가는, 신경과 피에 극단적으로 지배받는 인물들을 선택했다. 테레즈와 로랑은 인간이라는 동물들이다. 그 이상은 아무것도 없다. 나는 이들의 동물성 속에서 열정의 어렴풋한 작용을, 본능의 충동을, 신경질적인 위기에 뒤따르는 돌발적인 두뇌의 혼란을 조금씩 좇아가려고 노력했다. 나의 두 주인공들에게 있어 사랑은 필요의 만족이다. 살인은 그들이 저지른 간통의 결과이며, 그들은 마치 늑대가 양을 학살하듯 살인을 한다. 내가 그들의 회한을 촉구해야 했던 부분은, 단순한 생체조직 내의 무질서, 파괴를 지향하는 신경체계의 반란이었던 것이다. 그들에게 영혼은 완벽하게 부재한다. 나는 그것을 시인한다.

바라건대 나의 목적이 무엇보다도 과학적인 것이었음을 이해해주기 바란다. 내 두 주인공인 테레즈와 로랑이 창조되었을 때, 나는 내가 갖고 있던 문제들을 해결한 듯해서 기뻤다. 나는 상이한 두 기질 사이에서 발생할 수 있는 기이한 연합을 설명하고자 시도했던 것이다. 나는 신경질적인 기질에 접한 다혈질적 기질의 깊은 혼란을 보여주었다. 이 소설을 주의 깊게 읽어보면, 각 장(章)이 기묘한 생리학적 경우에 대한 연구임을 알게 될 것이다. 한마디로 말해서, 나는 다음과 같은 단 하나의 욕망을 갖고 있었다. 강한 남자 한 명과 채워지지 않는 욕망으로 인해 욕구불만 상태인 여자 한 명을 설정한다. 그들 속에서 어리석음을 찾는다. 단지 어리석음만을. 그런 다음 그들을 난폭한 드라마 속으로 내던지고 그 두 존재들의 느낌과 행동들을 면밀히 기록한다. 나는 해부학자가 시체에 대하여 행하는 것과 같은 분석적인 작업을 살아 있는 두 육체에 대하여 행한 것뿐이다.

오직 진실 추구의 근엄한 즐거움이 목적이었던 그 작업으로부터 빠져나왔을 때, 특이한 목적을 갖고 음란한 그림을 그렸다고 사람들에게 비난받는 것은 가혹한 일이 아닌가. 나는 욕망이 스쳐가는 일 없이 모델의 나체를 복제하는, 비평가가 그들 작품 속에 그려진 육체가 너무 생생하다는 이유로 추문을 선언했을 때 깜짝 놀라는 화가들의 경우가 나의 경우와 흡사하다고 생각한다. 나는 『테레즈 라캥』을 쓰면서 세상을 잊었다. 나는 인간 메커니즘의 분석에 나 자신을 온통 투신하면서 삶의 정확하고 미세한 복제 속에서 나 자신을 잃었다. 여러분에게 확언하건대, 내가 보기에 테레즈와 로랑의 잔인한 사랑 속에 부도덕한 점이나 잘못된 열정으로 내몰릴 만한 소지는 전혀 없어 보인다. 인간성의 본보기라는 것은 사라졌다. 화가가 벌거벗은 채 엎드린 여자 모델을 앞에 두었을 때, 어느 순간 여자는 눈앞에서 사라지고, 화가는 오로지 그 여자를 자기 캔버스 위에 진실한 형태와 색조로 구현해내려는 생각만 하듯이. 내 작품이 진흙과 피, 하수, 쓰레기 구덩이라고 취급받았을 때 나의 놀라움은 엄청난 것이었다. 그렇지 않았겠는가? 나는 비평가들의 깜찍한 유희에 대해 잘 안다. 나 자신이 그런 놀이를 하기도 했었다. 하지만 고백건대, 그러한 모든 공격은 나를 당황스럽게 했다. 세상에! 내 작품을 공격하기 위한 목적 없이 내 작품을 설명하려 하는 동업자가 단 한 명도 없었다. 나는 "『테레즈 라캥』의 저자는 포르노그래피를 펼쳐놓고 스스로 만족해하는 불쌍한 히스테리 환자다"라고 외치는 여러 목소리들 가운데서, "아! 그렇지 않아요. 그 작가는 단지 분석가일 뿐이오. 그는 인간의 더러움 속에서 스스로를 잊어요. 의사가 계단강의실에서 강의하면서 스스로를 잊듯 그는 작품 속에서 잊혀지지요"라고 말하는 목소리를 헛되이 기다렸다.

내가 미묘한 의미에서 혐오감을 불러일으키는 한 작품을 위해 언론의 동정을 요구한 적이 없다는 점에 유의하기 바란다. 나는 결코 그런 야망을 가진 적이 없다. 단지 내 동료들이 나를 일종의 문학의 하수도 청소부로 만들어놓은 것에 놀랐을 뿐이다. 한 소설가의 의도를 알고 싶다면 그들은 내 작품의 열 페이지를 다시 읽고 인지해야 할 것이다. 나는 앞으로 현재의 내 모습을 잘 보아달라고, 그리고 현재의 내 모습에 대해 토론을 해달라고 비천하게 그들에게 애원할 것이다.

진흙 한 주먹을 그러모아 도덕의 이름으로 내 면전에 던지지 않고 『테레즈 라캥』을 이해하는 것, 관찰과 분석의 장에 그것을 놓아두는 것, 나에게 나의 진정한 실수를 보여주는 것은 사실 쉬운 일이었다. 그것은 약간의 지성, 그리고 진정한 비평에 존재하는 몇몇 총체적인 개념들을 요구했다. 부도덕하다는 비난은, 학문 분야에서는, 절대적으로 아무것도 증명하지 못한다. 나는 내 소설이 부도덕한지 어떤지 잘 모르겠다. 다만 많든 적든 내가 그것을 정숙한 것으로 만들려고 고심한 적이 결코 없었다는 것을 고백한다. 마찬가지로, 도덕적인 사람들이 그 책 속에서 발견하는 추잡함을 일부러 갖다넣을 생각도 하지 않았다. 각각의 장면들을 집필할 때에도, 다소 흥분을 불러일으키는 장면에서도 다만 학자의 호기심을 갖고 임했을 뿐이다. 나는 내 판단자들이 이 책 속에서 실제로 난잡한 장면들을 단 한 페이지도 발견할 수 없으리라고 장담한다. 독자들 또한 1만 부를 찍었으며, 처음에는 이 책의 진실성에 대해 구토 반응을 보였던 신문들이 이제는 뜨겁게 추천하고 있는 이 작은 분홍빛 책들을 가지고 규방과 무대 뒤에서 무분별한 언행을 하지는 않으리라고 믿는다.

모욕이 있었고, 많은 어리석은 언행들이 있었다. 오늘날까지 내가 내 책에 대해 읽은 것들이 모두 그랬다. 나는 비평가들의 태도에 대해 내 입장에서는 어떤 생각이 드는지 넌지시 묻는 친구에게 대답하듯이 이 자리에서 평온하게 말하는 바이다. 나에 대해 별로 호의가 없는 듯한, 위대한 재능을 가진 한 문필가는 나에게 다음과 같은 심오한 말을 해주었다. "당신은 커다란 실수를 했소. 그 실수는 당신 앞의 모든 문을 닫아버릴 거요. 당신은 그가 바보라는 것을 이해시키지 못한 채로는 잠시 동안도 바보와 이야기를 나눌 수 없소." 그럴지도 모른다. 우둔하게도 비평가들을 비난한 것은 나의 과오였음을 느낀다. 하지만 나는 그들이 제한된 지평을 갖고, 어떤 방법적 정신도 없이 눈이 먼 상태에서 내린 판단 때문에 내가 경멸을 받았음을 증명하지 않을 수 없다. 여러분도 잘 알다시피, 나는 지금 현재의 평단에 대하여, 어리석은 바보의 문학적 편견을 갖고 판단하는 그들에 대하여 이야기하는 것이다. 그들은 인간적인 작품을 이해하기 위해 요구되는 폭넓은 관점을 취하지 못한다. 그런 졸렬한 행태를 이전에는 결코 본 적이 없다. 『테레즈 라캥』의 경우를 겨냥하여 군소 비평가들이 행한 몇 번의 주먹질은 언제나 그렇듯이 공허 속으로 사라졌다. 그들은 근본적으로 펀치를 잘못 날린 것이다. 그들은 얼굴을 희게 칠한 여배우의 가벼운 도약에 박수를 보내면서, 생리학적 연구의 부도덕함에 고함을 지르면서, 아무것도 이해하지 못하면서, 아무것도 이해하기를 원치 않으면서, 공포에 사로잡힌 자신들의 어리석음이 펀치를 날리라고 말하기만 하면 언제든 펀치를 날린다. 죄도 짓지 않았는데 두들겨맞는 것은 화나는 일이다. 때때로 나는 내가 외설스러운 작품을 쓰지 않은 것을 후회한다. 나 자신은 이유도 모르는데 마치 재난처럼 내 머리 위로 쏟아지는 이 주먹질 속에서, 들어서 합당한 폭언을 들으면 차라리 행복할 것 같기 때문이다.

우리 시대에는 한 권의 책을 읽고, 이해하고, 판단할 줄 아는 사람이 거의 존재하지 않는다. 그런 사람들이라면 내 의도를 파악하기 전에는, 내 노력의 결과를 제대로 평가하기 전에는 입을 열지 않을 것이다. 그들이라면 도덕성과 문학적 정숙함에 관한 공허한 발언을 하지 않으려고 조심할 것이다. 그들이라면 유일한 어리석음은 문학의 위엄을 훼손하는 일임을 알고 다만 양심적인 작품만을 요구하면서 예술에 있어서의 자유와 선하게 보이는 주제를 선택할 작가의 권리를 인정할 것이다. 내가 『테레즈 라캥』 속에서 행한 과학적 분석은 분명 그들을 놀라게 하지는 않았을 것이다. 그들은 거기서 현대적인 방법을, 금세기가 미래를 향한 통로를 내기 위해 그토록 열심히 사용하는 보편적인 조사의 도구를 발견했을 것이다. 그들이 내릴 결론이 어떠한 것이든 간에, 그들은 나의 출발점을, 기질 연구와 계층 · 환경의 압력하에서의 유기체의 심오한 변화를 받아들일 것이다. 나는 진정한 심판관들을, 경박함이나 위장된 수치심이 없으며, 살아 벌거벗은 해부체 앞에서 의기소침한 모습을 보여야 한다고 믿지 않고 오로지 성실하게 진실만을 추구하는 사람들을 마주하고 있는 나 자신을 발견할 것이다. 성실한 연구는, 마치 불이 그러하듯 모든 것을 정화시킨다. 확실히, 지금 내가 꿈꾸는 재판관들 앞에서, 내 작품은 무척 보잘것없어 보일 것이다. 나는 비평가들이 모든 엄격함을 동원하여 그것을 평가하기를 기원할 것이다. 나는 내 작품이 시커멓게 수정된 채로 그들 손에서 나오기를 바란다. 하지만 적어도 나는 내가 하지 않은 것에 대해서가 아니라 내가 시도했던 것에 대해 비평을 받는 심오한 기쁨을 누릴 것이다.

이제부터 나는 위대한 비평가들의, 과학, 역사, 문학을 쇄신시킨 방법론적이고 자연주의자인 비평가들의 다음과 같은 문장을 보게 될 것 같다. "『테레즈 라캥』은 지나치게 예외적인 경우에 대한 연구이다. 삶의 드라마는 좀더 유연하며, 공포와 광기에 덜 지배받는다. 그와 같은 경우는 작품의 2차적 장으로 되던져진다. 그런 경우들을 관찰함에 있어 아무것도 잃지 않으려는 욕망은 저자를 각각의 세부 쪽으로 밀어붙인다. 그것은 더욱 큰 긴장과 격렬함을 함께 유발한다. 다른 한편으로, 문체는 분석하는 소설이 요구하는 단순함을 갖지 않는다. 요컨대, 오늘날 문필가가 좋은 소설을 쓰려면, 그는 좀더 넓은 시각을 가진 사회에서 살아야 하고, 그 사회를 여러 가지 다양한 국면 아래 다듬어야 하고, 특히 명료하고 자연스러운 언어를 사용해야 하는 것이다."

나는 순진하고 잘못된 신념으로 나를 화나게 하는 공격자들에게 스무 줄 정도로 답변하고 싶었다. 그런데 손에 펜을 너무 오랫동안 쥐고 있을 때면 언제나 일어나는 일이지만, 내가 나 자신과 수다를 떨기 시작하고 있음을 알아챘다. 그리고 독자들이 좋아하지 않으리라는 것을 깨닫고 그것을 멈추었다. 만약 내가 선언문을 쓰려는 의지와 시간적 여유를 갖고 있었다면, 아마도 나는 '타락한 문학'이라고 명명된 『테레즈 라캥』에 대해 이야기하면서 저널리스트가 하듯 변호를 하려고 시도했을 것이다. 그러나 그게 무슨 소용이 있겠는가? 영광스럽게도 내가 속해 있는 자연주의자 문필가 그룹은 스스로에 대한 옹호를 담고 있는 강력한 작품들을 생산하기 위한 충분한 용기와 행동력을 보여주었다. 한 소설가가 서문을 쓰도록 강권하려면 모든 사람들이 몇몇 비평가들의 무분별한 행태를 편들어야 한다. 명확함에 대한 사랑에 의하여, 나는 그러한 작품 한 편을 쓰는 실수를 저질렀다. 명확하게 보기 위하여 대낮에 램프를 밝힐 필요를 느끼지 않았던 지식인들의 사과를 요구하는 바이다.

에밀 졸라

1

센 강 둑에서 오자면 게네고 가(街)의 끝에 이르러 퐁네프 파사주에 닿게 된다. 마자린 가에서 센 가로 통하는 이 좁고 침침한 회랑은 길이가 삼십 야드, 폭이 이 야드에 불과하다. 바닥을 덮고 있는 갈라진 노란색 포석들은 언제나 심한 습기를 내뿜고 있다. 통로를 수직으로 내려다보는 유리 천장에는 검은 때가 끼어 있다.

후텁지근한 한여름 날 태양이 거리를 태울 때면 때가 낀 유리창을 통과한 흐린 빛이 통로 위를 초라하게 어른거리고, 안개 자욱한 겨울 아침이면 유리창은 때묻고 더러운 어둠만을 눅눅한 포석 위에 던진다.

회랑 왼편에는 침침하고 낮고 다 쪼그라진 가게들이 올망졸

망 모여 있다. 지하의 서늘한 공기가 새어 나오는 그곳에는 헌책방, 장난감 가게, 지물상들이 있다. 그들이 늘어놓은 진열품들은 뿌연 먼지를 품고 그늘 속에서 멍청히 잠들어 있다. 작은 창 유리들이 반사하는 야릇한 초록빛은 상품들 위에 어른거린다. 그 너머, 진열장 뒤 아주 어두운 상점들은 음침한 구멍들 같다. 그 속에서 이상야릇한 형태의 것들이 움직이고 있다.

통로 오른편을 따라서 벽이 있고, 맞은편 상점 주인들은 그 벽에다 좁은 장들을 놓아두었다. 흉하게 갈색 칠이 된 장농 선반 위에는 무언지 모를 상품들이 이십 년 동안 잊혀진 채 널려 있다. 인조 보석을 파는 여자는 그중 하나에 자신의 물건들을 진열해놓았다. 그녀가 팔고 있는 싸구려 반지들은 푸른 우단이 깔린 나무 상자 속에 묘하게 자리잡고 있다.

유리 천장 너머로 보이는 벽은 검은색인데다가 초벽을 대충 해놓아서, 마치 나환자의 상처투성이 피부처럼 보인다.

퐁네프 회랑은 산책을 할 만한 장소는 아니다. 몇 분 빨리 가느라고 그 길을 지날 뿐이다. 곧장 빨리만 가려고 애쓰는 바쁜 사람들, 작업용 앞치마를 두른 견습공들, 제품을 나르는 여직공들, 짐짝을 둘러메고 가는 남자나 여자들이 무리지어 가는 모습을 볼 수 있다. 유리 천장을 통과해서 떨어지는 흐린 황혼 속을 느릿느릿 걸어가는 노인들, 학교가 파한 후 포석 위로 구두 소리를 내며 뛰어다니는 꼬마들도 볼 수 있다. 하루 종일 들리는 것이라곤 급한 발걸음이 내는 건조한 잡음뿐이다. 그것들은 신경을 거스를 정도로 불규칙하게 포석 위를 딱딱거린다. 말을 하는 사람도 없고, 길에 머무는 사람도 없다. 다들 고개를 숙인 채, 상점은 거들떠보지도 않고 급히 제 일을 보러 가느라 정신이 없다. 상인들은 기적적으로 그들의 진열장 앞에 멈춰 선 행인들을 불안한 눈으로 쳐다본다.

저녁이면 세 개의 가스등이 둔중한 시각의 유리 속에 갇힌 화구(火口)들로 이 통로를 밝힌다. 유리 천창에 매달린 가스등의 희미한 갈색 빛은 조용히 흔들리며 유리에 반사되었다 사라진다. 포석 위의 커다란 그림자들, 가로 쪽에서 불어오는 습기를 머금은 바람이 이 통로에 불길한 모습을 더해주고 있다. 마치 세 개의 초상집 등불을 켜놓은 침침한 지하 주랑(柱廊) 같기도 하다. 상인들은 가스등이 그들의 유리창에 보내주는 희미한 빛에 만족하는 모양이다. 그들은 상점 안에 등피를 씌운 램프를 켤 뿐이다. 램프는 상점의 카운터 구석에 놓여 있다. 그때가 되어서야 행인들은 오후 내내 어두운 상점 구석에 묻혀 있던 것들을 가려낼 수 있다. 한 지물상의 유리창을 통과한 빛이 어둑한 진열대 위로 어른거린다. 혈암유로 빛을 밝힌 두 개의 램프가 두 개의 노란 불빛으로 어둠을 꿰뚫는 것이다. 맞은편에서는 캥케 식 양

등(洋燈) 등피 안에 놓인 촛불이 인조 보석 상자 속에 별빛 같은 빛을 던진다. 여자 상인은 장 안에 앉아 숄 속에 두 손을 파묻고 잠들어 있다.

몇 해 전에는 이 여자의 맞은편에 상점이 하나 있었다. 그 상점의 초록빛 판자들은 사방 틈바구니에서 습기를 풍겼고, 좁고 기다란 나무 간판에는 '잡화상'이라는 검은색 글자가 씌어 있었다. 그리고 출입문 창 유리에는 붉은색으로 '테레즈 라캥'이라는 여자 이름이 적혀 있고, 상점 좌우로는 푸른 종이를 씌운 깊숙한 진열장이 박혀 있었다.

낮에는 어둠침침해서 진열장밖에 보이지 않았다.

한쪽 진열장에는 얼마 되지 않는 리넨 제품들이 있었다. 한 개에 이삼 프랑 하는 주름잡힌 면사 보닛(bonnet. 머리 위에서 뒷머리에 걸쳐 깊이 쓰고 끈으로 턱에 매는 여성 또는 어린이용 모자—옮긴이), 모슬린 커프스와 칼라, 편물, 양말, 신, 멜빵 등이었다. 물건들은 하나같이 누렇게 색이 바래고 해진 채로 철사줄에 처량하게 매달려 있었다. 위에서 아래까지, 그 진열장에는 투명한 어둠 속에 서글퍼 보이는 흰 누더기들이 빼곡하게 채워져 있었다. 좀더 산뜻한 빛깔의 새 보닛들은 진열대에 깔린 푸른 종이 위에 놓여 눈에 띄었고, 알록달록한 양말들은 모슬린의 창백하고 흐릿한 색 가운데에서 침울한 색조를 띠고 막대기에 나란히 걸려 있었다.

다른 한쪽, 보다 좁은 진열장 속에는 커다란 초록빛 털실뭉치와 흰 종이 위에 꿰맨 검은 단추들이 진열되어 있었다. 갖가지 빛깔과 다양한 크기의 상자, 푸르스름한 종이상자 속의 진주 고리가 달린 헤어네트와 뜨개바늘, 편물 모형, 리본 틀 같은 퇴색해서 광채 잃은 물건들이 쌓여 있었다. 그 자리에서 오륙 년 전부터 잠자고 있는 것들이 틀림없었다. 물건들은 먼지와 습기로 썩어가고 있는 진열장 속에서 모두 빛깔 잃은 남루한 회색으로 변질되어 있었다.

여름날 정오쯤 태양이 광장과 거리를 담황색으로 불태울 때면, 또 하나의 진열장 속에 있는 보닛 너머로 심각한 표정을 한 젊은 여인의 창백한 옆모습을 볼 수 있었다. 살집 없는 좁은 이마 아래 길고 좁고 뾰족한 코, 선이 뚜렷한 불그스름한 입술, 히스테릭한 느낌을 주는 짧은 턱, 그리고 그 아래 부드럽고 기름진 목선. 그 모습은 상점을 지배하고 있는 어둠 속에 흐릿하게 떠 있었다. 그녀의 몸은 그늘 속에 묻혀 볼 수 없었다. 그리고 마치 다른 쪽 얼굴은 숱 많은 검은 머리카락에 가려 보이지 않는 듯이, 광택 없이 희붐하게 드러나 있는 그 옆얼굴에 검은 눈 하나가 크게 열려 있었다. 그 얼굴은 두 보닛 사이에서 몇 시간 동안 움직이지 않았다. 보닛 위에는 습기 찬 막대기가 남긴 얼룩이 있었다.

저녁에 램프의 불이 켜지면, 상점 안이 들여다보인다. 상점은 깊숙하다기보다는 길쭉했다. 그 한쪽 끝에 작은 카운터가 있었고, 다른 쪽으로는 나선형 계단이 이층의 방들로 통한다. 벽을 따라 진열장과 옷장과 초록색 종이상자가 일렬로 놓여 있었다. 실내에는 의자 네 개와 테이블 하나가 놓여 있었고, 구석구석엔 포장된 채 쌓여 있는 상품들이 야단스러운 빛깔을 내고들 있었지만, 상점은 헐벗고 추워 보였다.

대체로 카운터 뒤에는 두 여인이 앉아 있었다. 엄숙한 표정의 젊은 여인과 미소를 머금은 채 졸고 있는 늙은 부인이었다. 예순 살쯤 되어 보이는 늙은 부인의 기름지고 태평한 얼굴은 램프 빛 아래에서 희게 비쳤다. 호랑이처럼 줄무늬가 진 큰 고양이 한 마리가 카운터 모서리에 쪼그리고 앉아 잠자는 부인을 바라보고 있었다.

조금 아래쪽에는 서른 살쯤 되어 보이는 남자가 의자에 앉아 있다. 그는 책을 읽기도 하고, 젊은 여인과 낮은 목소리로 이야기를 나누기도 한다. 남자는 키가 작고 허약하고 기운이 없어 보였다. 엷은 갈색 머리카락에 수염은 듬성하고, 얼굴은 온통 붉은 반점으로 덮여 있어서 병들어 골골하는 어린애의 몰골이었다.

열시 전에 잠깐, 늙은 부인은 잠에서 깨어난다. 그리고 상점을 닫은 다음 가족 전부가 이층에 올라가 자리에 눕는다. 호랑이 줄

무늬 고양이는 가르릉 소리와 함께 난간의 나무 하나하나에 머리를 비비며 주인들을 따라간다.

이층에는 방이 셋 있었다. 계단은 객실로도 쓰이는 식당으로 통한다. 왼쪽에는 도기로 만든 난로가 철망이 씌워진 채 놓여 있고, 정면에 찬장이 있다. 의자들은 벽에 나란히 놓여 있고, 아무것도 덮지 않은 둥근 식탁이 방 한복판을 차지했다. 유리 칸막이 너머 안쪽에는 어둑신한 부엌이 있고, 식당 양편으로 침실이 하나씩 있다.

늙은 부인은 아들과 며느리에게 키스를 하고 자기 침실로 들어갔다. 고양이는 부엌 의자 위에 웅크리고 잠을 청하고 있다. 부부는 그들의 침실로 들어갔다. 이 방에는 다른 계단으로 통하는 문이 하나 더 있었는데, 그 계단을 내려가 어둡고 좁은 통로를 지나면 파사주가 나왔다.

늘 열이 나서 떨고 있는 남편은 침대로 들어갔다. 그러는 동안 젊은 아내는 덧문을 닫으려고 창문을 열었다. 그녀는 회랑 너머로 쭉 뻗어 올라간, 거칠게 초벽을 바른 검고 큰 벽담을 바라보며 그 자리에 몇 분 동안 머물러 있었다. 그러고는 그 벽담에 던지던 막연한 시선을 거두고는 차갑고 무연한 태도로 말없이 잠자리로 들어갔다.

2

라캥 부인은 베르농의 오래된 잡화상이었다. 거의 이십오 년 동안 그녀는 베르농의 작은 상점에서 살아왔다. 남편이 죽고 몇 해가 지난 뒤, 장사에 싫증이 난 그녀는 자신의 밑천을 모두 팔아치웠다. 물건을 처분한 것과 모아둔 걸 합하니, 손에 쥔 돈이 사만 프랑이었다. 그녀는 그 돈을 투자해서 일 년에 이천 프랑을 벌 수 있었다. 이만한 액수면 그녀에겐 충분했다. 그녀는 세상의 아기자기한 기쁨도 심각한 걱정도 잊은 채 노후생활을 꾸려가고 있었다. 평화롭고 조용한 행복을 맛보는 생활을 누리게 되었던 것이다.

그녀는 사백 프랑으로 작은 셋집을 얻었다. 그 집 정원은 센 강의 기슭까지 잇닿아 있었다. 은근히 수도원 분위기를 풍기는 벽으로 둘러싸인 고즈넉한 집이었다. 좁은 오솔길이 넓은 초원 한복판에 자리잡은 이 늙은 부인의 집으로 통하고 있었다. 집의 창문들은 건너편 기슭의 나무 없는 언덕과 강 쪽으로 나 있었다. 오십이 넘은 부인은 고독 속에 파묻힌 채 그곳에서 아들 카미유와 조카딸 테레즈 사이에 끼어 조용한 즐거움을 맛보았다.

카미유는 그때 스무 살이었다. 그의 어머니는 아직도 그를 어린애처럼 애지중지했다. 젊은 시절 오랫동안 갖은 고통을 겪으면서 죽음에서 건져낸 아들이었기 때문이다. 카미유는 번번이 상상할 수 있는 모든 병을 앓았다. 라캥 부인은 자식을 빼앗아가려고 계속해서 닥쳐오는 그 무서운 병마와 십오 년 동안의 투쟁을 견뎌내며, 인내와 수고와 사랑으로 아들을 살려냈다.

카미유는 죽음에서 살아났지만, 반복해서 닥쳐오는 열병에 떨어야 했다. 병으로 인해 끊임없이 고통을 받아 제대로 성장하지 못한 카미유는 키가 작고 허약했으며, 가느다란 사지는 힘이 없어 움직임이 둔했다. 라캥 부인은 아들을 속박하는 그 나약함 때문에 더욱 아들에게 사랑을 쏟았다. 창백하고 허약한 아들의 모습을 바라보는 그녀의 눈에는, 병을 이겨낸 애정과 자기 때문에 아들이 열 배 이상은 오래 살 수 있게 되었다는 생각이 담겨 있었다.

어쩌다가 몸이 성할 때면 소년은 베르농 상업학교에서 알파

벳과 산술을 배웠다. 얼마 뒤에는 글쓰기와 부기(簿記) 공부를 했다. 하지만 그의 지식은 구구셈과 극히 초보적인 문법 정도였다. 라캥 부인은 아들을 기숙학교에 보내라는 권고를 받았을 때 두려움에 떨었다. 아들이 자기와 멀리 떨어지게 되면, 틀림없이 죽을 거라고 생각했던 것이다. 그녀는 아들이 공부를 계속하다가는 죽고 말 거라고 말했다. 결국 카미유는 더이상 교육을 받지 못했고, 그것이 그를 더 나약하게 만들었다.

열여덟 살이 되었을 때, 카미유는 포목상에 서기로 들어가서 육십 프랑의 월급을 받았다. 할 일도 없이 빈둥대는 시간과 늘 감싸고도는 어머니의 한없는 간섭이 참기 힘들어서였다.

성격이 조급해서 한가한 시간을 못 견뎌했던 카미유는 포목상에서의 거친 일이 마음에 들었다. 온종일 엄청난 계산서 앞에 꾸부리고 앉아 끈기 있게 숫자를 따져야 하는 고용살이가 오히려 안정감을 주고 편안하다는 것을 알게 되었다. 저녁이면 텅 빈 머리로 녹초가 되어 돌아와 자신을 사로잡는 깊은 무감각 상태 속에서 끝없는 쾌락을 느끼곤 했다. 포목상에 들어가기 위해서 그는 어머니와 싸워야만 했었다. 어머니는 아들이 위험한 일을 겪지 않도록 언제나 애지중지하고 싶어했지만, 젊은 아들은 어른처럼 말하며 아이들이 장난감을 요구하듯이 일을 요구했다. 그것은 의무감이 아니라 본능에 의한 자연스러운 요청이었다.

어머니의 애정과 헌신은 그에게 가혹한 에고이즘을 심어주었다. 그는 자기를 가엾게 여기고 애무해주는 사람들을 사랑한다고 생각하고 있었으나, 실제로는 자기만의 세계에 파묻혀 있었다. 오직 자기에게 편안한 것만을 찾고, 어떤 방법을 써서라도 자기의 향락을 얻으려 애쓰며 남들과 동떨어져 살고 있었던 것이다. 라캥 부인의 뜨거운 애정에 진저리가 날 때마다, 그는 기꺼이 어리석은 일에 뛰어들어 탕약과 물약을 외면해버렸다. 그러고는 저녁때 퇴근해서 돌아오면 사촌누이와 함께 센 강변을 달리곤 했다.

테레즈는 열여덟 살 가까이 되었다. 십육 년 전 어느 날 라캥 부인이 아직 잡화상을 하고 있을 때, 그녀의 오빠 드강 대위가 팔에 안고 왔던 어린 여자아이가 테레즈였다. 드강 대위는 알제리에서 막 도착한 참이었다.

"네 조카야."

그는 어색한 미소를 지으며 말했다.

"애 엄마는 죽었어…… 어떻게 하면 좋을지 모르겠다. 네가 맡아주면 좋겠는데."

라캥 부인은 미소를 지으며 그애를 받아들고 장밋빛 볼에 키스했다. 드강 대위는 베르농에서 일 주일 동안 머물렀다. 라캥 부인은 자기가 맡은 여자아이에 대해 거의 묻지도 않았다. 그녀는 그 귀여운 아이가 오랑에서 태어났다는 것과 아이의 어머니가 대단히 아름다운 알제리 여자라는 걸 막연히 아는 정도였다. 대위는 떠나기 한 시간 전에, 테레즈를 자신의 딸로 확인하고 자기의 성을 따르게 한다는 내용이 들어 있는 출생증명서를 누이동생에게 맡겼다. 그리고 몇 년 뒤 대위는 아프리카에서 죽었다.

테레즈는 고모의 미적지근한 애정을 받으며 카미유와 같은 침대에서 성장했다. 그녀는 강철 같은 건강 체질이었는데도, 마치 허약한 애처럼 사촌오빠와 약을 나누어 먹고 어린 병자가 차지하고 있는 방의 후텁지근한 공기 속에 갇혀 자랐다. 그녀는 벽난로 앞에 몇 시간 동안이나 쭈그리고 앉아 생각에 잠긴 채 눈 한 번 깜빡이지 않고 눈앞의 불꽃을 바라보곤 했다. 그렇게 환자처럼 지낸 생활은 그녀를 내성적으로 만들었다. 말도 작은 소리로 하고 걸을 때도 거의 소리를 내지 않았다. 멍청히 눈을 뜨고 의자에 말없이 앉아 있는 버릇도 생겼다. 그래도 그녀는 팔을 들 때나 발을 앞으로 내디딜 때면 자신 속에 숨어 있는 관능적 부드러움과 민첩하고 강한 근육, 그리고 억압된 육체 속에 잠자고 있는 격렬한 힘과 정열을 느낄 수 있었다. 힘없이 쓰러진 사촌 카미유를 능숙하게 일으켜세워 침대로 옮겨줄 때, 힘을 쓰는 그녀의 뺨에는 홍조가 떠오르곤 했다. 어쩔 수 없이 감내하고 있는 갇힌 생활과 건강을 해치는 생활방식 탓에 다소 여위긴 했어도,

그 정도로는 그녀의 건강한 육체를 억누를 수 없었다. 거의 섬뜩해 보일 만큼 그늘진 그녀의 얼굴은 단지 창백하고 약간 노란색을 띠고 있을 뿐이었다. 가끔 그녀는 창문가에 서서 태양빛을 받고 있는 맞은편 집들을 바라보곤 했다.

라캥 부인이 장사 밑천을 처분하고 센 강변의 작은 집으로 이사했을 때, 테레즈는 남몰래 환희의 전율을 느꼈다. 고모는 그녀에게 자주 같은 말을 반복했다.

"소릴 내지 마라, 조용히 해."

테레즈는 불꽃같은 천성을 마음속에 조심스럽게 감추어두기만 했다. 조용하고 극도로 냉정해 보이는 그녀 안에는 무서운 격동이 숨겨져 있었다. 어린 시절, 앓고 있는 사촌과 한방에서 지내는 일은 곧 죽어버릴 것 같은 어린애 곁에 있는 것과도 같았다. 테레즈는 조용히 움직이고 침묵을 지켰다. 말을 할 때도 늙은 부인처럼 중얼거렸다. 그러나 정원과 흰 강물과 지평선으로 올라가는 초록빛의 광대한 언덕을 대할 때면 그녀는 뛰어다니며 소리치고 싶은 야성적 욕망에 어쩔 줄 몰라했다. 심장이 마구 두근거렸다. 그러나 그녀는 얼굴에 미동도 보이지 않았다. 고모가 이사온 집이 마음에 드느냐고 물었을 때도 그녀는 그저 미소만 지었을 뿐이다.

어느 틈에 그런 생활이 몸에 배었다. 병자의 침대에서 자라난 것으로 보이기에 충분한, 부드러운 몸가짐과 조용하고 무심한 표정. 다만 내면에서 타오르는 듯한 격정은 어쩌지 못했다. 혼자서 풀밭이나 강가에 나가면, 배를 깔고 누워 검은 눈을 마치 짐승처럼 크게 뜨고 도약이라도 하려는 듯이 몸을 비틀었다. 그렇게 몇 시간이고 아무것도 생각지 않고 온몸에 햇빛을 받고 손가락으로 땅을 파면서 희열을 느꼈다. 그럴 때, 그녀는 미친 듯한 꿈을 꾸었다. 강물이 으르렁거리며 그녀의 몸 위로 덮쳐오는 장면을 상상하며, 도전하듯이 강을 바라보았다. 팽팽하게 긴장된 몸은 분노를 느끼며, 그 파도와 싸워 이길 수 있을지 꿈꾸는 것이었다.

저녁때면, 마음이 가라앉아 조용해진 테레즈는 고모 곁에서 바느질을 했다. 그녀의 얼굴은 램프갓에서 부드럽게 미끄러져나오는 빛 속에서 졸고 있는 듯이 고요했다. 카미유는 안락의자에 맥없이 파묻혀 계산서를 생각하고 있었다. 가끔 나지막하게 주고받는 한두 마디 말이 잠든 방의 정적을 흔들 뿐이었다.

라캥 부인은 조용하고 자애로운 얼굴로 아들과 조카딸을 바라보았다. 그녀는 그 둘을 결혼시킬 작정이었다. 그녀에게 아들은 언제나 죽어가는 병자였다. 언젠가 그녀가 죽고, 아들 혼자만 남게 될 생각을 하면 몸서리가 쳐졌다. 그녀는 카미유를 정성껏 돌봐주는 간호사 역할을 테레즈에게 맡기고 싶었다. 조용한 태도로 말없이 헌신하는 조카딸을 바라보면 무한한 신뢰감이 일었다. 그녀는 오래 보아온 조카딸을 아들의 수호신으로 삼고 싶었다.

두 사람 역시 오래 전부터 자신들이 결혼해야 하리라는 것을 알고 있었다. 그런 생각 속에서 성장했기 때문에, 그들에게 결혼은 친근하고 자연스러운 것이었다. 집안에서는 둘의 결합을 필연적이고 숙명적인 것인 양 말하곤 했다. 언젠가 라캥 부인이 말했다.

"테레즈가 스물한 살이 될 때까지 기다리자."

그들은 열을 내지도 않고 낯을 붉히지도 않으며 참을성 있게 기다렸다.

병약한 카미유는 젊은이의 가혹한 욕망을 알지 못했다. 테레즈에 비하면, 그는 여전히 소년으로 머물러 있었다. 테레즈를 포옹하는 것도, 마치 자기 어머니에게 하듯이 자신의 이기적인 침착성을 조금도 잃지 않는 습관적 행동일 뿐이었다. 그는 테레즈가 자신의 따분한 기분을 덜어주고 탕약도 끓여주는 진정한 친구라고 생각했다. 테레즈와 놀다가 그녀를 껴안았을 때도 남자를 대하듯 했다. 그의 육체에는 떨림이 없었다. 테레즈의 얼굴을 눈앞에 마주할 때도, 미묘한 미소를 머금고 떨리는 그녀의 뜨거운 입술에 키스해줄 생각은 전혀 들지 않았다.

테레즈 역시 겉보기에는 냉정하고 무심한 듯했다. 가끔 큰 눈을 카미유에게 고정하고 몇 분 동안 미동도 없이 주시할 뿐이었다. 그럴 때는 그녀의 입술만이 알아볼 수 없을 정도로 조금 움직였다. 하지만 누그러질 수 없는 의지가 맺혀 언제나 부드럽고 주의 깊은 표정만을 드러내 보이는 그녀의 무심한 얼굴에서는 아무 생각도 읽어낼 수 없었다.

결혼 이야기를 꺼내면, 테레즈는 라캥 부인의 말에 신중하게 머리를 끄덕일 뿐이었고 카미유는 그냥 졸기만 했다.

여름 저녁이면 젊은 두 사람은 강가로 달려갔다. 카미유는 어머니의 끊임없는 간섭에 신경질이 나서 반항하고 있었다. 그는 구역질이 치미는 어머니의 보호에서 빠져나와 녹초가 되도록 뛰어다니고 싶었다. 그럴 때면 테레즈를 끌고 나가 장난으로 싸움을 청하고 풀밭에서 뒹굴곤 했다. 어느 날 그가 테레즈를 떠밀어 물 속에 빠뜨렸을 때였다. 그녀는 짐승처럼 사납게 몸을 일으키더니 두 팔을 치켜들고 눈과 얼굴을 붉히며 그에게 달려들었다. 카미유는 땅바닥에 납작 엎드리고 말았다. 겁이 났던 것이다.

달이 가고 해가 갔다.

결혼식 날이 다가왔다.

라캥 부인은 테레즈를 따로 불러, 그녀의 부모에 대해, 그리고 그녀의 출생에 얽힌 곡절을 얘기해주었다.

말을 다 듣고 난 테레즈는 아무 말 없이 부인에게 키스했다.

그날 저녁, 테레즈는 계단 왼쪽에 있는 자기 방으로 들어가지 않고 오른쪽에 있는 사촌오빠의 방으로 들어갔다. 그녀에게 변화란 이것이 전부였다. 그리고 다음날 젊은 부부가 아래층에 내려왔을 때, 카미유는 병적인 무기력과 에고이스트의 변함없는 침착성 그대로였으며, 테레즈도 부드러운 무심함과 무섭도록 냉정한 얼굴을 여전히 간직하고 있었다.

3

결혼 일 주일 후 카미유는 베르농을 떠나 파리에 가서 살겠다고 어머니에게 선언했다. 라캥 부인은 베르농에서 단단한 생활 기반을 마련해왔으니, 지금의 생활을 바꾸고 싶은 생각이 조금도 없다고 큰 소리로 대답했다. 아들은 신경질을 냈다. 그는 자신의 생각을 받아들이지 않는다면 앓아누워버리겠다고 어머니를 위협했다. 그는 단호했다.

"전 한 번도 어머니의 계획에 반대한 적이 없었어요. 사촌동생과 결혼했고, 어머니가 주신 모든 약을 다 먹었어요. 그러니 오늘 어머니가 제 뜻을 들어주시는 정도는 정말 아무것도 아니에요…… 저희들은 이 달 말에 떠나겠어요."

라캥 부인은 밤새 잠을 이루지 못했다. 카미유의 결심이 그녀를 혼란에 빠뜨렸던 것이다. 그녀는 절망적인 마음을 다독이며 새로운 생활을 생각해보려 했다. 차츰차츰 그녀는 마음을 가라앉혔다. 아들 내외가 아이를 갖게 되면 자신의 작은 재산으론 부족할 터였다. 아직도 돈을 벌어야 했다. 장사를 다시 시작하고 테레즈에게 돈벌이가 되는 직업을 얻어주어야 했다. 다음날 그녀는 베르농을 떠난다는 생각을 받아들이고 있었다. 새로운 생활에 대한 설계가 섰던 것이다.

점심때 그녀는 아주 쾌활했다. 그녀는 아들 부부를 불러 자신의 생각을 말했다.

"이렇게 하자. 내가 내일 파리에 가마. 작은 잡화상을 마련해서 테레즈와 나는 다시 실과 바늘을 팔기로 하지. 카미유, 너는 네가 하고 싶은 대로 하려무나. 햇볕을 쬐며 산책하든지 일자리를 얻든지."

"전 일자리를 얻겠어요."

사실, 카미유는 오직 어리석은 야심에 끌려 출발을 결심했던 것이다. 그는 큰 사무실에 자리를 얻으려 했다. 넓은 사무실에서 무명 토시를 하고 귀에 펜대를 꽂고 있는 자신을 상상하면서, 그는 기쁨으로 얼굴이 붉어져 있었다.

테레즈에겐 아무 의논도 하지 않았다. 그녀는 언제나 수동적으로 따르기만 했기 때문에 라캥 부인이나 남편은 그녀에게 의견을 묻는 일이 없었다. 그녀는 한탄이나 비난은 물론이고 새로운 계획을 알고 있다는 내색도 없이 그들의 뒤를 따랐다.

라캥 부인은 파리에 와서 곧장 퐁네프 파사주로 갔다. 베르농의 한 나이 많은 처녀가 그곳에서 잡화상을 하는 친척을 소개해주었다. 그 사람은 마침 장사를 걷어치우고 싶어했던 것이다. 예전에 잡화상을 해본 경험이 있는 라캥 부인은 소개받은 상점이 조금 작고 컴컴하다고 느꼈다. 그러나 파리를 돌아다니면서 거리의 소음과 사치스러운 진열장에 아연했던 터라, 좁은 회랑과 참한 진열장은 그녀에게 평화롭던 과거의 상점을 떠올려주었다. 그녀는 그런 데서는 고향의 향취를 느낄 수 있고, 편히 숨도 쉴 수 있으리라 생각했다. 아들 내외도 이 외딴 구석에서 행복할 수 있을 것 같았다. 값도 싸서 마음을 정했다. 상점의 권리를 이천 프랑에 얻었던 것이다. 상점과 이층의 세는 겨우 천이백 프랑이었다. 사천 프랑가량의 저축이 있던 라캥 부인은 가지고 있는 재산을 다치지 않고도 장사 밑천과 첫해의 세를 지불할 수 있으리라고 계산했다. 카미유의 월급과 잡화상의 수익으로 생활비는 충분할 것 같았다. 그렇게 되면 투자에서 나오는 이익금을 더는 파먹지 않게 되고, 손자 손녀들에 넘겨줄 자본금도 불릴 수 있게 되는 것이다.

그녀는 신바람이 나서 베르농으로 돌아와 파리 한복판에서 훌륭한 곳을 찾아냈다고 말했다. 며칠이 지난 저녁, 이야기를 주고받다보니 퐁네프 파사주의 습기 차고 침침한 상점이 차츰 궁전과 같은 인상을 자아냈다. 갖가지 이득에다 편리하며 넓고 조용한 상점의 모습이 자꾸만 머리에 떠올랐다. 그녀는 즐겁게 말했다.

"아! 테레즈, 거기 가면 우린 정말 행복할 거야! 이층에는 근사한 방이 세 개나 있단다…… 멋진 물건을 진열해놓자…… 우린 아무 걱정 없이 지내게 될 거야."

그녀는 조금도 기력이 쇠하지 않았던 것이다. 예전에 잡화상을 할 때의 모든 본능이 다시 깨어나고 있었다. 그녀는 테레즈에게 물건을 사고파는 기초적인 방법부터 소매상의 술책까지 미리 충고를 해주곤 했다. 마침내 그들 가족은 센 강가의 집을 떠나 그날 저녁 퐁네프 파사주에 자리를 잡았다.

처음 상점 안으로 들어갔을 때, 테레즈는 마치 땅 밑에 있는 기름투성이 시궁창 속으로 내려가는 것 같았다. 구역질이 날 것 같았다. 무서운 생각이 들어서 몸이 떨렸다. 그녀는 습기가 차 있는 더러운 주랑(柱廊)을 바라보았다. 상점을 돌아본 뒤 이층으로 올라가 방들을 한바퀴 둘러보았다. 가구 없이 텅 빈 방들은 무섭도록 적막했으며 곳곳이 파손되어 있었다. 젊은 여인은 손끝 하나 움직일 수 없었고, 말 한마디 나오지 않았다. 그녀는 마치 얼어붙은 것 같았다. 라캥 부인과 남편이 아래층으로 내려간 다음 그녀는 주먹을 꼭 쥔 채 목이 메어 짐짝에 앉아 있었으나 울 수도 없었다.

상점의 실상에 직면하자 라캥 부인은 당황했고 자신의 망상에 부끄러움을 느꼈다. 그녀는 새로운 불편이 나타날 때마다 변명하려고 애썼다. 침침한 것은 날씨가 흐려서 그렇다고 하면서 창을 청소하면 될 거라고 말을 돌렸다.

"흥!" 하고 카미유는 대답했다. "참 좋기도 하겠어요…… 하긴 저녁이나 되어야 여기에 올라오겠지만. 난 대여섯시 전에는 돌아오지 않을 거예요…… 어머니는 저 사람과 둘이 있으면 따분하지 않을 테죠."

젊은 카미유는 따뜻하고 기분 좋은 사무실 생활을 기대하지 않았더라면 이런 형편없는 집에 사는 데 절대로 동의하지 않았을 것이다. 그는 사무실에서 하루 종일 근사하게 보내고 저녁엔 일찍 자리에 눕겠다고 마음먹고 있었다.

한 주일 내내 상점과 침실은 뒤죽박죽인 채로 있었다. 첫날부터 테레즈는 카운터 뒤에 앉아 꼼짝 않고 있었다. 라캥 부인은 넋을 잃은 듯한 테레즈의 그런 태도에 놀랐다. 부인은 테레즈가 자기 방을 꾸미고 창에다 꽃도 꽂아놓고, 벽지, 커튼, 양탄자 들도 새로 마련하려니 생각했던 것이다. 부인이 어떻게라도 집을 정리하고 꾸며보자고 하면, "그렇게 해서 뭐 해요?" 하고 며느리는 조용히 대답하곤 했다. "이것으로 좋은걸요. 사치할 필요는 없어요."

결국 라캥 부인이 방과 상점 정리를 맡을 수밖에 없었다. 테레즈는 시어머니가 쉴새없이 자기 눈앞을 왔다 갔다 하자 그대로 보고만 있을 수가 없었던지 파출부를 한 사람 구해놓고는 시어머니를 억지로 자기 곁에 앉혔다.

카미유는 일자리를 구하지 못하고 한 달을 보냈다. 그는 여간해서 상점에 나타나지 않고 하루 종일 밖으로 쏘다녔다. 너무나 따분해진 그는 다시 베르농으로 돌아가자는 말까지 꺼내게 되었다. 그러다 마침내 그는 백 프랑의 월급을 받고 오를레앙 철도국에 들어갔다. 그의 소원이 이루어진 것이다.

그는 아침 여덟시에 집을 나섰다. 게네고 가를 내려가서 센 강가에 이르면 바지 주머니에 손을 넣고 총총걸음으로 학사원(學士院)을 지나 동물원 쪽으로 강을 따라갔다. 하루 두 번, 이렇게 긴 길을 왕복했지만 그는 조금도 지치지 않았다. 강물이 흐르는 것을 바라보기도 하고, 걸음을 멈추고 강을 내려가는 목선(木船)을 구경하기도 했다. 그는 아무것도 생각하지 않았다. 그는 자주 노트르담 성당 앞에 멈춰 서서 성당을 수리하는 것을 구경했다. 나무로 건물을 얽어놓은 모습이 재미있게 보였던 것이다.

그런 다음 지나가면서 포르 오 뱅을 슬쩍 돌아보고는 역에서 오는 마차들을 바라보곤 했다. 저녁엔 사무실에서 들은 지저분한 얘기로 머리가 가득 차 멍해진 그는 바쁘지 않으면 동물원으로 곰들을 보러 갔다. 거기서 그는 웅덩이 위로 머리를 굽히고 뒤룩뒤룩 움직이는 곰들을 눈으로 좇으면서 반 시간쯤 서 있곤 했다. 육중한 곰들의 모습에 재미를 붙였던 것이다. 입을 벌리고 눈을 동그랗게 뜬 채 곰들을 열심히 바라보면서 그는 바보 같은 기쁨을 맛보았다. 그러다 그는 발을 끌고 오가는 사람들, 마차, 상점 등에 정신을 빼앗기면서 집으로 돌아갔다.

집에 도착하면 밥을 먹고 책을 읽기 시작했다. 그는 뷔퐁(1707~1788. 프랑스의 박물학자—옮긴이)의 저서를 사두었던 것이다. 그런 종류의 독서가 따분하긴 했지만, 매일 저녁 애써 두세 페이지를 읽곤 했다. 또한 값싼 책들, 즉 티에르(1797~1877. 프랑스의 정치가 · 역사가—옮긴이)의 『통령정부와 제정사』나 라마르틴(1790~1869. 프랑스의 시인—옮긴이)의 『지롱드 당사』, 그밖에 초보적인 과학 서적을 많이 읽었다. 그는 그렇게 함으로써 지식을 얻은 것으로 여겼다. 때로는 자기 아내에게 책의 한 대목을 억지로 읽어주곤 했다. 테레즈가 책 하나 읽을 생각도 없이 조용히 몽상에 잠겨 있는 것을 보고 퍽 놀랐던 것이다. 그는 속으로 자기 아내가 똑똑하지 못하다고 여기고 있었다.

그러나 테레즈는 신경질을 내면서 책들을 도로 치워버리곤 했다. 그녀는 눈을 한곳에 모으고, 들뜨고 아물거리는 생각에 잠겨 가만히 있는 것이 좋았다. 더욱이 그녀는 언제나 한결같고 부드러운 성질을 지키고 있었다. 그녀의 모든 의지는 자신을 극도의 친절과 극기의 수동적 도구로 만드는 데 집중되었다.

장사는 그럭저럭 되었다. 매달의 이익은 한결같았다. 손님은 그 구역에서 일하는 여자들이었다. 오 분마다 젊은 여인이 들어와서 몇 푼어치의 물건을 사갔다. 테레즈는 언제나 같은 말을 쓰면서 기계적으로 입가에 미소를 띠고 손님들을 맞았다. 라캥 부인은 한층 친절하고 말이 많았다. 실상 손님들을 잡아두는 것은 부인이었다.

삼 년 동안 비슷한 날이 계속되었다. 카미유는 단 하루도 결근하지 않았다. 그의 어머니와 아내는 상점에서 거의 나가지 않았다. 습기찬 그늘 속에서 맥없고 답답한 침묵에 싸여 살고 있는 테레즈는, 매일같이 저녁이면 차가운 잠자리와 아침이면 공허한 하루를 가져다주는 아주 무미건조한 생활이 자기 앞에 전개되는 것을 가만히 보고 있었다.

4

일 주일에 하루, 목요일 저녁에 라캥 집안은 손님을 초대했다. 식탁에 큰 램프를 켜놓고 차 주전자를 불에 올려놓았다. 아주 대단한 행사였다. 그날 저녁은 다른 저녁과는 딴판이어서 이 집 관행으로 봐선 떠들썩한 부잣집 잔치 같았다. 취침 시간도 열한시였다.

파리에서 라캥 부인은 오래된 친구인 경찰 간부 출신의 미쇼를 다시 만났다. 베르농에서 이십 년을 근무한 그는 라캥 부인과 같은 건물에 살았고, 자연스레 친한 사이가 되었다. 그러다가 그녀가 센 강변으로 옮겨 살게 되자 차츰 만남이 뜸해졌다. 몇 달 후 미쇼도 퇴직과 함께 베르농을 떠나 파리 센 강가에서 천오백 프랑의 연금 생활자로 살게 되었다. 어느 비 오는 날, 그는 퐁네프 파사주에서 부인을 만나 바로 그날 저녁 라캥 집에서 저녁식사를 함께 했다.

이런 곡절로 목요일 저녁의 접대가 생기게 된 것이다. 미쇼는 일 주일에 한 번씩 규칙적으로 오게 되었다. 그는 언젠가부터 자기 아들 올리비에를 데리고 나타났다. 서른 살의 올리비에는 바싹 마른 젊은이로, 느리고 골골하는 아주 자그마한 부인을 두고 있었다. 경찰서 보안계의 주임 경관인 그는 삼천 프랑을 받고 있었는데, 카미유는 그 점을 특히 시기했다. 첫날부터 테레즈는 뻣뻣하고 냉정한 그를 경멸했다. 그러나 올리비에는 자기의 호리호리한 체구와 가련한 자기 아내의 병약한 모습을 과시하는 게 퐁네프 파사주의 이 상점을 명예롭게 해준다고 생각했다.

카미유가 데려온 손님도 있었는데, 그는 오를레앙 철도국의 늙은 직원이었다. 그리베라는 인물로, 이십 년 동안 철도국에 봉직해온 일등서기였고, 이천백 프랑을 벌고 있었다. 바로 그가 카미유가 나가는 사무실 직원들에게 일거리를 분배하는 인물이었다. 카미유는 그에게 약간의 존경심을 표하고 있었다. 카미유는 그리베가 언젠가는 죽을 테고 십 년쯤 뒤면 자신이 그 자리를 맡게 되리라 꿈꾸어왔다. 그리베는 라캥 부인의 접대에 끌려서 매주 아주 규칙적으로 찾아오곤 했다. 반년이 지나자 그의 목요일 방문은 하나의 의무가 되었다. 그는 매일 아침 사무실로 출근하듯이 동물적 본능에 끌려 기계적으로 퐁네프 파사주에 오곤 했다.

이 무렵부터 그들의 모임은 활기를 띠었다. 일곱시가 되면 라캥 부인은 불을 피우고 식탁 가운데다 램프를 놓았다. 그리고 그 옆에는 도미노 기구를 놓아두고 찬장에 있는 찻잔을 닦았다. 여덟시 정각, 늙은 미쇼와 그리베가 상점 앞에서 만난다. 한 사람은 센 강가에서 또 한 사람은 마자린 가에서 오는 것이다. 그들이 상점으로 들어오면 온 식구가 함께 이층으로 올라가 식탁 주위에 앉는다. 그러고는 언제나 늦게 오는 올리비에 부부를 기다린다. 모두 다 모이면, 라캥 부인은 차를 따르고 카미유는 기름칠한 천 위에 도미노를 꺼내놓는다. 모두가 도미노 놀이에 열중한다. 들리는 것은 도미노의 바스락거리는 소리뿐이다. 한 판이 끝나고 나면 사람들은 이삼 분 동안 논쟁을 벌인다. 그러다간 다시 맥없는 침묵이 내리고 그 침묵은 메마른 소리에 가끔 깨지곤 한다.

테레즈가 무심한 듯 게임을 해서 카미유는 화를 낸다. 테레즈는 라캥 부인이 베르농에서 가져온 커다란 호랑이 줄무늬 고양이 프랑수아를 무릎 위에 올려놓고서 한 손에는 도미노를 잡은 채 또 한 손으론 쓰다듬어준다. 테레즈에겐 목요일 저녁은 고역이었다. 그녀는 대개 몸이 불편하다든가 몹시 골치가 아프다고 하면서 도미노 놀이에 끼지 않으려 했다. 그녀는 그냥 노곤히 잠들고 싶어했다. 그녀는 식탁에 한쪽 팔꿈치를 올려놓고 손바닥으로 턱을 괴고서 시어머니와 남편의 손님을 바라보고 있었다. 램프에서 나오는 노랗고 뽀얀 안개 너머로 그들의 머리를 보고 있노라면 그녀는 울적해졌다. 그녀는 머리 하나하나를 심한 경멸과 말없는 흥분 속에서 번갈아 바라보았다. 늙은 미쇼의 푸르스름한 얼굴에는 붉은 점이 나 있는데 노망기가 든 늙은이의 모습을 드러내고 있다. 그리베는 면상이 좁은데다가 눈이 동그랗고 입술은 백치처럼 얇다. 광대뼈가 불거져나온 올리비에는 뻣뻣하고 어리석어 보이는 머리가 우습게 생긴 몸 위에 달려 있다. 올리비에의 아내인 쉬잔으로 말하자면 안색이 몹시 창백하고 눈은 멀겋고, 입술은 희고 얼굴은 맥없어 보인다. 테레즈는 이 기괴하고 불길한 사람들 속에서 정말 살아 있는 사람을 찾아볼 수 없었다. 가끔 그녀는 줄을 잡아당기면 머리를 움직이고 팔다리를 놀리는 기계적인 시체들과 함께 지하실 밑바닥에 파묻혀 있는 듯한 환상에 사로잡히곤 했다. 식당의 탁한 공기는 가슴을 짓눌렀다. 전율을 느끼게 하는 침묵과 램프의 노란 불빛에서 그녀는 막연한 공포와 표현할 수 없는 고통을 뼈저리게 느꼈다.

상점 문에 달린 초인종의 째지는 듯한 종소리는 고객들의 출입을 알린다. 테레즈는 귀를 기울이고 있다가 종소리가 들릴라

치면 탈출구를 찾은 듯한 마음에 재빨리 내려가곤 했다. 그녀는 천천히 고객을 접대한 후 혼자 남게 되면 카운터 뒤에 앉았다. 다시 이층에 올라가기가 싫어, 될 수 있는 대로 오랫동안 거기 머물며 그리베와 올리비에를 더이상 눈앞에서 보지 않아도 되는 기쁨을 음미하고 있었다. 상점의 습기찬 공기가 손을 태울 듯한 열을 가라앉혔다. 그리고 그녀는 여느 때처럼 다시 그 심각한 공상 속에 빠져들었다.

그러나 오랫동안 머물러 있을 수는 없었다. 카미유는 아내가 없으면 화를 냈다. 그는 어째서 아내가 목요일 저녁이면 식당보다 상점에 더 있고 싶어하는지 이해하지 못했다. 그는 난간에 몸을 굽히고 고개를 돌려가며 아내를 찾았다.

"여봐! 거기서 뭘 해? 왜 안 올라와? 그리베는 재수가 좋단 말이야. 지금도 막 땄어."

젊은 아내는 귀찮은 듯이 일어나서 늙은 미쇼와 마주 보는 자리로 다시 돌아갔다. 늙은 미쇼의 늘어진 입술에는 구역질나는 미소가 어려 있었다. 그리고 열한시까지, 그녀는 의자에 힘없이 앉아서 자기 주위에 찡그리고 앉아 있는, 종이로 만든 인형 같은 인간들을 더이상 보지 않으려고 팔에 안고 있는 고양이 프랑수아를 내내 들여다보았다.

5

어느 목요일, 카미유는 퇴근하는 길에 어깨가 떡 벌어진 쾌활한 남자를 데리고 와서 정다운 몸짓으로 상점 안으로 툭 밀어넣었다.

"어머니, 이 사람 아시겠어요?"

늙은 잡화상 부인은 큰 체구의 젊은이를 쳐다보며 기억을 더듬어보았으나 전혀 생각이 나지 않았다. 테레즈는 무심한 표정으로 이 장면을 지켜보고 있었다.

"로랑을 몰라보세요? 즈포스 쪽에 좋은 밀밭이 있는 로랑 씨의 아들인데요? 생각 안 나세요…… 이 친구하고 같이 학교에 다녔잖아요? 우리 이웃에 살던 자기 아저씨 집에서 아침이면 날 찾아왔고, 어머니는 잼 바른 빵을 주셨잖아요, 왜?"

라캥 부인은 별안간 어린 로랑을 기억해냈는데, 장성한 모습이 낯설었다. 꼬박 이십 년 만의 만남이었다. 부인은 추억담과 가벼운 농담을 쏟아놓으면서 자신의 실례를 모면하려고 애썼다. 로랑은 앉아서 조용히 미소를 띠고 맑은 목소리로 대답하면서 침착하고 태연한 시선으로 주위를 둘러보았다.

"생각 좀 해봐요. 이 건달이 십팔 개월이나 오를레앙 철도국에 근무하고 있었는데 여태 만나지 못하고 있다가 겨우 오늘 저녁에야 알았어요. 철도국은 대단히 크고 중요한 일을 하는 곳이니까요!"

카미유는 눈을 크게 뜨고 입술을 삐죽이며 거대한 기계의 한 부분이 된 것을 스스로 자랑스럽게 여기면서 이런 말을 했다. 그는 머리를 끄덕이며 계속했다.

"오! 그런데 이 친구 아주 잘 지내고 있어요. 벌써 천오백 프랑이나 벌어요. 아버지가 대학에도 보냈어요. 법률 공부도 하고 그림 공부도 했대요. 그렇지 로랑? 우리랑 같이 저녁 먹자고."

"고마워."

로랑은 흔쾌히 대답했다. 그는 모자를 벗고 편하게 자리에 앉았다. 라캥 부인은 주전자와 냄비가 있는 곳으로 달려가고, 아직 한마디도 입을 떼지 않은 테레즈는 새로 온 손님을 계속 쳐다보고 있었다. 그녀는 훤칠한 키에 건장하고 얼굴빛이 싱싱한 로랑을 보고 놀랐다. 그녀는 인간다운 인간을 본 적이 없었던 것이다. 그녀는 억센 검은빛 머리가 내려앉은 낮은 이마와 두툼한 볼, 붉은 입술과 혈기가 좋은 반반한 얼굴을 찬양하는 기분으로 곰곰이 바라다보았다. 그녀는 잠시 그의 목에서 시선을 멈췄다. 그의 목은 굵고 짧고 기름지며 단단해 보였다. 그러고는 그가 무릎 위에 나란히 얹어놓은 통통한 두 손에 시선을 집중했다. 손가락은 뭉뚝했다. 주먹을 쥐면 굉장히 커서 황소라도 쉽게 쓰러뜨릴 수 있을 듯했다. 몸가짐이 좀 둔하고 등은 굽었지만, 정확하고 조용하고 완강해 보인다는 점에서 로랑은 정말 농부의 아들이었다. 그의 옷 아래로 잘 발달된 근육과 두껍고 굳센 육체를 느낄 수 있었다. 테레즈는 주먹에서 얼굴에 이르기까지 호기심을 가지고 이 남자를 살펴보았다. 황소 같은 목에 시선이 닿을 때는 약간의 전율을 느끼기조차 했다.

카미유는 뷔퐁의 책과 그밖의 값싼 책자들을 늘어놓고 자기 친구에게 보였다. 그 역시 친구를 유심히 살피고 있었다. 카미유는 긴가민가하며 혼자 생각해온 문제를 꺼냈다.

"그런데 로랑, 내 아낼 알 텐데? 생각 안 나나, 베르농에서 우리랑 함께 놀던 어린 내 사촌누이 말이야."

"생각나다마다. 부인, 전 똑똑히 알아봤습니다."

로랑은 테레즈를 정면으로 바라보면서 대답했다.

가슴을 뚫고 들어오는 듯한 똑바른 시선을 받자 테레즈는 좀 어색했다. 그녀는 억지로 미소를 짓고 두 사람과 몇 마디 말을 주고받았다. 그러고는 급히 시어머니한테로 갔다. 가슴이 몹시 뛰고 있었다.

모두 식탁에 앉았다. 수프가 나올 때부터 카미유는 친구만을 상대로 이야기했다.

"부친은 어떠셔?"

"글쎄, 다툼이 있은 후 벌써 오 년이나 편지 왕래도 없어."

"저런!"

괴상한 부자 관계에 놀란 카미유가 외쳤다.

"글쎄 말이야. 그분은 그분대로의 생각이 있었거든…… 아버지는 날 대학에 보냈지만 왜 그런지 아나? 이웃들과 늘 법률 다툼을 벌였던 아버지는 날 변호사로 만들어서 모든 소송에서 이기려고 그랬던 거야…… 그래! 우리 아버지는 실리적인 야심뿐이었어. 자신의 어리석은 행동에서조차 본전을 뽑을 작정이셨지."

"그럼 변호사가 되고 싶지 않았단 말인가!"

카미유는 점점 더 놀라면서 물었다.

"그럼, 되고 싶지 않았어." 로랑은 웃으면서 말을 이었다. "이 년 동안 공부를 하는 척했는데 그건 아버지가 주시던 천이백 프랑의 기숙사비를 타기 위해서였어. 난 화가인 학교 친구와 함께 살았어. 그리고 나도 그림을 그리기 시작했지. 재미있었어. 직업으론 우습지만 지겹지는 않았어. 우린 온종일 담배를 피우고 농담만 했어."

라캥네 식구들은 눈이 둥그레졌다.

"불행하게도 그런 생활은 계속될 수 없었지. 아버지는 내가 거짓말을 하고 있었다는 걸 알고는, 매달 보내주던 돈을 끊어버리고 집에 와서 땅이나 파라고 하더군. 그 당시 난 성화(聖畵)를 그리려고 했어. 어리석은 생각이었지…… 아무래도 굶어죽을 것 같아서 예술을 집어치우고 직장을 구한 거야…… 얼마 안 가서 아버지는 돌아가실 거야. 난 바로 그걸 기다리고 있다네. 아무것도 안 하고 살 수 있으니 말이지."

로랑은 사무적인 목소리로 말했다. 몇 마디 말이었지만 자신의 사람됨을 완전히 드러내는 이야기였다. 실상 그는 게으름뱅이에다 동물적인 욕망의 소유자였고, 편하고 오래가는 향락만을 추구했다. 크고 건장한 그의 체구가 바라는 것은 오직 무위도식하고 한가롭게 뒹굴며 즐거움에 탐닉하는 것이었다. 그는 할 수만 있으면 잘 먹고 잘 자면서 그의 욕망을 마음껏 만족시키려 했다. 조금이라도 피곤한 일은 하려고 하지 않았다.

변호사라는 직업은 그를 두렵게 했고, 집으로 돌아가 땅을 판다고 생각하면 몸서리가 쳐졌다. 그는 게으른 사람에게 맞는 직업을 찾을 수 있을까 싶어 그림을 그렸던 것인데, 화필이 다루기에 가벼워 보이는데다 쉽사리 성공할 수 있을 것 같아서였다. 그는 값싼 쾌락을 꿈꾸고 있었다. 안락의자에 앉아서 먹을 것과 마실 것을 잔뜩 쌓아두고 여자와 실컷 즐기는 멋진 생활을 하고 싶었다. 이러한 꿈은 그의 아버지가 돈을 보내주는 동안은 계속되었다. 그러나 이미 서른이 된 젊은이는 눈앞에 비참한 생활을 그려보고는 생각을 달리 하기 시작했다. 그는 가난 앞에서 비겁해지는 자기 자신을 느꼈다. 아무리 큰 예술적 영광이 있다 해도 빵 없이는 단 하루도 견딜 수 없었다. 그래서 그가 이야기했던 대로, 그림이 자신의 탐욕을 절대로 만족시켜주지 못하리라는 것을 알게 된 바로 그날 그림 공부를 집어치웠던 것이다. 그림이라는 그의 첫번째 시도는 평범한 수준에도 미치지 못했다. 시골뜨기인 그의 눈은 자연을 서툴고 산만하게 응시했다. 지저분하고 구성이 엉터리인데다, 부산스러운 자신의 그림에 대해서는 통 반성해보지도 않았다. 더욱이 그에게는 예술가의 허영심도 없는 것 같았다. 그래서 그림을 집어치워야 했을 때 심하게 절망하지도 않았다. 그가 진실로 아쉬워했던 것은 오래된 학교 친구의 넓은 아틀리에뿐이었다. 거기서 그는 사오 년 동안 정말 쾌락에 젖어 있었던 것이다. 그는 아틀리에에 와서 포즈를 취하고 자기가 가지고 있던 돈으로도 얼마든지 농락할 수 있었던 여자들을 그리워했다. 이 거친 쾌락의 세계는 그에게 못 견딜 육체적 욕망을 남겨주었다. 그러나 그는 철도국 직원으로서 아주 편안함을 느꼈다. 그는 단조로운 생활에 완벽하게 적응했다. 그를 피로하게 하지도 않고, 머리를 쓸 필요도 없는 그날그날의 일과를 좋아했다. 단지 두 가지가 그를 괴롭혔다. 여자가 부족했고, 서푼짜리 식당 음식이 그의 게걸스러운 위장을 채워주지 못했던 것이다.

카미유는 바보처럼 놀라면서 그를 바라보았다. 우둔하고 흐물흐물한 이 약질의 젊은이는 한 번도 욕망의 충격을 받은 적이 없어서, 어리석게도 친구가 말한 아틀리에 생활을 꿈꾸게 되었다. 그는 예사로이 나체를 드러내는 여인들을 상상해보면서 로랑에게 물었다.

"그럼 눈앞에서 옷을 벗는 여자가 정말 있었단 말이야?"

"그야 물론."

로랑은 미소를 짓고, 아주 창백해진 테레즈를 바라보면서 대답했다.

"기분이 이상했겠네." 카미유는 어린애처럼 웃으면서 말을 이었다. "나 같으면 거북했을 거야…… 처음에는 아주 어색했겠지?"

로랑은 그의 커다란 한쪽 손을 펴고는 주의 깊게 손바닥을 들여다보았다. 그의 손가락엔 가벼운 경련이 일어나고 붉은 혈색이 볼에 올라왔다.

"처음에는……" 하고 그는 마치 혼잣말을 하듯이 말을 이었다. "그건 아무렇지도 않았던 것 같아. 예술이란 참 재미가 있어. 그런데 그건 전혀 돈이 되지 않는단 말야…… 내 모델은 멋있는 러시아 여자였어. 살이 포동포동하고 매끄러운데다, 젖통이 근사하고 엉덩이가 넓적했지……"

로랑은 고개를 들어 앞에 앉아 있는 테레즈를 응시했다. 말없이 가만히 앉아 있는 그 젊은 여인도 강렬한 눈빛으로 그를 바라보고 있었다. 엷은 검은색 눈은 끝없이 깊은 두 개의 구멍 같았다. 조금 벌려진 입술을 통해서 밝은 장밋빛 입 안이 드러나 보였다. 그녀는 짓눌리고 움츠러든 듯했지만, 이야기에는 귀를 기울이고 있었던 것이다.

로랑의 시선이 테레즈에게서 카미유 쪽으로 향했다. 그는 미소를 참고는 큼지막하고 육감적인 몸짓과 함께 말을 끝냈다. 젊은 여인은 눈으로 그 몸짓을 좇고 있었다. 그들은 후식을 먹었다. 라캥 부인은 상점의 손님을 맞느라고 아래층으로 내려간 참이었다.

식탁이 치워진 뒤, 잠시 생각에 잠겨 있던 로랑이 별안간 카미유에게 말을 걸었다. 라캥 부인도 돌아와 있었다.

"내가 초상화를 하나 그려주지."

라캥 부인과 카미유는 로랑의 제안을 기쁘게 받아들였다. 테레즈는 조용히 아무 말이 없었다.

"지금은 여름이니까, 우리가 네시에 퇴근하고, 여기 와서 저녁 두 시간 동안 포즈를 취해주면…… 그렇게 해서 일 주일이면 될 거야."

"그러면 되겠군." 카미유는 기뻐서 얼굴을 붉히며 대답했다. "함께 우리 집에서 저녁을 먹자고. 난 머리를 손질하고 검은 롱코트를 입어야겠어."

시계가 여덟시를 알렸다. 그리베와 미쇼가 들어왔다. 올리비에와 쉬잔도 뒤따라왔다.

카미유는 자기 친구를 그들에게 소개했다. 그리베는 입술을 비쭉했다. 그는 월급이 너무 빨리 오른다고 생각해서 로랑을 싫어했다. 언제나 새 손님을 소개하는 것은 큰일이었는데, 라캥의 집에 모이는 사람들은 낯선 손님을 받아들일 때면 번번이 냉랭했기 때문이다.

로랑은 그 자리에서 자신의 위치를 알고 있었기 때문에 착한 아이처럼 굴었다. 다른 사람들의 마음에 들어서 단번에 좋은 대접을 받고 싶었던 것이다. 그는 여러 가지 이야기를 늘어놓으며 껄껄대 저녁 모임을 명랑하게 만들었고, 마침내는 그리베의 호감까지 얻게 되었다.

그날 저녁 테레즈는 상점으로 내려가려고 애쓰지 않았다. 그녀는 손님들과 함께 열한시까지 의자에 앉아 있었다. 로랑과 시선이 부딪히는 걸 피하면서 같이 도미노 놀이를 하고 이야기를 나누었다. 하기야 로랑도 그녀에게 마음을 쓰진 않았다. 그러나 이 남자의 다혈질적인 천성과 큰 음성, 기름진 웃음, 그리고 몸에서 풍겨나오는 거칠고도 달콤한 냄새에 마음이 쏠려서 그녀는 초조하고 괴로운 기분에 빠져 있었다.

6

이날부터 로랑은 거의 매일 저녁 라캥네 집에 왔다. 그는 포르오 뱅 가(街) 맞은편 생 빅토르 가의 가구가 딸린 작은 방에서 살고 있었는데, 한 달에 십팔 프랑의 방세를 냈다. 고미다락방인 그곳은 꼭대기에 담뱃갑 모양의 창문이 하나 나 있고, 그 창문은 하늘도 비좁게 비스듬히 열려 있었다. 겨우 여섯 평 정도 방이었다. 로랑은 될수록 늦게 이 고미다락방에 돌아오곤 했다. 카미유를 만나기 전엔 카페에 가서 빈둥빈둥할 만한 돈이 없었던 그는 조그마한 식당에 늦게까지 남아 저녁을 먹고 싼 커피나 럼주를 마시면서 파이프를 피우곤 했었다. 그러다가 날씨가 따뜻하면 벤치에 걸터앉기도 하면서 센 강가를 서성대다가 생 빅토르 가로 슬슬 돌아가곤 했다.

그에겐 퐁네프 파사주의 그 상점이 친절한 배려 속에 정다운 이야기를 나눌 수 있는, 따뜻하고 조용한 안식처가 되었다. 그는 싼 커피나 럼주를 마시는 대신에 라캥 부인이 주는 좋은 차를 마음껏 마셨다. 마치 자기 집처럼 그곳에서 부른 배를 소화시키며 열시까지 남아 있다 카미유가 상점을 닫는 걸 도와주고 난 다음에야 집으로 돌아가곤 했다.

어느 날 저녁 그는 화가(畵架)와 유화 상자를 가져왔다. 다음 날부터 카미유의 초상화를 그리기로 한 것이다. 캔버스를 사고 자질구레한 도구들을 많이 준비했다. 마침내 화가는 그들 부부의 방에서 그림을 그리기 시작했다. 그는 다른 곳보다 그 방의 빛이 더 밝다고 했다.

머리를 데생하는 데 사흘 저녁이 필요했다. 그는 캔버스 위에 연하게, 꼼꼼한 손놀림으로 공을 들여가며 조금씩 목탄을 칠했다. 억세고 메마른 그 데생은 그로테스크해서 기이하게도 르네상스 이전 옛날의 대가들을 연상시켰다. 그는 마치 초등학교 학생이 서투른 솜씨로 모델을 부정확하게 옮겨서, 보는 이의 고개를 젓게 만들 듯이 그렇게 카미유의 얼굴을 모사했다. 나흘째 되는 날 그는 팔레트에 물감을 풀어놓고 화필로 채색을 시작했다. 그는 조금씩 지저분하게 캔버스를 칠해갔는데, 마치 연필을 사용한 것처럼 짧고 가는 줄이 많았다.

초상화가 시작되자 테레즈는 아틀리에로 변한 방을 떠나지 않았다. 그녀는 시어머니를 카운터에 혼자 내버려두고는, 조그마한 구실만 있어도 이층에 올라와서 로랑이 초상화를 그리는 것을 구경했다.

언제나 심각하고 가라앉아 있는데다, 전보다 더 창백하고 말이 없어진 그녀는 방에 앉아서 화필이 움직이는 것을 가만히 바라보고 있었다. 그렇지만 특별히 흥미를 느끼는 것 같지는 않았고, 마치 무슨 힘에 끌린 듯이 방을 찾았다. 그러고는 못 박힌 듯 그곳에 머물러 있었다. 로랑은 가끔 돌아서서 미소를 지으며 초상화가 마음에 드는지 묻곤 했다. 그녀는 겨우 입을 열어 대답을 하고는 몸을 떨었다. 그리고 다시금 조용한 도취에 잠겨들었다.

밤에 생 빅토르 가로 돌아오면서 로랑은 혼자 곰곰이 생각에 빠졌다. 자기가 테레즈의 정부가 될 것인지 스스로 따져보는 것이었다.

'내가 원하기만 하면 그 여자는 내 정부가 될 수 있지' 하고 로랑은 생각했다. '그녀는 언제나 등뒤에서 날 살펴보고 재보면서 내 마음을 괴롭혀…… 늘 떨고 있고 이상한 표정에 말이 없지만 정열에 사로잡힌 얼굴을 하고 있어. 틀림없이 애인이 필요한 거야. 눈을 보면 알 수 있지…… 카미유 같은 남편에게는 만족할 수 없는 게 분명해.'

로랑은 자기 친구의 멀겋고 여윈 모습을 떠올리며 생각을 이어갔다.

'그녀는 그 상점에서의 생활이 따분한 거야…… 나야 달리 갈 곳이 없으니까 거길 가는 거지. 그렇지 않다면 퐁네프 파사주를 드나들 일이 뭐 있겠어? 거긴 습기차고 쓸쓸해. 그녀는 그 속에서 죽을 지경일 거야…… 그녀는 날 좋아해, 확실하지. 글쎄 날 좋아하지 않을 까닭이 어디 있겠어?'

그는 생각을 멈췄다. 스스로 우쭐한 기분이 들었다. 그리고 얼빠진 사람처럼 센 강을 멍청히 바라보고 있었다.

'어쩌겠어' 하고 그는 마음속으로 외쳤다. '기회만 오면 키스를 해야지…… 목을 걸고 하는 말이지만 그녀는 곧 내 팔에 안기고 말 거야.'

그는 다시 걷기 시작했다. 아직도 결단을 내리지 못하고 있었다.

'한데 아무래도 못생겼어' 하고 그는 생각했다. '코는 길고 입은 크단 말이야. 더욱이 난 그녀를 전혀 사랑하지도 않아. 이러다간 추문만 생기고 말 거야. 좀 생각해봐야 되겠는걸.'

신중한 로랑은 한 주일 동안 머릿속에 이러한 생각을 굴리고 있었다. 그는 테레즈와의 관계에서 생길 수 있는 모든 가능성을 계산해보았다. 한번 해볼 만한 흥밋거리라고 스스로 다짐했을 때야 비로소 모험을 해보자는 결심이 섰다.

그의 생각에 테레즈는 정말 아니었다. 게다가 테레즈를 사랑하지도 않았다. 그러나 테레즈를 건드려도 돈 들 일이 전혀 없었다. 싼 값으로 그가 샀던 여자들은 물론 테레즈보다 더 아름답지도 않았고 더 마음이 끌리지도 않았다. 돈이 안 든다는 생각은 친구의 아내를 빼앗는 것도 괜찮지 않겠냐고 스스로를 부추기고 있었다. 게다가 그는 육체적 욕망을 채우지 않은 지도 오래되었다. 주머니가 넉넉하지 못한 관계로 억지로 욕망을 참아왔다. 그래서 조금이라도 육체를 만족시킬 기회만 있으면 놓치지 않으려 했다. 결국 그런 관계는 가만히 생각해보면 과히 나쁜 결과를 낳을 것 같지는 않았다. 테레즈로서는 모든 것을 감출 필요가 있으니까, 싫증이 나면 쉽사리 걷어차버릴 수 있을 것이다. 카미유가 관계를 알고 화를 낸다 해도 까불면 한방 날려 기를 꺾어버리면 그만이다. 여러모로 따져보아도 이 문제는 로랑에게 해볼 만하고 쉬운 일로 여겨지기만 했다. 이때부터 그는 기회를 기다리며 자기만의 내밀한 행복 속에서 살았다. 기회가 오기만 하면 대뜸 행동할 작정이었다. 그는 앞으로 다가올 달콤한 저녁나절을 상상해보았다. 라캥 집안의 모든 식구가 그에게 기쁨을 가져다줄 것이다. 테레즈는 자기의 끓어오르는 욕망을 만족시켜주고, 라캥 부인은 어머니처럼 그를 대하며, 카미유와 나누는 대화는 지루함을 덜어줄 것이다.

초상화는 거의 완성되었으나 기회가 오지 않았다. 테레즈는 여전히 맥없고 불안한 모습으로 거기 있었지만, 카미유는 잠시도 방을 떠나지 않았다. 로랑은 한 시간도 카미유를 멀리하지 못한 데 낙담하고 있었다. 그러나 결국 내일이면 초상화가 끝난다고 말해야만 했다. 라캥 부인은 함께 저녁을 먹으며 화가의 작품을 축하하자고 목소리를 높였다.

다음날 로랑이 캔버스에 마지막 붓질을 하고 나자 모두들 꼭 닮게 그렸다고 감탄했다. 그러나 초상화는 더러운 회색에 푸르스름한 넓은 얼룩으로 흉했다. 로랑은 아무리 밝은 색이라도 반드시 맥없고 지저분하게 만들어버렸다. 본의는 아니었지만 모델의 창백한 안색을 너무 유난스럽게 그려놓았다. 카미유의 얼굴은 물에 빠져 죽은 이의 퍼런 얼굴과 흡사했다. 부산스러운 데생은 선이 고르지 못해서 더욱더 흉악한 모습을 떠올리게 했다. 그러나 카미유는 캔버스에 나타난 자기의 모습에 보통 사람과 다른 풍채가 있다며 기뻐했다.

자신의 얼굴에 감탄을 늘어놓던 카미유는 샴페인을 가지러 간다며 밖으로 나갔다. 라캥 부인은 상점으로 다시 내려갔다. 방에는 화가와 테레즈가 남았다.

젊은 여인은 막연히 앞을 바라보면서 웅크리고 있었다. 그녀는 떨면서 기다리고 있는 듯했다. 로랑은 망설였다. 그는 캔버스를 살펴보며 붓으로 장난을 했다. 시간이 급했다. 카미유는 돌아올 것이며 이런 기회는 아마 다시 찾아오지 않으리라. 별안간 화가는 뒤돌아서서 테레즈와 마주 섰다. 그들은 몇 초 동안 서로를 바라보았다. 그러다가 로랑은 난폭한 동작으로 몸을 낮추어 가슴에 젊은 여인을 안았다. 그리고 그녀의 머리를 젖힌 후 자신의 입술로 그녀의 입술을 으스러지도록 눌렀다. 그녀는 화를 내며 사납게 반항하는 듯했으나 곧 그에게 몸을 맡기고 바닥에 쓰러졌다. 그들은 서로 한마디 말도 없었다. 조용했지만 격렬한 행동이었다.

7

처음부터 두 연인은 서로의 관계를 필연적이고 숙명적이며 아주 자연스럽게 여겼다. 처음 접촉할 때부터 그들은 수년 전부터 관계해온 것처럼 아무 거리낌도 부끄러움도 없이 반말로 대하고 포옹했다. 그들은 새로운 상황을 맞아 너무도 태연했고, 너무도 뻔뻔스러웠다.

그들은 밀회 방법을 정했다. 테레즈가 외출할 수 없으므로 로랑이 오기로 했다. 젊은 여인은 똑똑하고 확신에 찬 목소리로 자기가 찾아낸 방법을 설명했다. 밀회 장소는 부부의 침실이었다. 애인이 파사주와 연결된 통로로 오면, 테레즈가 계단의 문을 열어주기로 했다. 이러는 동안 카미유는 자기 사무실에 있을 것이며, 라캥 부인은 아래층 상점에 있을 것이다. 이렇게 그들은 뻔뻔하고 대담한 행동을 해치울 작정이었다.

로랑은 이러한 계획에 동의했다. 그는 신중했지만 일종의 우악스러운 무모함, 즉 큰 주먹을 가진 남자의 대담함이 있었다. 정부의 침착한 태도에 끌려 그는 그처럼 대담하게 내바친 애정을 맛보러 오기로 작정했다. 그는 구실을 만들어 사무실 책임자로부터 두 시간의 틈을 얻어내자 곧장 퐁네프 파사주로 달려갔다.

파사주에 다다르기가 무섭게 그는 살을 태우는 듯한 욕정을 느꼈다. 인조 보석을 파는 여자 상인은 바로 파사주 문 앞에 앉아 있었다. 로랑은 그 여인이 일에 정신이 팔릴 때를 기다려야만 했다. 마침 젊은 여직공이 와서 구리로 만든 반지와 귀걸이를 샀다. 그 순간을 놓치지 않고 로랑은 재빨리 통로로 들어갔다. 그는 습기로 미끈거리는 벽에 기대면서 좁고 컴컴한 계단을 올라갔다. 돌층계에 발이 부딪혀 소리가 날 때면 그는 번번이 가슴을 스치는 불꽃을 느꼈다. 문이 열렸다. 흰 불빛이 그득 비치는 입구에 테레즈가 짧은 윗도리와 속치마 바람으로 너무도 싱싱한 모습을 하고 서 있었다. 그녀의 머리는 뒤쪽으로 질끈 동여매져 있었다. 그녀는 문을 닫고 로랑의 목에 매달렸다. 흰 리넨 옷과 깔끔히 닦은 몸에서 냄새가 퍼져나왔다.

스스로도 놀랄 지경으로, 로랑은 자기 정부가 아름답다고 생각했다. 그는 한 번도 이런 여인을 본 적이 없었다. 부드럽고도 힘센 테레즈는 고개를 뒤로 젖히면서 로랑을 꼭 껴안았다. 그녀의 얼굴에는 뜨거운 빛과 정열적인 미소가 흐르고 있었다. 정부의 얼굴은 달아오른 사랑으로 몰라보게 바뀌어 있었다. 미친 듯 애무하는 몸짓에, 입술은 젖어 있고 눈은 빛났다. 그녀는 황홀해하고 있었다. 몸을 비틀며 물결처럼 설레는 젊은 여인은 이상스러운 아름다움을 지니고 있었다. 그녀의 얼굴은 내부에서 밝아오고 불꽃이 살 속에서 튀어나오는 듯했다. 그리고 타오르는 피와 팽팽한 힘줄이 뜨거운 기운과 억세고 찌르는 듯한 공기를 주위에 내뿜고 있었다.

첫 관계에서부터 테레즈는 창부의 기질을 드러냈다. 충족되지 않은 그녀의 육체는 끝간 줄 모르고 쾌락에 빠져들었다. 그녀는 마치 꿈에서 깨어난 듯했다. 이제 비로소 정열을 가지고 탄생한 셈이었다. 그녀는 카미유의 허약한 팔에서 로랑의 힘센 팔로 옮긴 참이었다. 정력적인 남성을 향한 이같은 접근은 그녀를 육체의 동면에서 깨어나게 하고 갑작스러운 충격을 주었던 것이다. 히스테릭한 여성의 온갖 본능이 말할 수 없이 난폭하게 터져나왔다. 그녀의 어머니의 피, 그녀의 혈관을 태우는 아프리카의 피가 여윈 그녀의 육체, 아직도 거의 숫처녀 같은 그녀의 육체 속에 사납게 흘러 맥박치기 시작했던 것이다. 그녀는 몸을 펴고 누워서 말할 수 없이 추잡하게 육체를 드러내놓았다. 그리고 머리에서 발끝까지 심한 전율에 떨고 있었다.

로랑은 한 번도 이같은 여자를 겪어본 적이 없었다. 그는 놀랍고 거북스러웠다. 보통 그의 정부들은 이처럼 정열적으로 나오지 않았다. 그는 냉랭하고 무관심한 키스에, 맥없고 포만한 사랑에 익숙해 있던 터였다. 그래서 테레즈의 입에서 흘러나오는 야릇한 신음 소리는 그의 관능적 호기심을 자극하면서 거의 공포 속으로 그를 몰아넣었다. 젊은 여인의 몸에서 떨어져나왔을 때, 그는 마치 술취한 사람처럼 비틀거렸다. 다음날 음흉하고 신중한 침착성을 되찾았을 때, 그는 자기에게 불을 퍼붓는 그 정부 곁으로 다시 돌아갈 것인지 생각해보았다. 처음에는 집에 머물러 있기로 굳게 결심했다. 마음이 움츠러들었다. 부드럽고 강렬하게 애무하는 나체의 테레즈를 잊고 다시는 보지 않으려 했던 것이다. 그러나 테레즈의 영상은 누그러지지 않고 여전히 팔을 벌리고 눈앞에 나타났다. 이 광경은 그에게 견딜 수 없는 육체적 고통을 가져왔다. 그는 굴복했다. 그는 다시 밀회 약속을 정하고 퐁네프 파사주로 돌아왔다.

이날부터 테레즈는 그의 생활의 한 부분이 되었지만, 로랑은 여전히 그녀를 흔쾌히 받아들이지 않고 수동적으로 움직였다. 때로는 겁을 먹고 때로는 조심했다. 요컨대 이러한 관계는 불쾌하게 그의 마음을 흔들어놓았던 것이다. 그렇지만 그런 공포와 거북함도 욕망 앞에 굴복했다. 그래서 밀회는 점점 더 증가했다.

테레즈는 로랑처럼 의심하지는 않았다. 그녀는 정열이 이끄는 대로 주저하지 않고 몰두했다. 환경 탓에 억눌려 있다가 마침내 다시 일어나게 된 이 여자는 자신의 생명력을 드러내면서 자신의 전 존재를 발가벗겨 내놓았다.

가끔 그녀는 로랑의 목에 팔을 두르고 가슴에 얼굴을 비벼대면서 여전히 숨가쁜 목소리로 말했다.

"오, 내가 얼마나 고생했는지 알아요? 난 병자의 축축한 방에서 자랐죠. 밤엔 카미유와 누웠지만 그의 몸에서 나는 텁텁한 냄새에 구역질이 나서 그와 멀리 떨어져 있곤 했어요. 그는 성질이 나쁘고 고집쟁이예요. 내가 함께 먹지 않으면 도무지 약을 먹으려 들지 않았어요. 그래서 나는 라캥 부인의 마음에 들려고 모든 약을 다 먹어야만 했어요. 그렇게 약을 먹었는데도 어째서 내가 죽지 않았는지 모르겠어요. 난 그들 때문에 고약한 지경에 처했어요. 그들은 내가 가지고 있던 모든 걸 빼앗았죠. 내가 당신을 사랑하는 것만큼 당신은 날 사랑하지 못할 거예요."

테레즈는 울면서 로랑에게 키스하고는 사무치는 증오심을 드러내며 계속 이야기했다.

"난 그들을 해치고 싶진 않아요. 그들이 날 키워주고 어려움으로부터 보호해주었으니까…… 그렇지만 난 그들의 친절보단 무관심이 좋았어요. 못 견디게 시원한 공기가 그리웠어요. 아주 어릴 때 나는 먼지 나는 길을 맨발로 뛰어다니고 구걸을 하면서 집시처럼 살기를 꿈꾸었어요. 내 어머니는 아프리카 어느 족장의 딸이었다고 해요. 난 가끔 어머닐 생각해보고는 내가 피와 본능에 의해서 어머니와 결합되어 있음을 깨달았어요. 어머니와 헤어지지 않고서 어머니의 등에 업혀 사막을 건너다녔더라면 얼마나 좋았을까 생각했지요. 아, 정말 더러운 청춘을 보냈어요! 카미유가 헐떡거리던 방에서 보낸 기나긴 날들을 생각하면 지금도 고통스럽고 화가 나요. 불 앞에 꾸부리고 앉아 바보처럼 죽이 끓는 걸 바라보면서 내 사지가 굳어지는 걸 느끼곤 했어요. 그런데도 난 움직일 수 없었어요. 고모는 내가 소릴 치면 화를 냈으니까요. 그 뒤에 나는 센 강변의 작은 집에서 정말 깊은 행복을 맛보게 되었어요. 그러나 그때 나는 이미 너무도 허약해져서 잘 걷지도 못했어요. 뛰어가려고 하면 곧장 넘어지고 말았죠. 그러다가 나는 산 채로 이 더러운 상점 속에 매장되었던 거예요."

테레즈는 크게 숨을 쉬고 두 팔로 정부를 꼭 껴안았다. 그녀는 지금 복수를 하고 있었다. 얇고 부드러운 콧구멍이 바르르 떨렸다.

"그들이 나를 얼마나 못쓰게 만들었는지 당신은 모를 거예요.

그들은 날 위선자, 거짓말쟁이로 만들었어요. 날 자신들의 미적지근한 생활 속에 질식시켰던 거예요. 어떻게 해서 내 혈관에 아직도 피가 남아 있는지 알 수 없군요. 난 눈을 내리깔고 그들처럼 맥없고 어리석은 낯짝을 하고 있었죠. 난 그들과 똑같이 죽은 생활을 했어요. 당신이 날 만났을 때 난 바보 같았어요. 그렇지 않았나요? 침울하고 기운이 빠지고 정신이 나가 있었어요. 난 아무 희망이 없어서 언젠가는 센 강에 투신할 생각이었죠. 그런데 그렇게 되기까지 내가 얼마나 많은 증오의 밤을 새웠는지 아세요? 저 시골 베르농에 살 때 싸늘한 방에서 나는 베개를 물어뜯으며 울음을 참았어요. 나는 속을 부글부글 끓이며, 나 자신이 비겁하다고 생각했어요. 피가 전신을 태우는 바람에 사지가 찢어지는 것 같았어요. 나는 두 번이나 도망쳐 곧장 햇빛 속을 뚫고 어딘가로 가려 했어요. 그러나 용기가 부족했던 나는 맥없는 그들의 친절과 구역질나는 그들의 애정에 붙잡혀 온순한 바보가 되고 말았지요. 그래서 나는 거짓말을 했어요. 아니 늘 거짓말을 한 셈이죠. 나는 그들에게 순종하며 조용히 지내면서도 무언가를 때리고 물어뜯을 꿈을 꾸고 있었지요."

젊은 여인은 말을 그치고 로랑의 목에 축축한 입술을 비볐다. 조금 있다가 그녀는 계속했다.

"내가 무슨 생각으로 카미유와의 결혼에 동의했는지 지금도 모르겠어요. 난 경멸 섞인 무관심한 마음으로 반대하지 않았던 거지요. 나는 카미유가 딱했던 거예요. 카미유와 놀 때면 내 손가락이 마치 찰흙에 파묻히듯 그의 사지에 들어가는 것을 느끼곤 했어요. 내가 카미유와 결혼한 건 고모가 그렇게 하라고 시켰기 때문이지, 그를 위해 고생할 생각은 조금도 없었어요…… 그리고 내 남편이 된 후에도, 그는 내가 이미 육 년이나 함께 잤던 병든 어린 소년과 조금도 다름이 없었어요. 그만큼 그는 허약하고 늘 앓는 소리만 한 거예요. 그리고 그에게선 언제나 병든 어린애의 퀴퀴한 냄새가 났어요. 그 냄새라면 정말 지긋지긋하게 싫었어요…… 내가 당신한테 이런 모든 얘길 하는 건 행여 당신이 질투할까 싶어서예요…… 내가 마시고 삼켰던 그 모든 약들이 기억날 때면 욕지기가 치밀어오르곤 했죠. 그래서 난 그에게서 떨어져서 무시무시한 밤을 혼자 새우곤 했어요. 그런데 당신, 당신은……"

테레즈는 몸을 일으켜서 뒤로 젖히고 로랑의 투박한 손에 손가락을 잡힌 채 그의 넓은 어깨와 큼직한 목을 쳐다보았다.

"난 당신을 사랑해요. 카미유가 상점 안으로 당신을 밀어넣던 그날부터 당신을 사랑했어요…… 아, 당신은 날 좋아하지 않을 거예요. 내가 단번에 몸을 맡겼으니 말이에요…… 정말 어떻게 하다 그렇게 됐는지 나도 모르겠어요. 나도 자존심이 있는데 홍분했던 거겠죠. 당신이 처음으로 날 껴안고 바닥에 쓰러뜨렸을 때 난 당신을 때려주고 싶었죠…… 내가 어쩌다 당신을 사랑하게 됐는지 모르겠군요. 오히려 당신을 증오한 것 같은데 말이에요. 당신을 보았을 때 난 흥분하고 괴로웠어요. 당신이 거기 있었을 때 내 신경은 터질 것처럼 팽팽해지고, 머리는 텅 비고, 눈에서는 불이 날 것 같았어요. 오, 난 정말 괴로웠어요. 그런데 난 그런 고통을 찾고 있었어요. 당신이 오기를 기다리고 있었던 거예요. 난 당신이 앉은 의자 곁을 빙빙 돌면서 당신의 입김을 느끼고 싶었고 당신의 옷에 내 옷을 문지르고 싶었던 거예요. 당신의 피는 내가 지날 때 더운 김을 뿜는 것 같았어요. 나의 내심의 반항에도 불구하고 당신은 날 끌어당겨 당신 곁에 잡아 매두는 일종의 뜨거운 열기에 싸여 있는 것 같았어요…… 당신도 여기서 머리를 빗던 일이 생각나죠? 그때 숙명적인 힘이 날 당신 곁으로 끌고 갔어요. 난 가혹한 쾌락을 느끼면서 당신의 입김을 들이마셨어요. 그건 마치 당신의 키스에 나를 던져넣는 것 같았어요. 난 노예가 된 자신이 부끄러웠어요. 당신이 날 건드리면 무너지리라는 것을 알고 있었어요. 그런데도 난 내 비겁함에 굴복해서 당신이 날 껴안기를 기다리면서 벌벌 떨고 있었어요."

테레즈는 마치 복수를 하고 나서 자랑스러운 듯이 떨면서 말을 끊었다. 그녀는 열정에 취한 듯한 로랑을 그녀의 가슴으로 끌어당겼다. 헐벗고 싸늘한 방에서 불길한 야비함과 뜨거운 정열이 뒤섞인 장면이 벌어졌다. 매번 다시 만날 때마다 더한층 열광적인 도취와 탐닉의 광경이 이어졌다.

젊은 여인은 대담하고 뻔뻔스러운 짓을 즐기는 듯했다. 그녀는 망설이지도 않았고 두려워하지도 않았다. 그녀는 솔직 대담하게 간통 행위에 몸을 던졌고, 위험이 증가하는 데서 일종의 허영을 느꼈다. 정부가 올 시간이 되면 그녀는 시어머니에게 방에 올라가서 쉬겠다고 조심스럽게 말했다. 그러나 조심하는 것은 그때뿐이었다. 정부가 나타나면 소리를 죽이려는 생각 따윈 하지도 않고, 걷고 말하고 버젓이 행동했다. 처음엔 가끔 로랑이 겁을 먹었다.

"이봐" 하고 그는 아주 낮은 소리로 테레즈에게 속삭였다. "글쎄, 그렇게 소리를 내지 마. 라캥 부인이 올라오겠어."

"핏!" 하고 그녀는 웃으면서 대답했다. "당신은 밤낮 떨어…… 시어머니는 카운터 뒤에 처박혀 있어요. 그녀가 이리 올거라고? 누가 물건을 훔쳐갈까 안절부절못하는데…… 설사 올라온다 해도 숨으면 되지 뭐. 시어머니쯤은 아무래도 상관없어요. 나는 당신을 사랑해요."

그러나 로랑은 여간해서 마음이 놓이지 않았다. 그의 정열은 시골뜨기의 음흉한 조심성을 아직도 잠재우지 못하고 있었다.

그러나 얼마 안 가서 그도 이런 일에 익숙해졌다. 그는 라캥 부인의 방 바로 옆에 있는 카미유의 방에서 대낮에 밀회를 즐길 만큼 대담해졌다. 그다지 겁을 내지도 않았다. 테레즈는 대담하게 행동하면 위험도 피해간다고 거듭 주장했다. 하긴 그 말은 옳았다. 아무도 그들을 찾으러 오지 않는 이 방보다 더 안전한 장소를 마련하지는 못했으리라. 믿을 수 없을 정도로 마음놓고 그들은 그곳에서 사랑을 만족시켰다.

그런데 어느 날 라캥 부인이 며느리가 아픈가 걱정이 되어 이층으로 올라왔다. 테레즈가 올라간 지 거의 세 시간이나 지났던 것이다. 테레즈는 하도 대담해서 식당에 접한 방문을 잠그지도 않고 있었다.

나무 계단을 올라오는 부인의 느리고 무거운 걸음 소리를 들은 로랑은 떨면서 허둥지둥 조끼와 모자를 찾았다. 테레즈는 로랑의 우스꽝스러운 낯짝을 보고 웃음을 터뜨렸다. 그녀는 그의 팔을 꽉 잡고 침대 아래로 밀어넣고는 조용한 목소리로 태연스럽게 말했다.

"거기 있어요…… 움직이지 말고요."

그녀는 방바닥에 뒹구는 사내의 옷을 로랑에게 던져 씌우고 그 위에 그녀가 벗어놓았던 흰 치마를 펼쳐놓았다. 그녀는 이런 행동을 전혀 당황하는 기색도 없이 재빠르고 정확한 동작으로

해냈다. 그러고는 머리를 흐트러트린 채 거의 벌거벗은 모습으로 침대에 누웠다. 그녀의 달뜬 몸은 떨고 있었다.

라캥 부인이 살짝 문을 열고 발소리를 죽이면서 침대로 왔다. 테레즈는 잠든 시늉을 했고, 로랑은 흰 치마 밑에서 땀을 흘리고 있었다.

"얘야, 어디 아프니?"

노부인은 걱정스러운 목소리로 물었다.

테레즈는 눈을 뜨더니 하품을 하며 돌아누우면서 처량한 목소리로 두통이 심하다고 말했다. 그녀는 조용히 잠자게 내버려둬달라고 부탁했다. 늙은 부인은 올 때처럼 소리내지 않고 나가버렸다.

두 연인은 소리없이 웃으면서 거칠게 정열적으로 포옹했다.

"알겠어요?" 테레즈는 의기양양해서 말했다. "우린 여기선 아무것도 겁낼 게 없어요…… 저자들은 모두 장님이에요. 그들은 사랑을 몰라요."

그러던 어느 날 젊은 여인은 문득 괴상한 생각이 들었다. 미친 게 아닐까 싶을 정도였다.

호랑이 줄무늬 고양이 프랑수아가 방 한복판에 쪼그리고 앉아 있었다. 가만히 움직이지도 않고 둥근 두 눈으로 두 연인을 시무룩하게 쳐다보고 있었다. 일종의 악마적 황홀에 빠져 두 사람을 조심스럽게 살펴보고 있는 것 같았다.

"프랑수아를 좀 봐요" 하고 테레즈가 로랑한테 말했다. "저놈이 오늘 저녁 카미유에게 몽땅 고자질할 것 같지 않아요? 저놈은 우리 일을 다 알고 있으니까……"

테레즈는 고양이가 말을 할 수도 있겠다고 생각하자 이상스레 재미있었다. 로랑은 고양이의 초록빛 큰 눈을 쳐다보고 소름이 끼쳤다. 테레즈가 말을 계속했다.

"저놈은 뻣뻣이 서서 한쪽 발로는 나를 가리키고 또 한쪽 발로는 당신을 가리키며 '저 두 사람이 이 방에서 꼭 껴안았어요. 저들은 날 경계하진 않지만, 죄를 짓고 있는 추악한 사랑이 내게는 혐오스러워요. 내가 편히 낮잠을 잘 수 있도록 제발 저자들을 감옥에 보내요' 라고 외칠 거예요."

테레즈는 어린애처럼 재미있어하며 고양이 흉내를 냈다. 그녀는 손가락을 구부리고 어깨를 살그머니 움츠렸다. 고양이는 돌멩이처럼 가만히 앉아서 그들 두 사람을 바라보고 있었다. 두 눈만이 살아 있는 것 같았다. 입 언저리에는 게으른 동물의 면상에 웃음을 새겨놓은 듯한 깊은 두 개의 주름이 있었다.

로랑은 뼛속까지 오싹해지는 걸 느꼈다. 테레즈의 농담이 마음을 불편하게 했다. 그는 일어서더니 고양이를 문 밖에 내놓았다. 실제로 그는 공포에 사로잡혀 있었던 것이다. 테레즈는 아직도 그를 완전히 사로잡지 못하고 있었다. 그의 마음 깊은 곳에는 처음으로 테레즈와 관계할 때 느꼈던 약간의 불안이 남아 있었다.

8

저녁때 상점에 오면 로랑은 정말 행복했다. 보통 그는 카미유와 함께 퇴근해서 왔다. 라캥 부인은 그를 아들처럼 생각했다. 그녀는 로랑이 제대로 먹지도 못하고 헛간 같은 방에서 자는 걸 딱하게 여겼다. 그녀는 언제든 로랑의 식사를 준비해놓겠다고 말했다. 그녀는 수다스러울 정도로 정답게 로랑에 대한 애정을 표현했다. 그건 늙은 부인들이 고향의 추억을 가져오는 사람들에게 내보이는 정다움이기도 했다.

로랑은 라캥 부인의 이러한 친절을 최대한 이용했다. 로랑은 퇴근 후 카미유와 함께 센 강변을 산책하곤 했는데, 서로 이야기를 나누며 서성거리다가 라캥 부인이 마련해놓은 수프를 먹으러 상점으로 왔다. 로랑은 주인이나 되는 것처럼 상점 문을 열고 들어와서는 의자에 털썩 걸터앉아 담배를 피우고 가래침을 뱉었다.

테레즈가 있어도 그는 전혀 거북하게 여기지 않았다. 그는 아무렇지도 않은 듯 다정한 태도로 테레즈에게 농담을 던지고 말을 걸었다. 그러면 테레즈는 간단한 대답만 했다. 카미유는 그런 모습을 보며 두 사람이 서로를 경멸하고 있는 것으로 생각했다. 어느 날은 아내가 너무 냉정하게 군다고 나무라기까지 했다.

로랑은 제대로 소원을 이룬 셈이었다. 친구 아내의 정부가 된 데다, 친구 어머니의 귀염둥이 어린애까지 된 것이다. 이렇게 만족하며 살아본 적은 한 번도 없었다. 그는 라캥 가족이 주는 한없는 즐거움의 밑바닥에서 편하게 잠을 자고 있었다. 라캥 가족들 역시 그의 자리를 자연스럽게 여겼다. 그는 친근한 어조로 카미유와 이야기를 나누면서도 양심의 가책 같은 것은 느끼지 않았다. 로랑은 카미유가 눈치채지 않았을까 싶어 카미유의 행동이나 말투를 감시하지도 않았다. 그만큼 그는 자신의 신중함과 침착성을 확신하고 있었다. 그에게 지상의 쾌락을 선사한 철면피한 에고이즘이 모든 과오로부터 그를 보호해주었다. 상점에 있을 때 테레즈는 다른 부인들과 마찬가지로 키스해서는 안 되는, 남의 아내였다. 사실 그가 사람들 앞에서 그녀와 키스하지 않는 것은 다시 못 오게 될까 겁이 났기 때문이었다. 다른 이유는 없었다. 그에게 카미유와 라캥 부인의 괴로움 같은 것은 안중에도 없었다. 그들의 관계가 발각되는 날이면 어떠한 결과가 생기게 될지도 전혀 생각해보지 않았다. 가난하고 굶주린 사람이 자기와 같은 경우가 되면 택하게 될 행동을 단순하게 하고 있을 뿐이었다. 그렇게 해서 그의 태평한 침착성, 신중한 대담성, 무관심하고 야유적인 태도가 생겨났던 것이다.

그에 비해서 한결 예민하고 신경질적인 테레즈는 할 수 없이 연기를 해야 했지만 그 동안의 생활에서 몸에 밴 능숙한 위선 덕택으로 맡은 역할을 완벽히 소화했다. 십오 년 가까운 세월 동안 그녀는 거짓으로 자신의 정열을 질식시키고, 강렬한 의지를 맥없고 잠든 것처럼 위장해왔던 것이다. 그녀에겐 자기 육체에 죽음의 마스크를 씌워 얼굴을 얼어붙은 것처럼 나타내 보이기란 쉬운 일이었다. 로랑이 상점에 들어올 때, 테레즈는 심각하게 찌푸리고 있었으며 코는 더 길어 보이고 입술은 더욱 엷어 보였다. 그녀는 추해 보이는데다 성격도 좋지 않고 말 붙이기도 어렵게 느껴졌다. 더욱이 그녀는 자신의 배역을 과장하지도 않았다. 그녀는 심하고 갑작스러운 태도로 남의 주의를 일깨우지 않고 예전에 해오던 대로 연기를 했다. 그녀에겐 카미유와 라캥 부인을 속이는 일이 쓰디쓴 쾌감 같은 걸 가져다주었다. 그녀는 로랑처럼 제 욕망을 실컷 채우는 데 빠져서 의무를 망각하지도 않았다.

그녀는 자신이 나쁜 짓을 하고 있음을 알고 있었다. 그녀는 식탁에서 일어서서 로랑의 입술에 키스함으로써 남편과 시어머니에게 자기는 짐승이 아니라 버젓이 애인이 있다는 것을 보이고 싶은 강렬한 욕망에 사로잡히곤 했다.

가끔 뜨거운 기쁨이 그녀의 머리 위로 올라왔다. 훌륭한 배우이긴 해도 그럴 때면 비밀이 탄로날 두려움이 없었던들 노래하고 싶은 마음을 참지 못했을 것이다. 이런 갑작스러운 쾌활함은 늘 너무 가라앉아 있다고 며느리를 나무라던 라캥 부인을 기쁘게 했다. 테레즈는 화분을 사서 자기 방 창문가에 놓고, 방에 새로 도배도 했다. 게다가 그녀는 양탄자, 커튼, 자단(紫檀)으로 만든 가구를 갖고 싶어했다. 물론 이 모든 사치는 로랑을 위해서였다.

타고난 본능과 주변 여건은 마치 로랑을 위해 테레즈를 만들어놓은 것 같았고 그들 서로를 끌어당기는 듯했다. 히스테릭하며 위선적인 여자와 다혈질이며 마구 사는 남자. 이 두 사람은 굳게 결합된 부부처럼 보였다. 그들은 서로를 보충하고 보호했다. 저녁 램프의 창백한 불 밑에서 식사를 할 때, 말없는 테레즈의 뚫을 수 없는 가면과 마주 앉은 로랑의 미소짓는 두터운 얼굴을 보면 그들의 힘센 결합이 느껴졌다.

부드럽고 조용한 저녁나절이면 고요하고 미적지근한 옮은 그늘 속에 다정한 대화가 오고 갔다. 식사가 끝나면 식탁 주위에 모여 앉아 그날 있었던 하찮은 일들과 전날의 추억과 내일의 희망을 얘기하곤 했다. 카미유는 로랑을 좋아했고 로랑도 카미유에게 똑같은 우정을 보이는 것 같았다. 그들 사이에 헌신적인 말투와 친절한 행동, 상냥한 시선이 오고 갔다. 라캥 부인은 평화로운 얼굴을 하고 그 젊은이들에게 둘러싸여 있었다. 마음속 비밀까지 서로 알고 우정을 나누는 오래된 친구들의 모임 같았다.

딴 사람들과 마찬가지로 조용하고 평화로운 태도로 테레즈는 즐거움과 웃음이 감도는 느긋한 분위기를 지켜보고 있었다. 그러나 그녀의 마음속에는 심한 조소가 숨어 있었다. 그녀는 냉정한 얼굴 이면에서 마음껏 비웃고 있었던 것이다. 그녀는 더없는 쾌감을 느끼며 몇 시간 전만 해도 옆방에서 반나체로 머리를 흐트러뜨리고 로랑의 가슴에 안겨 있던 자신의 모습을 생각했다. 미친 듯 정열을 쏟던 그날 오후의 일을 하나하나 자세히 회상하면서 기억 속에다 그것을 진열하고는 눈앞의 죽어 있는 광경과 타는 듯한 그 광경을 대조해보았다. 아! 그녀는 착한 집안사람들을 감쪽같이 속이고 있었다. 그렇게도 자랑스럽게 파렴치한 태도로 그들을 속이며 행복을 느꼈던 것이다! 그녀가 한 남자를 맞아들인 것은 바로 지척에 있는 옆방이었다. 간통을 저지르며 뜨겁게 뒤엉켜 뒹굴던 곳도 바로 그 방이었다. 그런데 바로 이 시간이 오면 그의 정부는 그녀에게 낯선 사람이 되고, 남편의 친구가 되고, 관심을 가져서는 안 되는 방문객이 되는 것이다. 이 가혹한 희극, 인생의 기만. 대낮의 뜨거운 포옹과 저녁의 고의적인 무관심을 비교하면서 젊은 여인의 피는 새로운 정열을 느끼고 있었다.

리캥 부인과 카미유가 아래층으로 내려가기라도 하면 테레스는 벌떡 일어서서 조용히 그러나 거칠게 정부의 입술에 제 입술을 포개고 계단에서 발소리가 들려올 때까지 헐떡거리며 그의 곁에 머물러 있었다. 그러다 잽싼 동작으로 제자리로 돌아가 새삼 딱딱하고 찌푸린 표정을 지어 보이는 것이다. 그리고 로랑은 조용한 음성으로 중단됐던 이야기를 카미유와 계속했다. 그것은 마치 죽은 하늘에서 보는 재빠르고 눈부신 애욕의 번개 같았다.

목요일이면 저녁 모임은 좀더 활기를 띠었다. 이 저녁 모임은 로랑에게 몹시 지루했지만, 그는 단 한 번도 모임에 빠지지 않았다. 그는 카미유의 친구들과 사귀고 싶었고, 그들로부터 존경도 받고 싶었다. 그래서 그리베와 늙은 미쇼의 횡설수설을 들어줄 필요가 있었다. 미쇼는 늘 살인과 도둑질 이야기였다. 그리베는 직장 상사와 부하 직원들의 이야기를 했다. 이럴 때면 로랑은 바보처럼 보이는 올리비에와 쉬잔 곁으로 몸을 피했다. 그러면서 도미노 놀이를 하자고 재촉해댔다.

테레즈는 목요일 저녁에 밀회의 날짜와 시간을 정했다. 부산스러운 가운데 라캥 부인과 카미유가 손님들을 통로로 나가는 문까지 바래다줄 때, 젊은 여인은 로랑에게 가까이 가서 낮은 소리로 말하며 손을 꼭 잡았다. 간혹 사람들이 모두 등을 돌리고 있을 때는 겁 없이 허세를 부리며 로랑에게 키스까지 하곤 했다.

거의 팔 개월 동안 흥분과 고요와 위안이 뒤섞인 이러한 생활이 계속됐다. 두 연인들은 완전한 행복에 젖어 살고 있었다. 테레즈는 이제 따분하지 않았고, 더는 아무것도 바라는 것이 없었다. 아낌을 받으면서 더욱 살이 찐 로랑도 역시 이런 생활이 중단되면 어쩌나 하는 걱정뿐이었다.

9

어느 날 오후 테레즈한테 달려가려고 사무실을 나오려는데 상관이 그를 부르더니 앞으로는 자리를 비우지 말라고 경고했다. 그 동안 그가 너무 자주 자리를 비워서 회사에서는 한 번만 더 근무 시간에 자리를 비우면 그를 해고하기로 결정을 내렸던 것이다.

꼼짝없이 의자에 못 박힌 그는 저녁이 될 때까지 절망에 빠져 있었다. 저녁에 테레즈의 성난 얼굴을 보는 것은 그에겐 말할 수 없는 고역이었다. 생활비를 벌어야만 했으므로 해고되어서는 큰 일이었다. 그는 약속을 못 지킨 이유를 어떻게 설명해야 할지 알 수가 없었다. 카미유가 가게 문을 닫는 동안 그는 급히 테레즈에게 다가갔다.

"우린 이제 더이상 만나지 못하겠어" 하고 그는 낮은 소리로 말했다. "과장이 외출을 허락하지 않아."

그 순간 카미유가 돌아왔으므로 로랑은 충분히 설명도 못 한 채 자리를 떠야 했다. 테레즈는 벼락같은 로랑의 선언에 어안이 벙벙했다. 화가 치민 테레즈는 자신의 정욕을 방해받고 싶지 않았기 때문에 밤을 새워가며 엉뚱한 밀회 계획을 짰다. 그 다음 목요일에도 그녀는 로랑을 잠깐밖에 만날 수 없었다. 그들의 초조감은 더욱 심해졌다. 테레즈는 로랑에게 다시 밀회를 청했으나 그는 또 그 약속을 어기고 말았다. 이때부터 그녀의 머릿속에는 어떤 대가를 치르더라도 그를 만나야겠다는 생각뿐이었다.

로랑이 테레즈에게 가까이 가지 못한 지 두 주일이 지났다. 그러자 그는 새삼 그녀가 자신에게 얼마나 필요한 존재인지 느끼게 되었다. 육욕을 채워온 버릇은 그에게 더 강렬한 새로운 욕망을 갖게 했다. 그는 정부와 포옹할 때 아무런 불안도 느끼지 않았다. 다만 굶주린 동물적 집념만이 있을 뿐이었다. 핏빛 정욕이 그의 근육 속에 잔뜩 들어앉아 있었다. 정부를 못 보게 되자 정욕은 눈먼 포악성을 띠면서 터져버렸다. 그는 맹렬한 사랑을 느꼈다. 짐승처럼 기운이 뻗치는 이 천성 속에서는 모든 것이 무의식적인 것 같았다. 그는 본능에 복종하고 몸의 요구대로 끌려 들어가고 있었다. 일 년 전에 누가 여자의 노예가 되어 정신을 빼앗겼다고 말했더라면 그는 껄껄 웃었을 것이다. 그의 내부에 자신도 모르는 사이에 자라나버린 정욕이 작용하고 있었다. 그리고 마침내는 손발을 꼬면서 테레즈의 야수 같은 애무에 몸을 던지고 말았던 것이다. 이 무렵 그는 신중함을 잃고 무슨 미친 짓이나 하게 되지 않을까 무서워서 저녁에도 퐁네프 파사주에 감히 오지 못했다. 그러나 더이상은 자제할 수 없었다. 그의 정부가 고양이같이 살금살금 자극적인 애교를 부리며 차츰 육체의 구석구석까지 스며들어왔던 것이다. 사람이 살기 위해서는 마실 것과 먹을 것이 필요하듯이, 그에게는 정부가 필요했다.

다음날 집에 남아 있으라는 내용을 담은 테레즈의 편지를 받지 않았던들 그는 분명히 바보 같은 짓을 저질렀을 것이다. 그의 정부는 저녁 여덟시경에 직접 그를 만나러 오겠다고 했다.

퇴근길에는 피로해서 곧장 집에 가서 누워야겠다고 말하고는 카미유와 헤어졌다. 테레즈는 저녁식사 후 또다시 거짓 연극을 했다. 그녀는 돈을 갚지 않고 이사 간 어느 고객 얘기를 꺼냈다. 그녀는 가혹한 채권자인 양 굴면서 경찰에 고발하겠다고 말했다. 그 고객은 바티뇰에 살고 있었다. 라캥 부인과 카미유는 거긴 너무 멀고 테레즈를 혼자 보내기는 위험하다고 생각했지만 별달리 의심하지는 않았다. 그래서 테레즈는 마음놓고 집을 나설 수 있었다.

젊은 여인은 질척질척한 보도에 미끄러지고 행인들과 부딪히기도 하면서 서둘러 포르 오 뱅으로 달려갔다. 얼굴에서는 땀이 났고, 손도 타오르고 있었다. 술에 취한 여자 같았다. 그녀는 층계를 급히 올랐다. 육층에 이르러 그녀는 멍한 눈으로 헐떡거리면서 로랑을 보았다. 로랑이 난간에 기대어 그녀를 기다리고 있었다.

그녀는 창고 비슷한 방으로 들어갔다. 넓은 치마가 거치적거릴 만큼 방은 좁았다. 그녀는 한 손으로 모자를 후다닥 벗고 기진맥진한 상태로 침대에 기댔다.

담뱃갑 같은 창문은 활짝 열려 타오르는 침대에 저녁의 시원한 바람을 불어넣고 있었다. 두 연인은 마치 어느 동굴 밑바닥 같은 그곳에서 오랫동안 시간을 보냈다. 갑자기 테레즈는 피티에 가의 기둥시계가 열시를 알리는 소리를 들었다. 할 수만 있다면 귀머거리가 되고 싶었다. 그녀는 고통스럽게 일어서서 제대로 살펴보지도 못한 창고 같은 방을 둘러보았다. 그녀는 모자를 찾고 리본을 맨 다음 자리에 앉았다. 그러고는 슬픔에 잠긴 목소리로 말했다.

"가야겠어요."

로랑이 앞에 와서 무릎을 꿇고 손을 잡았다.

"안녕." 테레즈는 움직이지 않고 말했다.

"안녕이 아니야. 그건 너무 막연해…… 언제 다시 올 수 있어?"

로랑이 외치듯 말했다.

그녀는 정면으로 그를 쳐다보았다.

"솔직히 말할까요?" 하고 그녀는 대납했다. "이젠 다시 못 올 것 같아요. 핑계가 없는걸요. 더이상 꾸며댈 수가 없어요."

"그렇다면 정말 작별인사를 해야겠네."

"싫어요, 난 싫어요."

그녀는 분노 섞인 어조로 말했다. 그리고 자신이 무슨 말을 하고 있는지도 알지 못한 채 의자에서 떠나지 않고 좀더 부드러운 목소리로 덧붙였다.

"난 가겠어요."

로랑은 어떤 생각에 사로잡혀 있었다. 그는 카미유를 생각하고 있었던 것이다.

"난 그를 원망하진 않아." 그는 마침내 이름을 대지 않고 말했다. "하지만 정말 우리에겐 너무 귀찮거든…… 그를 떼어놓을 수 없을까? 어디 멀리 여행을 보낼 수는 없을까?"

"아, 그이가 여행을 하다니!" 하고 젊은 여인은 머리를 흔들면서 말을 받았다. "그런 남자가 여행을 할 것 같아요? 다시 돌아오지 않는 여행만이 있어요…… 그렇게 되면 도리어 우리가 매장될 거예요. 겨우 목숨만 붙어 있는 사람들은 절대로 죽지 않아요."

침묵이 흘렀다.

로랑은 무릎을 꿇고 정부에게 꼭 들러붙어서 그녀의 젖가슴에 머리를 기댔다.

"난 꿈을 꿨어" 하고 그는 말했다. "당신과 밤을 새우고 당신 팔에서 잠들고 다음날 당신 키스를 받으며 깨는 꿈 말이야…… 난 당신의 남편이 되고 싶어…… 알겠어?"

"알아요."

테레즈의 목소리가 흔들렸다. 그리고 몸을 구부리면서 별안간 로랑의 얼굴을 키스로 뒤덮었다. 젊은 남자의 억센 수염에 그녀의 모자에 달린 리본이 문질러졌다. 자신이 옷을 다시 차려입었으며 그 옷을 구기고 있다는 사실은 이미 안중에도 없었다. 그녀는 흐느껴 울며 숨가쁘게 말을 했다.

"그런 말 말아요. 당신과 떨어질 힘이 이미 내겐 없어요. 여기 남아 있고 싶어요…… 차라리 내게 용기를 줘요. 자주 만날 거라고 말해줘요…… 당신은 내가 필요하고, 우린 언젠가는 함께 살 방법을 찾게 될 것 아네요?"

"그럼 다시 와, 내일 다시 와" 하고 로랑은 말했다. 그의 떨리는 손이 그녀의 허리 위로 올라왔다.

"그렇지만 난 다시 올 수 없어요. 말했잖아요? 난 핑계가 없어요."

그녀는 팔을 꼬면서 다시 말을 이었다.

"오! 난 추문이 무섭진 않아요. 당신이 원한다면 집에 돌아가서 카미유에게 당신이 내 정부라고 말하고 다시 여기로 오겠어요…… 내가 걱정하는 건 당신이에요. 난 당신의 생활을 뒤흔들고 싶지 않아요. 난 당신을 행복하게 해주고 싶어요."

젊은 남자의 신중한 본능이 다시 눈을 떴다.

"당신 말이 옳아" 하고 그는 말했다. "어린애처럼 굴면 안 되지. 아! 당신 남편이 죽기만 한다면……"

"내 남편이 죽기만 하면……" 하고 테레즈는 천천히 되풀이 말했다.

"우리는 결혼하고, 아무것도 두려울 것 없이 우리의 사랑을 실컷 즐길 수 있겠지…… 그런 달콤한 생활을 할 수만 있다면!"

젊은 여인은 다시 몸을 세웠다. 창백한 두 볼과 침울한 눈으로 정부를 쳐다보았다. 입술이 떨리고 있었다.

"간혹 사람들을 죽일 수도 있긴 해요" 하고 그녀는 마침내 속삭였다. "그렇지만 살아남는 자도 위험해요."

로랑은 대답이 없었다.

"알겠어요? 그런 흔한 방법을 쓰는 건 좋지 않아요."

"당신은 내 말을 이해하지 못했어" 하고 남자는 조용히 말했다. "난 바보가 아냐. 난 당신을 조용히 사랑하고 싶어…… 언제나 사건은 생기는 법이니까. 발이 미끄러질 수도 있고 기와가 떨어질 수도 있는 거야, 알겠어? 후자의 경우 죄가 되는 것은 단지 바람뿐이지."

그의 목소리는 낯설게 들렸다. 그는 미소를 짓고 달래는 것처럼 덧붙였다.

"안심하고 돌아가. 우린 언제까지라도 사랑하며 행복하게 살게 될 거야…… 당신이 올 수 없으니 내가 다 처리하지…… 우리가 몇 달이고 만나지 못하더라도 날 잊지 말고, 내가 우리들의 행복을 위해 움직이고 있다는 걸 생각해줘."

그는 나가려고 문을 열고 있는 테레즈를 껴안았다.

"당신은 내 거야. 그렇지?" 하고 그는 말했다. "내가 원할 땐 언제든 내게 당신을 완전히 바치겠다고 맹세할 수 있겠지?"

"그래요" 하고 젊은 여인은 외쳤다. "난 당신 거예요. 당신 마음대로 해요."

그들은 격한 얼굴로 서로를 말없이 바라보았다. 그러다가 테레즈는 갑작스럽게 몸을 빼어 고개도 돌리지 않고 방을 나와 계단을 내려갔다. 로랑은 멀어져가는 발소리를 듣고 있었다.

아무 소리도 들리지 않게 되자, 그는 침대로 돌아가 몸을 묻었다. 이불이 미적지근했다. 그는 테레즈가 정욕의 열기를 가득 남겨놓은 그 좁은 방에서 숨이 막힐 것 같았다. 그의 숨결은 아직도 젊은 여인의 체취를 맡고 있었다. 그녀는 코를 찌르는 바이올렛 냄새를 풍겨놓고 이곳을 떠나간 것이다. 그러나 지금은 자신의 주위를 돌아다니는 성부의 잡을 수 없는 유령만을 팔에 껴안을 수밖에 없었다. 그는 만족되지 않아 다시 깨어나는 사랑의 열기를 느꼈다. 창문도 닫지 않았다. 그는 벌렁 누워서 아무것도 걸치지 않은 팔을 벌리고 생각에 잠겼다. 그의 눈은 신선한 공기를 찾아 창틀 사이로 보이는 침침한 네모꼴 하늘을 바라보고 있었다.

날이 밝을 때까지 그의 머릿속엔 같은 생각이 맴돌았다. 테레즈가 오기 전까지는 카미유를 죽일 생각은 해보지 않았다. 그러다가 테레즈를 다시 볼 수 없다고 생각하자 얼떨결에 카미유의 죽음을 말했던 것이다. 의식하지 못했던 그의 천성이 새로운 구석을 드러냈던 것이다. 그는 간통에 정신이 팔린 나머지 살인을 생각하기 시작했다.

조금 진정이 된 그는 평화로운 밤에 싸여, 혼자서 살인을 연구하고 있었다. 두 번 키스하는 사이에 절망적으로 떠오른 살인의 생각은 억누를 수 없이 강렬하게 다시 나타났다. 잠이 오지 않았다. 테레즈가 남기고 간 거친 냄새에 흥분된 로랑은 함정을 꾸며보고, 실수할 경우를 계산해보고, 살인에서 얻게 될 이득을 요모조모 따져보았다.

그의 모든 이해관계는 그를 범죄로 밀어붙였다. 즈포스의 농부인 그의 아버지가 서둘러 죽을 것 같지는 않았다. 아마도 그는 앞으로도 십 년 동안 여전히 직장을 다니며 허름한 식당에서 식사를 하고 여자 없이 고미다락방에서 살아야 할 것이다. 그런 생각을 하자 그는 견딜 수 없었다. 반대로, 카미유가 죽으면 그는 테레즈와 결혼해서 라캥 부인으로부터 유산을 받을 수 있었다. 그렇게 되면 직장을 그만두고 햇볕을 쬐면서 유유자적할 수 있을 것이다. 조용히 아버지의 죽음을 기다리며 한가로이 먹고살 수 있는 그런 생활은 생각만 해도 기분이 좋았다. 그러다가 그런 꿈속으로 눈앞의 현실이 나타나면 그는 카미유를 죽이기라도 하려는 듯이 주먹을 불끈 쥐곤 했다.

로랑은 테레즈를 원했다. 자기 혼자서만 언제고 손에 쥐고 있고 싶었다. 그녀의 남편을 없애지 않는다면 그녀를 놓치게 될 것이다. 그녀는 말했다. 다시는 올 수 없다고. 할 수만 있다면 그 여자를 가로채서 어디론가 가고 싶었다. 그러나 그렇게 하면 둘 다 굶어죽게 될 것이다. 남편을 죽이는 편이 위험이 적었다. 추문이 생겨날 일도 없었다. 그는 단지 한 남자를 밀어내고 그 자리에 들어앉기만 하면 될 것이다. 농부의 아들다운 단순하고 거친 논리 속에서 그는 자연스럽고 훌륭한 방법을 발견해냈던 것이다. 그의 천성의 신중함은 이런 궁여지책을 빨리 해치우도록 부추기고 있었다.

그는 땀을 뻘뻘 흘리며 테레즈의 머리가 뒹굴었던 베개에 축축한 얼굴을 묻었다. 베마른 입술을 이불에 대고 거기서 나는 가벼운 향기를 들이마셨다. 그러고는 숨을 죽이고 헐떡이면서 눈을 감았다. 감은 눈 속으로 불 같은 줄이 지나가는 듯했다. 어떻게 하면 카미유를 해치울 수 있을까 생각했다. 숨이 차오자 그는 벌떡 등을 돌리고 누워 눈을 크게 뜨고 창문에서 들어오는 차가운 바람을 얼굴 가득히 받았다. 그는 창문으로 보이는 별들과 푸르스름한 하늘 속에서 살인에 대한 충고와 계획을 찾고 있었다.

그러나 좋은 방법이 떠오르지 않았다. 정부에게 말했듯이 그는 어린애가 아니며 바보도 아니었다. 칼로 찔러 죽이거나 독살하는 것은 적절한 방법이 아니었다. 위험 없이 해치울 수 있는 교활한 방법이 필요했다. 소리도 내지 않고 공포도 없는, 일종의 솔직 단순한 제거가 필요했다. 정열이 아무리 충동하고 앞으로 밀어내도 소용없었다. 그의 전 존재는 강력하게 신중할 것을 요구하고 있었다. 그는 너무나 유약하고 편한 데 길들여진 성격이어서 자신의 안정을 위험에 빠뜨리는 일은 하지 못했다. 살인의 목적은 조용히 행복하게 살기 위해서였던 것이다.

조금씩 졸음이 왔다. 찬 공기가 고미다락방에서 테레즈의 미적지근하고 향수 냄새 풍기는 유령을 쫓아냈던 것이다. 로랑은 녹초가 되고 마음이 가라앉아서 부드럽고 막연한 마비 상태에 감싸였다. 그는 잠들면서 좋은 기회를 기다리기로 작정했다. 그리고 차츰 더 아물거리는 그의 생각은 스스로를 어르면서 '난 그를 죽이겠다. 난 그를 죽이겠다' 라고 속삭였다. 오 분쯤 후 조용히 규칙적으로 숨을 쉬면서 그는 잠이 들었다.

테레즈는 열한시에 집으로 돌아왔다. 머리가 화끈거리고 잔뜩 긴장되어 있던 그녀는 자기가 어디를 달리고 있는지 알지도 못한 채 퐁네프 파사주에 도착했다. 마치 로랑의 집으로 가고 있는 것처럼 스스로 느꼈을 정도로 그녀의 귀는 아직도 바로 전에 들었던 로랑의 이야기로 가득 차 있었다. 라캥 부인과 카미유는 불안하고 초조한 표정이었다. 그녀는 헛걸음을 했으며 마차를 기다리느라고 한 시간 동안 보도에 서 있었다고 거짓말을 했다. 그녀의 어조는 쌀쌀하기 그지없었다.

침대에 들어가니 이부자리가 차고 축축했다. 아직도 열기가 가시지 않은 그녀의 몸은 카미유에 대한 혐오감으로 떨리고 있었다. 카미유는 곧 잠이 들었다. 그러나 테레즈는 바보처럼 입을 벌리고 잠든 그의 창백한 얼굴을 오랫동안 들여다보았다. 그녀

는 카미유와 떨어져 누웠다. 꼭 쥔 자기 주먹을 카미유의 입에
처박고 싶었다.

10

삼 주 정도가 흘렀다. 로랑은 매일 저녁 상점에 왔다. 그는 앓고 있는 사람처럼 피로해 보였다. 희끄무레한 가벼운 줄이 그의 눈가에 나 있었고, 입술은 새파랗게 터져 있었다. 그러나 무거운 침착성은 여전했다. 그는 카미유에게 한결같은 우정을 내보였다. 라캥 부인은 로랑이 남모를 열에 사로잡혀 있는 것을 보고는 더욱 그를 아꼈다.

테레즈는 여전히 말없고 찌푸린 낯을 하고 있었다. 그녀는 어느 때보다도 무뚝뚝하고 조용했다. 움직임도 거의 없었다. 그녀에겐 로랑이 존재하지 않는 것 같았다. 거의 로랑을 쳐다보지 않았다. 말도 극히 아끼고 아주 무관심하게 대했다. 이러한 테레즈의 태도를 보고 마음이 편치 않았던 사람 좋은 라캥 부인은 가끔 로랑에게 말하곤 했다.

"우리 며느리의 냉정한 태도에 마음 쓰지 마라. 난 그앨 알아. 얼굴은 찬 것 같지만 마음만은 아주 다정하고 헌신적이며 따뜻한 애야."

두 연인은 이젠 밀회를 하지 않고 있었다. 생 빅토르 가의 밀회가 있었던 이래로 그들은 단둘이 만난 적은 없었다. 저녁에 그들이 마주치게 될 때면, 겉으로는 서로 조용하고 낯선 것 같았지만 정열과 공포와 정욕의 폭풍우가 그들 얼굴의 잠잠한 살 밑을 통과하곤 했다. 테레즈의 마음속에는 흥분과 비겁함과 가혹한 야유가 있었고, 로랑의 마음속에는 음침한 잔인성과 괴로운 불안이 있었다. 그들 자신까지도 그들 존재의 밑바닥에서 일종의 두텁고 거친 수증기로 머리를 가득 채우는 듯한 그 불안하고 열병과 같은 생각을 모르는 척했다.

그들은 문 뒤에서 마주치기라도 하면, 조용히 으스러질 정도로 서로의 손을 재빨리 움켜잡곤 했다. 서로가 상대의 손가락에 붙어 있는 살을 가져가고 싶은 듯했다. 그들의 정욕을 안정시키는 데는 오직 그러한 악수밖에 없었다. 그들은 그 악수에 온몸을 바쳤다. 다른 것은 전혀 바라지 않았다. 그들은 기다리고 있었던 것이다.

목요일 저녁 모임을 시작하기 전에 여느 때처럼 사람들은 이런저런 이야기를 주고받았다. 대화의 큰 주제 중 하나는 늙은 미쇼에게 경찰관 시절의 일을 묻고, 그가 겪은 신기하고 흉악한 모험담을 듣는 것이었다. 그러면 그리베와 카미유는 『푸른 수염』이나 『톰 썸』 이야기를 듣는 겁에 질린 아이의 표정을 하고 이 퇴직 경관의 이야기에 귀를 기울였다.

그날, 듣는 사람을 서늘하게 하는 무서운 살인사건을 이야기하고 난 미쇼는 머리를 끄덕이며 덧붙였다.

"그리고…… 대개의 범죄는 밝혀지지 않고 어둠 속에 남아 있어. 사람들이 잡지 못한 살인범들은 또 얼마나 많은지!"

"뭐라구요!" 하고 놀란 그리베가 반문했다. "이런 거리에, 사람을 죽이고도 체포되지 않은 고얀 놈들이 있단 말이요?"

올리비에는 멸시하듯 미소를 짓기 시작했다.

"이보세요" 하고 그는 째지는 목소리로 대답했다. "그놈들이 살인범이라는 걸 모르니까 그런다잖소."

그리베는 이런 논리가 납득이 되지 않는 듯했다. 카미유가 그를 편들어 중요한 문제라도 되는 양 말했다.

"난 그리베 씨와 같은 의견이에요. 경찰이 잘 조직되어 있어 보도에서 살인자와 부딪히는 일은 일어나지 않는다고 믿고 싶어요."

올리비에는 카미유의 말이 자기를 직접 공격하는 것으로 들렸다.

"물론 경찰은 잘 조직되어 있지요" 하고 그는 난처한 어조로 말했다. "그렇지만 우리들은 완전하진 않아요. 악마의 학교에서 범죄를 배운 사기꾼들이 있단 말이에요. 하느님조차도 그놈들은 어쩌지 못해요. 그렇지 않아요, 아버지?"

"그럼, 그렇고말고" 하고 늙은 비쇼가 동의했다. "내가 베르농에 있을 때, 라캥 부인도 생각나실 겁니다, 어떤 놈이 대로에서 수레꾼을 죽였지. 시체는 웅덩이 밑바닥에서 두 토막이 난 채 발견되었어. 그런데 범인을 전혀 잡을 수 없었지. 아마 그놈은 지금도 살아 있을걸. 우리 이웃에 있을지도 몰라. 그리베 씨가 집에 돌아가다가 그놈과 마주치게 될지도 모르는 일이고."

그리베는 백지장처럼 새하얗게 질렸다. 살인자가 자기 뒤에 있는 듯 머리도 돌리지 못했다. 그렇지만 한편으로는 그런 무서운 기분을 즐기고 있었다.

"아니, 천만에요" 하고 그는 자기가 무슨 말을 하는지도 잘 모르면서 중얼거렸다. "난 그렇게 생각하지 않아요…… 나도 아는 이야기가 있어요. 주인집 돈을 훔쳤다고 해서 감옥에 들어간 하녀가 있었어요. 두 달 후 나무를 자르다가 까치집에서 그 돈이 발견되었지요. 결국 까치가 도둑이었단 말입니다. 그래서 하녀는 석방되었어요…… 알겠어요? 죄인들은 반드시 벌을 받는 거예요."

그리베는 신이 났다. 그러나 올리비에는 비웃었다.

"그럼 까치를 감옥에 넣었단 말이군요" 하고 그는 말했다.

"그리베 씨가 말하려고 한 것은 그게 아니지요." 자기 상관이 웃음거리가 되는 걸 보고 화가 난 카미유가 끼어들었다. "어머니, 도미노를 갖다주세요."

라캥 부인이 도미노 상자를 가지러 간 동안 카미유는 미쇼를 보고 말을 계속했다.

"그러니까 당신은 경찰이 무력하다는 걸 인정하는군요! 대낮에도 버젓이 돌아다니는 살인자들이 있으니까!"

"흥! 딱한 노릇이지만 그렇달 수밖에" 하고 퇴직 경관이 대답했다.

"그건 정말 말도 안 되는 일이에요."

그리베가 결론을 내렸다.

이런 대화가 오고 가는 동안 테레즈와 로랑은 말없이 앉아 있었다. 그들은 그리베의 어리석음에 미소조차 보이지 않았다. 둘 다 식탁에 팔꿈치를 대고 다소 창백한 얼굴에 흐리멍덩한 눈을 하고 그저 듣고만 있었다. 잠시 그들의 검고 뜨거운 시선이 서로 만났다. 조그마한 땀방울이 테레즈의 머리카락 속에 방울져 있었고, 불어오는 찬바람에 로랑의 피부는 보이지 않는 전율을 일으키고 있었다.

11

날씨가 좋은 일요일이면 가끔 카미유는 억지로 테레즈를 데리고 나가 샹젤리제를 산책하곤 했다. 테레즈는 될 수 있으면 상점의 축축한 그늘 속에 머물러 있는 것이 좋았다. 그녀는 피로했고, 여러 상점 앞에서 놀란 표정으로 생각에 잠겨, 바보처럼 말도 하지 않고 걸어가는 남편의 팔짱을 끼고 다니는 게 따분했다. 그러나 카미유는 기분이 좋았다. 그는 자기 아내를 다른 사람 앞에 내보이기를 좋아했다. 직장 동료나 특히 상관을 만나면 아내와 함께 있는 것이 자랑스럽다는 듯이 인사를 나누곤 했다. 그는 거의 말도 하지 않고 뻣뻣이, 그저 걷기 위해 걸었다. 외출복을 입고 발을 질질 끌며 걷는 모습은 우둔해 보이기까지 했다. 공연히 허세를 부리는 게 어색하기 짝이 없었다. 테레즈는 이런 남자와 함께 다니는 게 괴로웠다.

산책하는 날이면 라캥 부인은 파사주 통로 끝까지 자기 아들 내외를 따라와서 마치 멀리 여행이나 떠나는 사람들처럼 키스를 하곤 했다. 그리고 끊임없이 주의와 간절한 당부를 쏟아냈다.

"특히 사고가 나지 않도록 조심해…… 파리는 교통이 혼잡해! 사람들 많은 곳에는 절대 가지 말거라."

라캥 부인은 두 사람이 멀어져가는 것을 한참 바라보고는 상점으로 돌아왔다. 다리가 무거워서 그녀는 오래 걸을 수가 없었다.

부부는 한두 번 시외로 나가보기도 했다. 그들은 생투앙이나 아스니에르로 갔다. 그리고 강변 식당에서 생선 요리를 먹었다. 이런 요란한 날은 한 달 전부터 별러온 것이었다. 테레즈는 밤 열시 혹은 열한시까지 밖에서 보낼 수 있는 이런 소풍을 하게 되는 것이 그나마 기뻤다. 초록의 섬들이 있는 생투앙은 베르농을 떠올리게 했다. 그녀는 거기서 소녀 시절 센 강에 대해 가졌던 모든 야성적인 감정이 눈뜨는 것을 느꼈다. 자갈밭에 앉아서 강물에 손을 담그고 시원한 바람을 맞으며 햇살 아래 있으면 살아 있는 것 같았다. 테레즈가 자갈과 기름진 땅에 옷자락을 찢기고 더럽히는 동안 카미유는 깨끗이 손수건을 펴고서 아주 조심조심 그녀 곁에 쪼그리고 있었다. 최근에 이 젊은 내외는 거의 언제나 로랑을 데리고 갔다. 로랑은 거침없는 웃음과 농부다운 활력으로 소풍의 분위기를 들뜨게 했다.

어느 일요일, 세 사람은 늦은 아침을 먹고 열한시경에 생투앙으로 떠났다. 오래 전에 계획된 이날의 소풍은 마침 여름의 끝자락에 걸려 있었다. 가을이 오고 있었다. 저녁이면 서늘한 바람이 불어오기 시작했다. 그날 아침, 하늘은 푸르고 상쾌했다. 햇볕이 뜨겁고 그늘도 미적지근했다. 그들은 마지막 일광을 유익하게 즐기기로 작정했다.

세 사람은 늙은 부인의 충고와 걱정을 뒤로 하고 마차를 탔다. 그들은 파리를 지나 성벽에서 마차를 내렸다. 그리고 대로를 따라 생투앙에 도착했다. 정오였다. 먼지 덮인 도로는 태양에 비쳐서 눈부시게 희었다. 공기는 답답하고 거칠게 타오르고 있었다. 카미유의 팔짱을 낀 테레즈는 양산을 들고서 총총걸음으로 걸었다. 한편 카미유는 커다란 손수건으로 얼굴에 바람을 일게 하고 있었다. 그들 뒤로는 햇볕에 목이 타는 것도 아랑곳없이 로랑이 따라오고 있었다. 그는 휘파람을 불며 발로 자갈을 차고, 때로는 다갈색 눈동자를 반짝이며 정부의 흔들리는 허리를 흘겼다.

생투앙에 도착하자 그들은 서둘러 그늘에 펼쳐진 초록의 양탄자 같은 숲을 찾아서 외따로 있는 잡목림 속으로 들어갔다. 떨어진 나뭇잎들이 땅바닥에 붉은 잠자리를 만들어놓았는데, 걸을 때마다 메마른 부스럭 소리를 냈다. 나무들이 마치 고딕 건축의 원주들처럼 움직이지 않고 꼿꼿이 서 있었다. 나뭇가지는 그들의 이마까지 늘어져 있어서 앞을 가렸다. 그들에게 보이는 지평선이라고는 고작해야 시들어가는 나뭇잎의 구릿빛 궁륭과 사철나무 전나무의 희고 검은 둥치들뿐이었다. 그들은 조용하고 시원한 좁은 빈터를 찾았다. 마치 쓸쓸한 굴속에 들어앉아 있는 듯했다. 주위에서는 센 강이 으릉대며 흐르는 소리가 들려왔다.

카미유는 메마른 곳을 골라서 옷자락을 쳐들며 앉았다. 테레즈는 버스럭거리는 치맛자락 소리를 내며 나뭇잎 위에 푹 쓰러졌다. 그녀는 불룩한 치마 속에 반쯤 파묻혀서 한쪽 다리를 무릎까지 드러내고 있었다. 배를 깔고 누운 로랑은 땅에 턱을 대고 그녀의 드러낸 다리를 쳐다보고 있었다. 그러면서 센 강의 모든 섬들에도 튈르리 공원처럼 벤치를 마련하고 모랫길을 닦고, 나무를 예쁘게 다듬어서 영국식 정원으로 만들어야 한다며 불만을 늘어놓는 친구의 말을 듣고 있었다.

그들은 저녁을 먹기 전에 들판을 뛰어다닐 작정으로 햇볕이 누그러지기를 기다리면서 세 시간 가까이 그 빈터에 머물러 있었다. 카미유는 사무실 이야기를 하면서 바보 같은 말들을 늘어놓았다. 그러다가는 피로한지 뒤로 벌렁 누워서 잠들어버렸다. 그는 눈 위에 모자를 올려놓고 있었다. 오래 전부터 테레즈는 눈을 감고 잠든 척하고 있었다.

그 순간 로랑은 젊은 여인 쪽으로 슬그머니 다가와서 입술을 내밀고 여인의 구두와 발뒤꿈치에 입을 맞추었다. 대지의 강한 냄새와 테레즈의 가벼운 향기가 뒤섞여 그의 가슴을 뚫고 들어와 그의 피에 불을 지르고 그의 신경을 흥분시켰다. 한 달 전부터 그는 화를 참으면서 얌전히 살아왔다. 햇볕을 받으며 생투앙의 대로를 걸어오는 동안 그의 마음속에 불꽃이 일어났다. 지금 그는 그늘과 고요에 싸인 강렬한 환락의 한복판, 으슥한 은거처 깊숙이 있는 것이다. 그런데도 그는 자신의 여인을 제 가슴에 꽉 껴안을 수 없었다. 그녀의 남편이 눈을 떠서 보게 된다면 그의 모든 신중한 계산은 한순간에 망쳐질 것이다. 언제든 이 남자는 방해물이었다. 그래서 땅에 납작 엎드린 로랑은 스커트 뒤에 숨어서 연인의 구두와 흰 양말에 조용한 키스를 하며 흥분으로 몸을 떨었다. 죽은 듯한 테레즈는 꿈쩍도 하지 않았다. 로랑은 그녀가 잠든 줄 알았다.

그는 등을 구부리고 일어서서 나무에 기댔다. 그때 그는 젊은 여인이 번쩍이는 두 눈을 크게 뜨고 허공을 바라보고 있는 걸 보았다. 들어올린 두 팔 사이로 보이는 그녀의 얼굴은 윤기 없이 창백하고, 차갑고 딱딱했다. 테레즈는 생각에 잠겨 있었다. 움직이지 않는 그 눈은 어둠만이 보이는 침침한 심연 같았다. 그녀는 자기 뒤에 서 있는 로랑 쪽으로 시선을 돌리지도 않았다.

로랑은 자신의 애무에도 꼼짝하지 않고 말없이 있는 테레즈를 보고 겁이 나서 그녀를 곰곰이 살폈다. 치마 주름 속에 떠 있는 희고 죽은 듯한 얼굴은 로랑에게 이글거리는 정욕과 함께 공포를 불러일으켰다. 그는 몸을 굽혀 키스를 해서, 활짝 뜬 그녀의 눈을 감기고 싶었다. 그러나 그 치맛자락 바로 곁에서 카미유가 잠들어 있었다. 가련한 그자는 몸을 웅크리고 자기의 깡마른 꼴을 보이면서 가쁘게 코를 골고 있었다. 얼굴을 반쯤 덮은 그의 모자 밑으로 바보같이 잠에 취해 벌어진 그의 입이 보였다. 가느다란 턱 위에 듬성듬성한 붉은빛 작은 솜털이 창백한 그의 살을 추하게 만들었다. 머리를 뒤로 젖히고 있었기 때문에 여위고 주름살 잡힌 목도 보였다. 목울대가 붉은 벽돌처럼 툭 불거져나와 코를 골 때마다 올라갔다 내려갔다 했다. 웅크려 잠든 카미유는 나약하고 흉해 보였다.

로랑은 번쩍 한쪽 발을 들었다. 단번에 카미유의 얼굴을 으스러뜨리고 싶었던 것이다. 테레즈는 고함을 지르려다 참았다. 그녀는 파랗게 질려 눈을 감았다. 그리고 핏방울이 튀는 것을 피하려는 듯이 고개를 돌렸다.

로랑은 몇 초 동안 잠든 카미유의 얼굴 위로 발을 든 채 서 있었다. 그러다가 천천히 발을 다시 내려놓고 몇 걸음 뒤로 물러났다. 그렇게 죽이는 것은 어리석은 방법이라고 생각했던 것이다.

만일 그의 머리가 으스러진다면 경찰이 그를 잡으러 올 것이다. 그가 카미유를 떼어버리고자 하는 것은 오직 테레즈와 결혼하기 위해서였다. 그는 늙은 미쇼가 얘기했던 수레꾼 살인자처럼 범죄를 저지르고 난 뒤에도 버젓이 살아갈 생각이었다.

그는 강가로 가서 흐르는 강물을 멍청히 바라봤다. 그러다 별안간 잡목 속으로 되돌아왔다. 그는 마침내 하나의 방법을, 자신에게는 위험이 없는 편리한 살인 방법을 생각해낸 참이었다.

그는 지푸라기로 코를 간질여 잠자는 카미유를 깨웠다. 카미유는 재채기를 하며 일어나더니 재미있는 장난이라며 즐거워했다. 카미유는 자신을 웃게 만드는 이런 장난 때문에 로랑을 좋아했다. 그러고서 그는 눈을 감고 있는 아내를 흔들었다. 테레즈가 일어서서 마른 나뭇잎이 잔뜩 묻고 구겨진 치맛자락을 털고 나자, 세 사람은 거치적거리는 작은 나뭇가지를 꺾으면서 빈터를 떠났다.

그들은 거기서 나와 나들이옷을 입은 무리들이 우글대는 길을 이곳저곳 산책했다. 나무 울타리 사이로 깨끗한 치마를 입은 소녀들이 뛰어다니고 있었다. 보트 놀이꾼들이 노래를 부르며 지나갔다. 괜찮은 집안의 부부들, 늙은이들, 아내를 동반한 직장인들의 행렬이 고랑 기슭을 총총히 걸어갔다. 모든 길마다 사람이 많고 화려했다. 태양만이 의젓한 침착성을 지키고 있었다. 태양은 지평선 쪽으로 기울어져서 벌겋게 된 나무들과 흰 길 위에 창백한 광선의 거대한 자락을 던지고 있었다. 아물거리는 하늘에서 서늘한 공기가 내려오기 시작했다.

카미유는 이제 테레즈의 팔짱을 끼고 있지 않았다. 그는 로랑과 이야기하느라 정신이 없었다. 친구의 농담에 웃음을 터뜨리고 고랑을 뛰어넘고 큰 돌을 집어올리는 친구의 묘기에 즐거워하고 있었다. 테레즈는 길 다른 한편에서 머리를 숙이고 풀을 뽑느라 가끔 허리를 구부리며 걷고 있었다. 뒤에 처지게 됐을 때 그녀는 걸음을 멈추고 정부와 남편을 멀리서 바라보곤 했다.

"여보! 배고프지 않아?"

마침내 카미유가 뒤를 돌아보며 외쳤다.

"고파요."

"그럼 어서 가지!"

테레즈는 배가 고프지 않았다. 단지 피로하고 불안할 뿐이었다. 그녀는 로랑의 계획을 알지 못했다. 그녀의 다리는 불안에 떨리고 있었다.

세 사람은 강기슭으로 돌아와서 식당을 찾았다. 기름과 술내가 코를 찌르는 싸구려 식당에 들어가서 널빤지 테라스 위에 마련된 식탁 앞에 앉았다. 식당은 고함과 노래와 접시 부딪치는 소리로 가득했다. 방이나 홀마다 큰 소리로 떠드는 손님들이 있었다. 얇은 칸막이가 그 모든 소음들을 울리게 했다. 웨이터들이 올라올 때마다 계단이 삐걱거렸다.

테라스에서는 강에서 불어오는 바람이 기름 타는 냄새를 쫓아냈다. 테레즈는 난간에 기대어 둑 쪽을 바라보았다. 양 옆으로는 선술집과 장사꾼들의 바라크가 두 줄로 늘어서 있었다. 드문드문 매달린 노란 나뭇잎 사이로는 하얀 식탁보와 검은 외투, 여자들의 밝고 화려한 치마가 보였다. 사람들은 모자를 벗고, 뛰거나 웃으며 왔다 갔다 했다. 그리고 사람들의 요란한 잡음 속으로 오르간의 서글픈 음조가 섞여들었다. 생선을 요리하는 냄새와 큼큼한 먼지 냄새가 잠잠한 공중에 떠돌고 있었다.

테레즈의 눈 아래에선 파리의 여대생들이 닳아빠진 양탄자 같은 잔디 위에서 유치한 노래를 부르며 빙빙 춤을 추고 있었다. 어깨 위에 모자를 드리우고 머리를 풀어젖힌 여학생들은 소녀처럼 손을 잡고 놀고 있었다. 그녀들은 맑은 음성으로 소리를 질러댔다. 창백했던 여학생들의 얼굴은 바깥바람을 잔뜩 쐬어 처녀답게 곱게 물들어 있었다. 그녀들의 요란하고 큰 눈은 감상에 젖어 빛났다. 남학생들은 백토(白土)로 만든 파이프를 물고 음탕한 농담을 던지면서 그녀들을 바라보고 있었다.

그리고 저 너머 센 강의 언덕 위로 저녁의 정적과 투명한 안개 속에 나무들을 파묻는 푸르고 희미한 공기가 내려오고 있었다.

"자," 하고 로랑은 층계의 난간에 몸을 구부리면서 외쳤다. "웨이터, 식사 주문은 안 받나?"

그러더니 생각을 고친 듯이 말했다.

"카미유, 식사 전에 강가로 산책하러 가면 어떻겠나? 그 동안이면 닭고기를 구울 수 있겠지. 한 시간이나 기다리려면 지루할 거야."

"좋을 대로. 그런데 테레즈가 배가 고프다잖아."

카미유는 심드렁하게 대답했다.

"아니, 난 기다릴 수 있어요" 하고 테레즈가 급히 말했다. 로랑은 그녀를 뚫어지게 응시했다.

그들 셋은 모두 아래로 내려왔다. 카운터 앞을 지나다가 식탁 하나를 예약해놓고 메뉴를 정해주면서 한 시간 내로 돌아오겠다고 말했다. 식당 주인이 보트를 세놓고 있었으므로, 그들은 거기서 보트를 빌렸다. 로랑이 작은 배를 골랐는데, 카미유는 그게 너무 허술해 보여 무서웠다.

"어유," 하고 그는 말했다. "이 속에서 움직이다가는 큰일 나겠어. 잘못하다간 빠져버릴 것 같아."

실상 카미유는 물을 몹시 무서워했다. 몸이 아팠던 그는 어렸을 때, 센 강 속으로 뛰어들어 놀 수가 없었다. 친구들이 강물에 들어가 노는 동안 그는 따뜻한 이불 속에 누워 있었던 것이다.

반면에 로랑은 수영을 잘했고, 지칠 줄 모르는 보트꾼이기도 했다. 카미유는 어린애와 여자들처럼 깊은 물에 대해 공포감을 가지고 있었다. 그는 튼튼한지 확인해보려는 듯이 발끝으로 보트를 디뎌보았다.

"어서 들어가" 하고 웃으면서 로랑이 그에게 외쳤다. "그렇게 떨고만 있을 거야?"

카미유는 보트에 발을 올려놓고 비틀거리면서 뒤에 가서 앉았다. 배의 바닥을 발밑에 느꼈을 때 그는 마음을 놓고 용기를 보이려고 농담을 하기도 했다.

테레즈는 장대를 잡고 있는 정부 곁에서 시무룩한 표정을 한 채 강기슭에 남아 있었다. 로랑은 몸을 낮추면서 낮은 목소리로 재빨리 속삭였다.

"자, 이제부터 조심해. 저 친구를 물 속에 던져버릴 테야. 당신은 내가 하는 대로 가만히 있어…… 모든 건 내가 책임질 테니."

젊은 여인은 무섭도록 창백해졌다. 그녀는 땅에 못 박힌 듯이 가만있었다. 그녀의 몸은 굳어 있었고 눈만 반짝이고 있었다.

"어서 배 안으로 들어와" 하고 로랑이 다시 속삭였다.

테레즈는 움직이지 않았다. 그녀의 마음속에서 무서운 싸움이 일어나고 있었다. 그녀는 마음을 단단히 먹으려고 애썼다. 눈물을 터뜨리며 땅에 쓰러질까 두려웠던 것이다.

"하, 하!" 하고 카미유가 외쳤다. "로랑, 테레즈를 봐. 겁을 먹고 있어! 테레즈는 들어올까 안 들어올까?"

카미유는 보트 가장자리에 두 팔꿈치를 대고 뒤쪽 의자에 다리를 뻗고 앉은 채 우스운 꼴로 흔들리고 있었다. 테레즈가 그에게 이상한 시선을 던졌다. 그 가련한 남자의 농담은 테레즈를 채찍질하여 몰아대는 회초리 같았다. 그녀는 별안간 보트 안으로 팔짝 뛰어들었다. 그녀는 앞쪽에 앉았다. 로랑이 노를 잡았다. 배는 기슭을 떠나 섬들이 있는 쪽으로 향했다.

황혼이 내리고 있었다. 큼직한 그림자가 나무들 밑에 생겨났다. 기슭의 강물이 검게 보였다. 강물 한가운데에 창백한 은빛 뱃자국이 넓게 났다. 배는 곧장 강 한복판으로 나아갔다. 거기선 강가의 모든 잡음이 작게 들려왔다. 노래와 고함 소리들이 힘없는 음조를 띠면서 어렴풋해져갔다. 이젠 생선을 요리하는 냄새도 먼지 냄새도 나지 않았다. 신선한 공기가 불어오고 있었다. 날씨가 찼다.

로랑은 노를 멈추고 물결을 따라 배가 떠내려가는 대로 내버려두었다. 눈앞으로 섬들이 불그레한 큰 덩어리가 되어 솟아 있었다. 회색이 섞인 짙은 갈색의 강기슭은 마치 수평선에 이르러 다시 결합되는 두 개의 넓은 붕대 같았다. 강물과 하늘은 둘 다

똑같은 흰빛 천으로 절단된 것 같았다. 햇빛은 진동하는 공기 속에서 희미해 보였으며, 고목들은 잎을 떨어뜨리고 있었다. 여름의 뜨거운 햇볕에 불타는 들판은 죽음과 함께 첫 찬바람이 불어옴을 느끼게 했다. 그리고 하늘에는 절망에 흐느끼는 바람이 일고 있었다. 밤은 수의와 같은 그림자를 펼치며 높은 곳으로부터 내려왔다.

세 사람은 조용히 앉아 있었다. 물과 더불어 흐르는 배 밑바닥에 앉은 그들은 마지막 햇빛이 높은 가지에서 떠나는 것을 바라보고 있었다. 섬이 가까워지고 있었다. 불그레한 큰 뭉치들이 침침해졌다. 모든 풍경은 황혼 속에서 단순하게 되었다. 센 강, 하늘, 섬, 언덕들이 우유빛 운애 속에 지워져가는 잿빛 섞인 갈색의 반점들에 지나지 않게 보였다.

마침내 배를 깔고 누워 있던 카미유는 머리를 물 위로 드리우고 손을 강물에 담갔다.

"제기랄, 정말 찬데!" 하고 그는 외쳤다. "이런 물 속에 빠지면 기분이 좋지 않을걸."

로랑은 대답이 없었다. 그는 얼마 전부터 두 기슭을 불안스럽게 바라보고 있었다. 그는 입술을 깨물면서 자신의 육중한 두 손을 무릎에 가까이 댔다. 긴장해서 가만히 앉아 있던 테레즈는 몸을 뒤로 약간 젖히고서 기다리고 있었다.

배는 침침하고 좁은 지류를 만나 두 섬 사이로 깊이 들어갔다. 그중 어느 섬인가에서 센 강을 거슬러올라가는 듯한 보트꾼들의 부드러운 노랫소리가 들려왔다. 저 멀리 상류 쪽에는 사람이 없었다.

바로 그때 로랑이 일어서서 카미유의 허리를 안았다. 카미유는 웃음을 디뜨렸다.

"이것 봐, 날 간질이는 건가?" 하고 그는 말했다. "이런 장난은 그만둬…… 그러지 말라니까. 자넨 날 빠뜨릴 셈인가?"

로랑은 카미유를 붙잡은 손에 더 힘을 주면서 몸을 흔들었다. 카미유는 돌아서서 경련을 일으킨 듯한 친구의 무서운 얼굴을 보았다. 무슨 영문인지 알 수가 없었다. 막연한 공포가 그를 사로잡았다. 그는 소리를 지르려고 했으나 힘센 다른 한 손이 목을 눌렀다. 그는 자신을 지키기 위한 동물적인 본능으로 무릎으로 버티며 뱃전에서 허우적거렸다. 그렇게 그는 몇 초 동안 싸웠다.

"테레즈! 테레즈!" 하고 그는 쉿소리를 내며 숨찬 목소리로 외쳤다.

젊은 여인은 강 위에서 흔들거리며 춤추는 보트의 의자를 두 손으로 붙잡고는 그 모습을 바라보고 있었다. 그녀는 눈을 감을 수 없었다. 몸이 오싹해진 그녀는 눈을 크게 뜨고 두 사람이 싸우는 무서운 광경을 줄곧 바라보고만 있었다. 뻣뻣이 앉아 있기만 할 뿐 아무 말도 할 수 없었다.

"테레즈! 테레즈!" 불쌍한 사내는 헐떡이며 다시 아내를 불렀다.

이 마지막 호소에 테레즈는 울음을 터뜨렸다. 긴장했던 신경이 풀린 것이다. 그녀는 무서운 경련 상태에 빠져 벌벌 떨면서 배 밑바닥에 쓰러졌다. 그녀는 기절하여 죽은 듯이 누워 있었다.

로랑은 한 손으로 카미유의 목을 죄면서 여전히 카미유를 흔들어대고 있었다. 그는 마침내 다른 한 손으로 카미유를 배에서 들어올렸다. 카미유는 로랑의 힘센 팔 끝에서 마치 어린애처럼 공중에 들려 있었다. 그런데 잠시 로랑이 목을 내놓고 머리를 숙이고 있자 분노와 공포로 미쳐 있던 카미유는 몸을 비틀면서 입을 벌리더니 그 목을 꽉 깨물었다. 살인자가 고통의 고함을 참으면서 카미유를 냅다 강물에 던졌을 때 카미유의 이에는 로랑의 살점이 붙어 있었다.

카미유는 고래고래 소리를 지르면서 강물로 떨어졌다. 그는 두세 번 물 위로 떠올랐지만 그럴 때마다 그의 외침은 잦아들고 있었다.

로랑은 잠시도 주춤하지 않았다. 그는 상처를 감추려고 외투의 칼라를 세웠다. 그러고는 한 팔로 기절한 테레즈를 안고 발로 한 번 툭 차서 배를 전복시키더니 정부를 껴안은 채 그대로 센 강에 몸을 던졌다. 그는 테레즈를 물 위에 쳐들고 처량한 소리로 사람 살리라고 외쳤다. 좀전에 노래를 부르며 지나갔던 보트들이 소리를 듣고 빠른 속도로 달려왔다. 그들은 우선 테레즈를 구해서 뉘어놓고 그 다음에 로랑을 건져냈다. 그런데 로랑은 배에 오르자마자 친구의 죽음을 비통해했다. 그는 다시 물에 뛰어들어 엉뚱한 곳에서 카미유를 찾는 척했다. 그러다가 눈물을 흘리고 머리털을 쥐어뜯으면서 다시 돌아왔다. 보트꾼들은 그를 진정시키고 위로하려 애썼다.

"내 잘못이었어요" 하고 그는 외쳤다. "그 친구가 춤추며 움직이는 것을 그대로 내버려두지 말았어야 했는데…… 그때 우리는 세 사람 모두 한쪽에 모여 있었어요. 그래서 배가 뒤집힌 겁니다. 그 친구는 물에 빠지면서 자기 아내를 살려달라고 외쳤어요."

보트꾼들 중에는 언제나 그렇듯이 이번 사고의 증인을 자임하는 두세 명의 젊은이가 있었다.

"그래요, 우리도 봤어요" 하고 그들은 말했다. "게다가 보트는 부둣가의 널빤지보다도 튼튼하지 못하단 말이야…… 아! 저 부인이 딱하군. 깨어나서 남편이 죽은 줄 알면 얼마나 놀라겠어!"

그들은 다시 노를 잡아 뒤집힌 보트를 밧줄로 끌면서 테레즈와 로랑을 저녁식사가 준비된 식당으로 데려갔다. 생투앙의 모든 사람들이 금세 사고가 난 것을 알았다. 보트꾼들은 진짜 목격자인 듯 사고의 전말을 이야기했다. 군중들이 안타까워하며 식당 앞에 모여 있었다.

식당 주인과 그의 아내는 친절한 사람이어서 물에 빠졌던 테레즈와 로랑에게 그들의 옷장을 내주었다. 테레즈는 정신이 깨어나자 발작을 일으키며 가슴이 찢어질 듯이 통곡했다. 테레즈는 침대로 옮겨졌다. 이렇게 상황은, 지금 막 상연된 끔찍한 연극을 도와주었던 것이다.

테레즈가 조금 진정되자 로랑은 식당 주인에게 그녀를 부탁했다. 혼자서 파리로 돌아가 가능한 모든 조심을 하면서 라캥 부인에게 이 끔찍한 소식을 알리려는 생각이었다. 실상 그는 테레즈의 신경과민이 두렵기도 했다. 테레즈가 자신의 역할을 제대로 할 수 있게 될 때까지 시간을 주고 싶었던 것이다.

보트꾼들이 카미유 몫의 저녁을 먹었다.

12

파리로 가는 마차의 침침한 구석에 앉은 로랑은 계획을 짰다. 자신이 처벌받지 않으리라는 것은 거의 확실했다. 무겁고도 불안한 기쁨, 범죄를 완성한 기쁨에 그는 흐뭇했다. 크리시의 목책에 다다랐을 때 그는 사륜마차를 타고 센 강가에 있는 늙은 미쇼의 집으로 갔다. 저녁 아홉시였다.

퇴직 경찰 관리는 올리비에와 쉬잔과 함께 식탁에 앉아 있었다. 로랑이 거기 간 것은 의심을 받게 되는 경우에 대비한 방책을 찾기 위해서였다. 또한 자기 자신이 라캥 부인한테 직접 그 무서운 소식을 알리고 싶지도 않았다. 아무래도 그렇게 하기가 싫었다. 라캥 부인의 슬픔이 이만저만이 아닐 텐데, 그 앞에서 제대로 눈물을 흘리며 연극을 꾸밀 자신이 없었던 것이다. 더구나 진심으로 우려한 것은 아니지만, 그녀의 슬픔이 짐짓 걱정스럽기도 했다.

미쇼는 로랑이 몸에 전혀 맞지 않는 작고 허술한 옷을 입고 들어오는 것을 보고 이상하게 여기고 있던 참이었다. 로랑은 슬픔과 피로로 아주 숨이 차다는 듯이 띄엄띄엄 사고에 관해 이야기했다.

"그래서 당신을 만나러 왔어요" 하고 그는 설명을 끝내면서 말했다. "이렇게 가혹한 충격을 받은 딱한 두 부인을 어떻게 해야 좋을지 모르겠군요…… 난 감히 혼자서 라캥 부인을 만나러 가진 못하겠어요. 제발 부탁이니 나와 함께 가주세요."

그가 이야기를 하는 동안, 올리비에는 탐문하듯이 그를 뚫어지게 노려보았는데, 그 시선은 로랑을 두렵게 했다. 살인자 로랑은 대담하게 구는 것이 가장 안전한 길이라고 생각하며 이들 경찰 쪽 사람들 속으로 뛰어들었던 것이다. 그러나 그는 유심히 살피는 그들의 시선을 느끼면서 떨지 않을 수 없었다. 놀라움과 동정만이 가득 차 있어야 할 그들의 시선에서 그는 오히려 의심하는 듯한 기미를 느꼈던 것이다.

한편 예민하고 허약한 쉬잔은 거의 기절할 지경이었다. 죽음 이야기라면 끔찍했던 올리비에는 마음은 완전히 싸늘했지만, 고통스러운 놀라움으로 찡그린 표정을 하면서 로랑의 얼굴을 들여다보았다. 그러나 그것은 오직 습관적인 것이었지, 사악한 사실을 털끝만큼이라도 의심해서가 아니었다.

늙은 미쇼로 말하자면, 그는 무서움과 연민과 놀라움에 휩싸여 고함을 질러대기만 했다. 그는 의자에서 몸을 움직이며 두 손을 마주잡고 눈을 공중으로 쳐들었다.

"오, 하느님 맙소사!" 그는 떨리는 목소리로 말했다. "오, 하느님 맙소사! 정말 무서운 일이야! 집을 나가서 어떻게 이렇게 단번에 죽을 수가 있어…… 무시무시하군. 딱한 라캥 부인한테는 뭐라고 말하지? 정말 자넨 우릴 만나러 잘 왔네. 우리도 자네와 함께 가지."

그는 일어서서 단장과 모자를 찾느라고 주춤거렸다. 그리고 방 안을 이리저리 돌아다니면서 로랑에게 사건의 자세한 경위를 반복해서 묻고 들었다. 그는 들을 때마다 새삼스럽게 놀라곤 했다.

그들 네 사람은 집을 나왔다. 퐁네프 어귀에서 미쇼는 로랑을 멈추게 했다.

"자넨 그냥 여기 있는 게 좋겠어" 하고 그는 말했다. "자네가 가면 일종의 난폭한 고백이 될 텐데, 그건 피해야 돼. 불행에 빠진 라캥 부인은 도저히 참지 못하고 정신없이 이야기를 털어놓게 만들 거야…… 여기서 우릴 기다리게."

미쇼 덕분에 라캥 부인의 상점으로 들어갈 생각에 떨고 있던 살인자의 마음은 가벼워졌다. 그는 마음을 가라앉히고 아주 평온한 상태로 거리를 왔다 갔다 하기 시작했다. 가끔 그는 무슨 일이 있었는지조차 잊어버리고 상점들을 기웃거리면서 휘파람을 불기까지 했으며 길을 가다 부딪치는 여인들을 뒤돌아보곤 했다. 이런 식으로 길 위에서 반 시간 이상을 보내면서 그는 차츰 평소의 모습으로 돌아오고 있었다.

그는 간단한 아침 말고는 온종일 아무것도 먹은 게 없었다. 갑작스레 허기가 닥치자 그는 빵집에 들어가 케이크를 입 속에 마구 집어넣었다.

라캥 부인의 집에서는 처절한 장면이 벌어지고 있었다. 늙은 미쇼의 조심성과 부드럽고 친절한 말에도 불구하고, 라캥 부인은 자기 아들한테 닥친 불행을 눈치채고 말았다. 그러자 부인은 절망적으로 흥분하여 늙은 친구의 신중한 결심을 꺾을 만큼 마구 눈물을 터뜨리면서 사실을 똑바로 대라고 요구했다. 마침내 사실을 알게 되자 그녀의 고통은 차마 눈을 뜨고 볼 수 없는 지경이었다. 그녀는 바닥에 누워 통곡했고 공포와 고통으로 미친 듯한 발작을 일으켰다. 그녀는 심한 슬픔에 흐느끼다가도 째지는 고함을 지르곤 했다. 쉬잔이 허리를 잡고 노파의 무릎에 엎드려 울면서 창백한 얼굴을 들어올려주지 않았던들 라캥 부인은 바닥에서 뒹굴었을 것이다. 말없이 고개를 돌리고 있던 미쇼 부자는 그들의 이기심을 혼란스럽게 만드는 그 광경에 기분이 좋지만은 않았다.

가련한 어머니는 물에 불어 흉측하게 된 모습으로 센 강의 험한 물 속을 떠다닐 아들의 모습을 상상해보았다. 그와 동시에 그녀는 숙을 고비를 넘기면서 요람 속에 누워 있던 아이 때의 아들 모습을 떠올렸다. 열 번이나 죽음의 고비에서 살려낸 아들이었다. 그녀는 삼십 년 동안 지성으로 아들을 사랑했었다. 그런데 지금 그 아들이 자신의 곁에서 멀리 떨어져 별안간 차고 더러운 물 속에서 개처럼 죽은 것이다. 아들에게 덮어주었던 따뜻한 이불 생각이 났다. 그렇게 수고하고, 아끼고, 귀엽게 여긴 것이 모두 다 이처럼 비참히 물에 빠져 죽는 꼴을 보기 위해서였단 말인가! 이런 생각을 하니, 라캥 부인은 무언가가 목을 꼭 졸라매는 것 같았다. 그녀는 절망한 나머지 목을 매어 죽고 싶었다.

늙은 미쇼는 쉬잔을 딱한 부인 곁에 남겨두고 급히 밖으로 나갔다. 그는 올리비에와 함께 로랑을 다시 만나 서둘러 생투앙으로 갈 셈이었다.

길을 가는 동안 그들은 거의 말을 하지 않았다. 그들은 보도 위에서 흔들거리는 사륜마차의 침침한 구석에 파묻혀 있었다. 가끔 얼굴에 가스등 광선이 슬쩍 비치곤 했다. 그들을 함께 모이게 한 불길한 사건이 그들 주위에 답답하고 우울한 분위기를 드리우고 있었다.

마침내 강가의 식당에 도착해보니 테레즈는 손과 머리를 화끈거리면서 누워 있었다. 그녀를 돌보던 주인은 젊은 부인이 고열이 있다고 낮은 목소리로 말했다. 그러나 사실, 기운이 빠지고 겁에 질린 테레즈는 혹시 발작하다가 로랑의 살인을 털어놓게 될까 두려워서 병이 난 척하고 있었던 것이다. 그녀는 입을 꾹 다물고 눈을 감고서 아무도 쳐다보려 하지 않았다. 턱까지 이불을 올려 덮고 얼굴은 베개 속에 반쯤 파묻은 상태로 가만히 웅크리고 있었다. 그녀는 자기 주위에서 사람들이 하는 얘기를 불안스레 듣고 있었다. 그러나 감은 눈 위로 어른거리는 붉은빛 가운데서 배 위에서 싸우는 카미유와 로랑의 모습이 떠올랐다. 레몬수 같은 물 위에 꼿꼿이 서서 새파랗게 질려 벌벌 떨고 있는 남편의 모습은 너무나 생생했다. 억누를 수 없는 이 환영은 그녀의 피를 더욱 뜨겁게 했다.

늙은 미쇼는 테레즈에게 말을 걸고 위안하려 애썼다. 그러나 그녀는 초조한 동작으로 돌아눕더니 다시 통곡하기 시작했다.

"그냥 두시죠" 하고 식당 주인이 말했다. "그 부인은 조금만 소릴 내도 몸을 떨어요. 보시다시피 휴식이 필요한 것 같습니다."

아래층 식당에는 조서를 작성하는 경찰이 와 있었다. 미쇼와 그의 아들이 아래층으로 내려갔고 그 뒤를 로랑이 따랐다. 올리비에는 자기가 경찰서에서 높은 직위에 있음을 알렸다. 그러자 모든 것은 삽시간에 끝났다. 보트꾼들은 아직도 거기 남아서 자세히 익사 광경을 얘기하고 있었다. 세 사람이 물에 빠지는 모습을 그려 보이며, 제 눈으로 본 증인인 체했다. 미쇼 부자가 약간의 의심을 품었다 하더라도 그러한 의심은 이들 증인들 앞에서 사라졌을 것이다. 하기야 그들은 한순간이라도 로랑의 말을 의심하지 않았고, 오히려 희생자의 가장 친한 친구라고 경찰에게 로랑을 소개했다. 그들은 로랑이 카미유를 구출하려고 물에 뛰어들었다고 조서에 기록하게끔 애썼다. 다음날 신문들은 아주 상세히 이 사고를 보도했다. 불행한 어머니, 가여운 미망인, 고상하고 용감한 친구에 관한 것 등 모든 이야기가 샅샅이 보도되었다. 기사는 파리의 신문들을 먼저 빙 돌았고, 그리고 나서 지방의 여러 신문에는 자그맣게 실렸다.

조서가 마무리되었을 때 로랑은 새로운 생활이 시작된 듯이 그의 살을 뚫고 들어오는 뜨거운 기쁨을 느꼈다. 카미유가 목을 물어뜯는 순간부터, 그는 마치 생각이 굳어버린 사람처럼 미리 준비되었던 계획에 따라 기계적으로 행동했다. 자위(自衛)의 본능만이 그를 충동하여 말을 시키고 행동을 이끌었다. 처벌받지 않는다는 확신을 갖게 되자 피가 천천히 그의 혈관 속으로 다시 흐르기 시작했다. 경찰이 그의 범죄 행위에 아주 가깝게 접근했지만 아무것도 보지 못했다. 경찰은 그에게 속고 말았다. 이제는 살아난 것이다. 이런 생각을 하니 온몸에 기쁨과 열기가 가득 차오르는 느낌이었다. 그의 몸과 정신은 민활하게 움직이기 시작했다. 그는 약삭빠르고 더없이 민첩하게 눈물에 젖은 친구의 배역을 계속 수행하고 있었다. 그러나 속으로는 야비한 만족을 느끼며 이층 방에 누워 있는 테레즈를 생각하고 있었다.

"저 가련한 젊은 여인을 여기다 버려둘 순 없어요" 하고 그는 미쇼에게 말했다. "이대로 있다가는 아무래도 큰 병에 걸릴 것 같습니다. 어떻게 해서라도 파리로 데려가야 해요. 그녀를 설득해서 우리와 함께 가도록 합시다."

이층으로 올라간 로랑은 퐁네프의 집으로 같이 가자고 테레즈에게 애원했다. 젊은 여인은 그 남자의 음성을 듣자 눈을 활짝 뜨고 그를 쳐다보았다. 그녀는 멍한 표정으로 몸서리를 쳤다. 그러고는 대답도 하지 않고 가까스로 몸을 세웠다. 남자들은 나가고 식당 주인의 아내와 테레즈만이 남았다. 옷을 입은 그녀는 비틀거리며 아래층으로 내려가서 올리비에의 부축을 받고 마차에 올랐다.

다들 조용히 입을 다물고 있었다. 로랑은 대담하고 뻔뻔스럽게 제 손을 치마 위로 슬쩍 미끄러뜨려 테레즈의 손가락을 잡았다. 그는 어렴풋한 그림자 속에서 그녀와 마주 앉아 있었다. 고개를 수그리고 있어서 얼굴은 보이지 않았다. 그는 힘을 주어 여자의 손을 잡고는 마자린 가에 올 때까지 놓지 않았다. 그는 그녀의 손이 떨리고 있음을 느꼈다. 그러나 여자는 손을 빼지 않았다. 오히려 별안간 애무를 했다. 포개진 그들의 손은 불타고 있었다. 땀이 밴 두 손바닥은 하나처럼 붙고, 꽉 낀 손가락들은 서로를 아프도록 눌렀다. 로랑과 테레즈는 상대편의 피가 손가락을 통해서 서로의 가슴속으로 흐르는 것 같았다. 붙잡은 두 손은 그들의 생명이 끓는 불타는 가마솥이 되었다. 밤과 다가오는 괴로운 침묵의 한복판에서 그들이 나누고 있는 정열적인 손의 결합은 카미유가 물 속에서 나오지 못하도록 그의 머리를 짓누르고 있는 듯했다.

마차가 멈추자 미쇼와 그의 아들이 먼저 내렸다. 로랑은 자기 정부 쪽으로 몸을 구부리고 살그머니 속삭였다.

"기운 내, 테레즈. 우린 한참 기다려야 해…… 잊지 마."

젊은 여인은 남편이 죽은 이후 처음으로 입을 열었다.

"그래요, 잊지 않을 거예요." 그녀는 마치 한숨같이 가벼운 목소리로 떨면서 말했다.

올리비에가 여자의 손을 잡아 내려주었다. 이번에는 로랑도 상점까지 갔다. 라캥 부인은 거의 정신을 잃고 누워 있었다. 테레즈는 자신의 침대로 가자마자 쓰러졌다. 쉬잔이 그녀의 옷을 제대로 벗길 시간도 없을 정도였다. 모든 것이 뜻대로 되는 것을 보고 안심한 로랑은 돌아갔다. 그는 천천히 생 빅토르 가의 굴속 같은 자기 방으로 향했다.

자정이 넘었다. 시원한 바람이 쓸쓸하고 조용한 거리에서 불어왔다. 이 젊은 남자는 보도의 포석 위에 울리는 자신의 규칙적인 발소리만을 듣고 있었다. 시원한 공기가 그를 흠뻑 적셔 기분을 상쾌하게 했다. 고요와 어둠은 그에게 갑작스러운 정욕을 느끼게 했다. 그는 서성대고 있었다.

마침내 범죄에서 벗어나게 된 것이다. 그는 카미유를 죽였다. 그것은 이제 끝난 사건으로 더이상 화제에 오르지 않을 것이다. 그는 테레즈를 소유하게 될 때를 기다리며 조용히 살 것이다. 살인에 대한 생각은 그를 가끔 숨막히게 했었다. 그러나 지금 그 살인은 끝났다. 그는 가슴이 편했고 마음놓고 숨쉴 수 있었다. 그는 주저와 공포가 주었던 고통에서 풀려나온 것이다.

그러나 속으로는 약간 멍한 것도 사실이었다. 피로감에 몸과 정신이 멍청해져 있었다. 그는 집에 돌아와서 깊이 잠들었다. 잠자는 동안 그의 얼굴에는 가벼운 신경의 경련이 스쳐가곤 했다.

13

다음날 로랑은 기분 좋게 거뜬히 일어났다. 잠을 잘 잔 것이다. 창문으로 들어오는 찬바람이 우둔해진 그의 피를 매질했다. 그의 머릿속에는 전날의 장면들이 거의 남아 있지 않았다. 목이 몹시 쑤시지 않았던들 그는 조용한 저녁을 보내고 열시경에 잠자리에 든 것으로 착각했을 것이다. 카미유가 물어뜯은 자국은 피부를 마치 불붙은 쇠로 지진 거나 같았다. 이 상처가 일으키는 고통에 그의 생각이 머물 때면 몹시 아픔을 느꼈다. 그의 살 속으로 무수한 바늘이 조금씩 뚫고 들어오는 것 같았다.

그는 와이셔츠의 칼라를 접고서 벽에 걸린 값싼 거울 속에 상처를 비추어보았다. 그 상처는 동전만한 크기의 붉고 둥근 자국이었다. 살점이 떨어져서 속살이 검은 반점들과 함께 불그스름하게 보였다. 핏줄기가 가느다랗게 어깨까지 흘러 있었는데, 그 핏자국은 벌써 벗겨지고 있었다. 흰 목 위의 물린 자국은 짙은 갈색이었다. 그 자국은 귀 밑 오른쪽에 있었다. 등을 구부리고 목을 내민 로랑은 거울을 들여다보고 있었다. 거울은 흉하게 찡그린 그의 얼굴을 비춰 보였다.

그는 상처를 충분히 살펴보았다고 생각하고 물로 시원스럽게 씻었다. 며칠이면 상처가 아물 것이었다. 그러고는 옷을 입고 여느 때처럼 마음 편히 출근했다. 그는 사무실에서 가슴이 찢어지는 듯한 어조로 사고 얘기를 했다. 그의 동료들이 신문에 보도된 기사를 보게 되면서, 그는 정말 영웅이 되었다. 일 주일 내내 오를레앙 철도국 직원들의 화제란 오직 그 사고에 관한 것뿐이었다. 그들은 로랑의 행동을 퍽 자랑스럽게 여기고 있었다. 그 와중에 그리베는, 다리를 지나가면서 강물이 흐르는 풍경을 보는 것은 좋지만 그 한가운데로 감히 들어가는 것은 경솔한 짓이라고 쉴새없이 지껄여댔다.

로랑에겐 한 가지 불안이 남아 있었다. 당국에서는 아직 카미유의 죽음을 공식적으로 확인하지 못하고 있었던 것이다. 테레즈의 남편 카미유는 죽은 게 틀림없었지만 로랑은 그의 사망을 공식적으로 확인하기 위해서 시체를 찾았으면 했다. 사고가 있던 다음날 익사자의 시체를 찾았지만 헛일이었다. 사람들은 어느 섬 벼랑 밑에 파묻혀 있으려니 생각했다. 일꾼들은 수고비를 받아낼 수 있으리라는 생각에 센 강을 열심히 뒤적였다.

로랑은 매일 아침 출근길에 시체공시장에 들렀다. 그는 스스로 그 일을 해치우려고 결심했다. 기분이 나빴고 가끔 소름이 끼쳤지만 그는 일 주일 이상 땅바닥에 누워 있는 모든 익사자들의 얼굴을 꼬박꼬박 살폈다.

시체공시장에 들어갈 때면 물에 씻긴 시체의 메스꺼운 냄새가 구역질을 일으켰고 서늘한 냉기가 그의 피부 위로 흘렀다. 벽의 습기 탓에 옷이 무거워지는 것 같았는데, 특히 어깨 위가 그랬다. 그는 시체를 볼 수 있게 막아놓은 유리창 앞으로 곧장 갔다. 창백한 얼굴을 유리에 대고 안을 들여다보았다. 그 앞에는 회색 포석이 줄지어 있고, 포석 위 군데군데에 벌거벗은 시체들이 초록과 노랑에다 희고 붉은 반점을 이루고 있었다. 어떤 시체들은 죽어 딱딱했지만 여전히 싱싱한 살을 간직하고 있었다. 또 다른 시체들은 피 묻고 썩은 쇠고기 덩어리 같았다. 안쪽 벽에는 더러운 누더기와 치마와 바지들이 걸려 있어 헐벗은 벽면 위에서 낯을 찡그리고 있는 듯했다. 처음에는 옷과 시체들로 붉고 검게 반점을 이룬 시체 안치대와 벽의 희끄무레한 모습만이 눈에 띄었다. 졸졸 흐르는 물소리도 들려왔다.

시간이 지나면서 그는 조금씩 시체들을 분간하고 하나하나

살펴볼 수 있었다. 익사자만이 그의 관심사였다. 물 때문에 부풀고 파랗게 된 시체들이 눈에 띄면 그는 카미유를 찾아내려고 정신없이 들여다보았다. 종종 그들의 얼굴은 형체를 모르게 문드러져 있었다. 뼈가 허물어진 피부를 뚫고 나와 있었으며, 얼굴은 마치 물에 끓여 뼈가 빠진 것 같았다. 그럴 때마다 로랑은 주춤했다. 그는 시체들을 자세히 들여다보며 자신의 제물이 된 카미유의 여윈 모습을 찾아내려고 애썼다. 그러나 익사자들은 하나같이 뚱뚱했다. 그는 커다란 배와 부푼 볼기짝과 둥글고 큰 팔들을 보았다. 도무지 알 수가 없었다. 그는 무시무시하게 찡그린 표정으로 비웃는 듯한 푸르스름한 누더기들 앞에서 떨며 머물러 있었다.

어느 날 아침 로랑은 정말 깜짝 놀랐다. 그는 키가 작고 심하게 모습이 변한 한 익사자를 바라보고 있던 참이었다. 그 익사자의 살은 하도 흐물흐물해서 물로 씻으니 살점이 떨어져나갔다. 시체공시장의 직원이 얼굴에 물을 부으니 코 왼쪽에 구멍이 파였다. 그러더니 갑자기 그 코는 납작해지고 입술은 떨어져서 흰 이가 드러나 보였다. 익사자의 얼굴은 웃음을 터뜨리고 있는 것 같았다.

카미유인가 하고 생각할 적마다 로랑은 가슴이 타는 듯 전율했다. 그는 열심히 자신의 제물이 된 카미유의 시체를 찾아내려

했다. 그러나 그 시체가 자기 앞에 있다고 상상할 때면 겁에 질리곤 했다. 시체공시장 방문은 그를 악몽과 전율에 사로잡혀 헐떡거리게 했다. 그는 공포를 쫓아내고 싶었다. 그는 어린애처럼 굴지 말자고 다짐하며 기운을 내려고 했다. 그러나 생각과는 반대로 그의 육체는 어김없이 굴복했다. 그가 공시장의 축축하고 역겨운 냄새를 맡는 순간 혐오감과 공포가 전신을 사로잡았다.

그러다가도 포석의 마지막 줄에 이를 때까지 익사자가 없으면 그는 안도의 한숨을 쉬곤 했다. 혐오감이 다소 줄어들었던 것이다. 그러면서 그는 점차 단순한 구경꾼이 되어갔다. 그는 소름끼치게 야릇하고 그로테스크한 모습의 시체를 바라보면서 이상한 즐거움을 느끼곤 했다. 젖가슴을 드러내고 누워 있는 여자들의 시체를 볼 때면 특히 그러했다. 아무렇게나 누워 있는, 피 묻고 군데군데 구멍이 뚫린 나체들이 그의 마음을 당겨 그를 붙잡아놓고 있었다. 한번은 아마도 노동계급 출신인 듯한 가슴이 풍만한 스무 살가량의 젊은 여인을 보았다. 그녀는 안치대 위에서 잠자는 것 같았다. 그녀의 싱싱하고 살찐 육체는 시체의 창백함과 함께 아주 미묘한 빛깔을 띠고 있었다. 그녀는 머리를 약간 구부리고 살짝 미소를 지으며 자극적으로 젖가슴을 팽팽히 드러내고 있었다. 검정 목걸이 같은 검은 선이 그녀의 목에 없었더라면 마치 뒹구는 창부처럼 보일 정도였다. 그녀는 사랑에 절망해서 목매어 죽은 여자였다. 로랑은 살 위로 시선을 돌리면서 무시무시한 정욕에 사로잡혀 오랫동안 그 여자를 바라보았다.

매일 아침 거기 있는 동안 로랑의 등뒤에서는 드나드는 많은 사람들의 소리가 들렸다.

시체공시장은 가난한 사람이거나 부자거나 누구든, 행인들이 무상으로 구경할 수 있는 곳이었다. 문은 열려 있어 원하는 사람이면 누구나 들어왔다. 죽은 사람을 진열해놓은 이 광경을 놓치지 않으려고 일부러 먼길을 우회하는 괴상한 성벽(性癖)의 사람들도 있었다. 포석이 비어 있을 때면 그들은 실망하고 중얼거리면서 급히 밖으로 나왔다.

포석이 꽉 차서 인간의 살덩이를 제대로 진열하고 있으면, 구경꾼들은 급히 달려와 값싼 감동을 느꼈다. 마치 극장에서 하듯이 농담하고 갈채를 보내고 휘파람을 불고는 오늘 시체공시장은 괜찮았다고 말하면서 만족하며 물러갔다.

로랑은 매일 규칙적으로 그곳을 찾는, 서로 동정하고 조롱하는 갖가지 사람들을 곧 알아보게 되었다. 노동자들은 팔에 빵과 연장을 끼고 일터로 가면서 들어오곤 했다. 그들은 죽음을 우습게 여겼다. 그들 중에는 시체의 찡그린 얼굴에 한마디씩 농담을 던지면서 공시장에 모인 사람들을 웃기는 익살꾼들도 섞여 있었다. 그들은 불에 타 죽은 사람들을 목탄 장수라 불렀다. 목매 죽은 사람들, 살해된 사람들, 익사자들, 그리고 구멍이 뚫리거나 으스러진 시체들이 그들의 놀림감이 되었다. 그들은 약간 떨리는 음성으로 공시장의 소름끼치는 고요 속에서 익살스러운 말들을 중얼거렸다. 그리고 연금생활자들, 여위고 기름기 없는 늙은 이들이 왔으며, 심심풀이로 들어와서는 조용하고 다감한 사람의 어리석고 비보 같은 눈으로 시체를 바라보는 사람들도 있었다. 여자들의 수도 아주 많았다. 흰 블라우스에 깨끗한 치마를 입고 마치 새로운 상품을 늘어놓은 진열장을 들여다보듯이 눈을 활짝 뜨고 민첩하게 이쪽저쪽으로 왔다 갔다 하는 한창 나이의 젊은 여직공들도 있었다. 또한 시골 부인들도 있었는데, 그들은 얼이 빠져서 슬픈 표정을 하고 있었다. 옷을 잘 입은 부인들은 한가롭게 그들의 비단 옷자락을 끌며 구경을 했다.

어느 날 로랑은 옷을 잘 차려입은 한 부인이 유리창에서 몇 걸음 떨어져서 코를 삼베 손수건으로 막고는 못 박힌 듯 서 있는 것을 보았다. 그녀는 고운 회색 비단 치마에 검은 레이스가 달린 큰 외투를 입고 있었다. 얼굴엔 모자 베일이 드리워져 장갑을 낀 손은 아주 작고 섬세해 보였다. 부인의 주위에는 부드러운 바이올렛 향기가 감돌았다. 그녀는 시체 하나를 바라보고 있었다. 좀 떨어진 포석 위에는 공사중이던 건물에서 떨어져 죽은 아주 건강한 석공(石工)의 시체가 누워 있었다. 그의 가슴은 딱 바라졌고, 근육은 뭉클뭉클 소담했고, 살은 희고 기름졌다. 죽은 그의 몸은 마치 대리석 같았다. 부인은 그 시체를 자세히 관찰하고 이모저모로 뜯어보았다. 온통 정신을 빼앗긴 듯했다. 그녀는 모자 베일의 한쪽을 쳐들고 유심히 시체를 바라보다가는 사라졌다.

가끔가다 열두 살에서 열다섯 살가량의 소년들이 무리를 지어 와서는 공시장을 돌아다녔다. 그들은 여자들 시체 앞에서만 멈추었다. 그들은 유리창에 손을 대고 벌거벗은 가슴으로 음흉한 시선을 돌렸다. 서로 팔꿈치로 툭툭 치며 야비한 관찰에 몰두했다. 그들은 죽음의 학교에서 악을 배우고 있었다. 어린 건달들은 최초의 정부(情婦)를 시체공시장에서 사귀는 셈이었다.

일 주일 후 로랑은 몸에 탈이 난 것 같았다. 밤이면 아침에 보았던 시체들이 꿈에 다시 나타났다. 자초한 매일매일의 고통과 불쾌감이 한계점에 이르러 그는 앞으로 두 번만 더 그곳을 방문하기로 작정했다. 다음날 시체공시장에 들어갔을 때 그는 가슴에 심한 충격을 느꼈다. 바로 눈앞의 포석 위에 카미유가 벌렁 누워서 머리를 들고 눈을 살짝 뜬 채 그를 쳐다보고 있었던 것이다.

살인자는 자신의 희생자로부터 시선을 떼지 못하고, 끌려들 듯이 천천히 유리창에 접근했다. 그는 의외로 괴롭지 않았다. 다만 마음속이 몹시 서늘하고 피부가 따끔거리는 것을 느꼈을 뿐이다. 사실은 전엔 더 떨게 되리라고 생각하고 있었던 것이다. 그는 한참 동안 무의식적인 생각에 빠져 움직이지 않고 있었다. 저도 모르게 눈앞에 있는 화폭의 무시무시한 모든 선들과 더러운 빛깔을 머릿속에 아로새기고 있었던 것이다.

카미유는 더러웠다. 그는 두 주일 동안 물 속에 잠겨 있었다. 얼굴은 아직도 굳고 단단해 보였다. 표정도 그대로였고, 피부만 약간 누런 흙빛을 띠고 있었다. 여위고 뼈가 튀어나온 머리는 약간 부어 찌푸린 것 같았다. 머리카락이 관자놀이에 붙어 있었고, 들린 눈까풀은 흰자위를 보이고 있었다. 비틀린 입술은 한쪽으로 당겨져 무섭게 야유하는 것 같았다. 거무스름한 혀끝이 흰 이 사이로 보였다. 여전히 인간의 외양을 가진, 문드러지고 쭉 펴진 그 머리통은 고통과 공포에 짓이겨져 있었다. 몸은 용해된 살 더미 같았다. 그는 몹시 고통을 받았던 것이다. 팔이 흐느적대는 것을 느낄 수 있었다. 쇄골이 어깨의 피부를 뚫고 비어져나와 있었다. 초록빛 가슴 위엔 갈비뼈들이 검은 띠를 이루고 있었다. 째지고 벌어진 왼쪽 옆구리는 어두운 붉은빛이었다. 흉부 전체가 썩고 있었다. 조금 단단해 보이는 두 다리에도 더러운 반점이 생겼고 두 발은 축 늘어져 있었다.

로랑은 카미유를 바라봤다. 그는 이렇게 흉한 익사자를 본 적이 없었다. 더구나 그 시체는 옹색한데다 여위고 가련해 보였다.

오그라들고 썩은 아주 작은 덩어리다. 이것이 바로 그의 어머니가 죽을 먹여 키운, 어리석고 병든, 연봉 천이백 프랑짜리 사내였다. 따뜻한 이불 속에서 성장한 이 가련한 신체는 차디찬 포석 위에서 떨고 있었다.

로랑은 마침내 자기를 바보처럼 꼼짝 못 하게 붙잡아매고 있는 강한 호기심에서 깨어나 밖으로 나왔다. 그는 둑길을 따라 서둘러 걷기 시작했다. 그는 혼자 되풀이하여 중얼거렸다. "저게 내가 한 짓이야. 몰골이 정말 끔찍하군." 썩어가는 시체에서 나는 코를 찌르는 냄새가 자기를 쫓아오는 것 같았다.

그는 늙은 미쇼를 찾아가서 시체공시장에서 카미유를 찾아내고 오는 길이라고 말했다. 수속이 끝나자 익사자를 묻고 사망신고를 했다. 이제 마음을 놓게 된 로랑은 그가 저지른 범죄와 그를 따라다니던 고약하고 고통스러운 장면들을 깨끗이 잊어버리고 싶었다.

14

퐁네프 파사주의 상점은 사흘 동안 닫혀 있었다. 다시 문이 열렸을 때, 그곳은 전보다 더 침울하고 습기차 보였다. 먼지로 노랗게 된 진열장은 집 안의 슬픔을 지니고 있었다. 물건들이 더러운 진열장 속에서 멋대로 뒹굴고 있었다. 녹슨 옷걸이에 걸린 리넨 보닛들 뒤로, 테레즈의 얼굴은 전보다 더 윤기 없이 창백하고 공포의 빛이 감돌았다. 그것은 불길한 부동(不動)의 고요였다.

이웃들은 모두 그녀를 가엾게 여기고 있었다. 인조 보석상 여인은 손님이 올 때마다 마치 재미있고 슬픈 구경거리라도 되는 양 젊은 미망인의 말라빠진 얼굴을 가리켜 보이곤 했다.

그 사흘 동안 라캥 부인과 테레즈는 서로 말도 하지 않고 보지도 않은 채 자신들의 침대에 머물러 있었다. 늙은 부인은 침대에 앉아 베개에 기대어 백치 같은 눈으로 멍하니 앞을 바라보고 있었다. 아들의 죽음은 그녀에게 심한 타격을 주었다. 그녀는 마치 죽은 사람처럼 쓰러져 있었다. 온종일 힘없이 절망의 허무 속에서 허우적댔다. 그러다 가끔 발작을 일으키곤 했다. 그럴 때면 미친 듯이 울부짖었다. 테레즈는 옆방에서 잠든 듯했다. 그녀는 벽 쪽으로 얼굴을 돌리고 이불을 끌어올려 눈을 덮고 있었다. 그녀는 흐느껴 우느라고 덮고 있는 이불을 들썩거리는 일도 없이 빳빳한 자세로 가만히 있었다. 마치 침대의 그늘 속에 묻혀 자신을 괴롭히는 생각들을 감추고 있는 듯했다. 두 여자를 보살피던 쉬잔은 가만히 이 사람한테서 저 사람한테로 오가며, 창백한 얼굴을 번갈아 침대에 들이댔다. 그렇지만 갑자기 화를 내는 테레즈의 몸을 자기 쪽으로 돌리게 하지도 못했고, 자그마한 소리에도 깨어나 눈물을 흘리는 라캥 부인을 위로하지도 못했다.

사흘째 되던 날 테레즈는 갑작스런 결심을 한 듯 이불을 밀치고 벌떡 일어나 침대에 걸터앉았다. 그녀는 관자놀이를 쓰다듬으면서 머리카락을 치켜올리더니 그대로 이마에 손을 얹고 눈을 한 곳에 고정시킨 채 그 자리에 머물러 있었다. 무언가 생각이 끝나지 않은 듯했다. 이윽고 그녀는 마룻바닥으로 뛰어내렸다. 사지는 떨리고 있었으며 뜨거웠다. 창백한 큰 자국들이 군데군데 살이 없는 듯 주름잡힌 그녀의 피부에 대리석 같은 무늬를 만들어놓고 있었다. 그만 늙어버린 것이다.

방에 들어온 쉬잔은 테레즈가 일어난 것을 보고 깜짝 놀랐다. 그녀는 순하고 달래는 어조로 침대에 누워서 쉬라고 타일렀다. 테레즈는 말을 듣지 않았다. 그녀는 급하고 떨리는 동작으로 옷을 찾아 입었다. 그러고는 경대를 들여다보면서 눈을 비비고 마치 무엇인가를 지우려는 듯이 얼굴을 손으로 문질렀다. 그 다음에는 한마디 말도 없이 급히 식당을 지나 라캥 부인의 침실로 들어갔다.

늙은 부인은 멍청한 낯으로 조용히 누워 있었다. 테레즈가 들어가자 부인은 고개를 돌려 젊은 미망인을 쳐다보았다. 테레즈는 말없이 시어머니 앞으로 다가갔다. 두 사람은 얼마 동안 서로 바라보고만 있었다. 며느리는 점점 더 불안해 보였고 시어머니는 무언가를 열심히 생각해내려는 듯했다. 마침내 기억이 되살아난 라캥 부인은 떨리는 팔을 내밀면서 테레즈의 목을 끌어안고 외쳤다.

"불쌍한 내 아들, 불쌍한 카미유!"

그녀는 울고 있었다. 그 눈물은 젊은 미망인의 타는 듯한 피부 위에서 말라가고 있었다. 테레즈는 자신의 메마른 눈을 이불 천 속에 감추고 있었다. 테레즈는 시어머니가 눈물을 그치기를 기다리면서 그렇게 몸을 구부리고 있었다. 살인이 있은 이래 그녀는 이렇게 처음 만나는 순간을 두려워하고 있었다. 그녀는 자기가 해야 할 무서운 역할을 생각하느라 시간을 끌면서 누워 있었던 것이다.

테레즈는 라캥 부인이 조금 안정된 것을 보고는 옆에서 부산을 떨어댔다. 그리고 이제는 일어나서 상점으로 내려가는 게 좋겠다고 말했다. 늙은 부인은 거의 어린애 같았다. 며느리가 갑자기 나타나자 주변 사람과 사물에 대한 기억이 별안간 되살아났던 것이다. 그녀는 수고해준 쉬잔에게 고맙다고 인사했다. 부인은 기운 없이 이야기하고 때때로 가슴 저리는 슬픔에 잠겨 있었지만 더이상 정신을 잃지는 않았다. 그러더니 갑자기 눈물을 흘리며 옆에서 왔다 갔다 하던 테레즈를 불렀다. 늙은 부인은 다시 통곡하며 며느리에게 키스했다. 그녀는 숨을 헐떡이며 이제 세상에는 너밖에 없다고 비통한 목소리로 말했다.

저녁에 라캥 부인은 일어나서 음식을 먹어보겠노라고 했다. 그때 테레즈는 시어머니가 얼마나 무서운 충격을 받았는지 알 수 있었다. 가련한 시어머니의 다리는 무거웠다. 식당에 가려 해도 지팡이가 있어야 했다. 식당에서도 그녀에겐 주위의 벽들이 흔들거리는 것 같았다.

그래도 다음날부터 라캥 부인은 상점을 열기로 했다. 혼자 자기 방에 있다가는 미치게 될까 두려웠던 것이다. 그래서 한 계단

한 계단 두 발을 모아 디디며 나무 층계를 힘들여 내려가서 카운터 뒤에 앉았다. 이날부터 그녀는 고요한 슬픔에 잠긴 채 그 자리에 붙박여 있었다.

테레즈는 그 곁에서 꿈을 꾸며 기다리고 있었다. 상점에는 다시 어두운 침묵이 깃들었다.

15

로랑은 이틀이나 사흘에 한 번씩 저녁이면 가끔 찾아왔다. 그는 삼십 분 정도 상점에 머물며 라캥 부인과 이야기를 나누었다. 그러고는 테레즈와 눈도 마주치지도 않고 가버리곤 했다. 늙은 부인은 그를 며느리의 구세주로, 그리고 자기 아들을 살리려고 전력을 다한 고귀한 영혼을 지닌 사람으로 생각하고 따뜻한 친절로 그를 맞이했다.

어느 목요일 저녁 로랑이 와 있을 때 늙은 미쇼와 그리베가 들어왔다. 여덟시가 울렸다. 두 사람은 각자 나름대로, 폐가 되지 않고서도 그들의 귀중한 습관을 다시 찾을 수 있다고 생각했었다. 그래서 마치 똑같은 용수철에 밀린 듯이 같은 시간에 도착했다. 그 뒤로는 올리비에와 쉬잔이 따라 들어왔다.

그들은 식당으로 올라갔다. 손님이 올 줄 몰랐던 라캥 부인은 급히 램프를 켜고 차를 준비했다. 모두가 잔을 앞에 놓고 식탁에 둘러앉아 도미노를 상자에서 꺼냈을 때 별안간 과거가 생각난 가련한 어머니는 손님들을 쳐다보고 울음을 터뜨렸다. 빈자리가 하나 있었는데, 그것은 아들의 자리였다.

이런 그녀의 절망이 모임의 공기를 얼어붙게 하고 괴롭혔다. 그들의 얼굴에는 자신들의 행복만을 생각하는 표정이 드러나 있었다. 모두들 거북스러웠다. 마음속에서는 이미 카미유에 대한 기억이 희미해지고 있었던 것이다.

"이것 보세요, 부인." 참기 힘들다는 듯이 늙은 미쇼가 외쳤다. "이렇게 상심해선 안 돼요. 병이 난다니까요."

"우리도 모두 죽는걸요"하고 그리베도 자신의 생각을 덧붙였다.

"눈물을 흘리셔도 아드님이 살아 돌아오진 않아요." 올리비에가 설교투로 말했다.

"제발 상심하지 마세요" 하고 쉬잔이 속삭였다.

그러나 라캥 부인은 눈물을 참지 못하고 더 크게 흐느꼈다.

"자, 자" 하고 늙은 미쇼가 다시 말했다. "기운을 좀 내세요. 잘 아시겠지만 우리가 여기 온 것은 당신의 마음을 풀어드리기 위해섭니다. 그만 슬퍼하세요. 잊으려고 노력합시다…… 두 수

(1/20프랑의 동전—옮긴이) 걸고 한판 합시다. 응! 어떻소?"

늙은 부인은 애써 눈물을 거뒀다. 아마 그녀도 손님들의 행복한 에고이즘을 알고 있었으리라. 그녀는 흐느끼면서 눈물을 닦았다. 도미노 패가 그 가련한 손에서 떨리고 있었다. 눈꺼풀 밑에 남은 눈물 때문에 그녀는 앞을 볼 수 없었다. 마침내 게임이 시작되었다.

로랑과 테레즈도 묵중하고 무표정한 얼굴로 이 장면을 지켜보고 있었다. 젊은 사내는 목요일 저녁 모임이 다시 열리게 된 것을 기쁘게 여겼다. 자신의 목적을 달성하기 위해서 이러한 모임이 필요하다는 걸 알고 있던 그는 이 야회를 열렬히 바라고 있었다. 왜 그런지는 모르지만 이 사람들 사이에 섞여 있는 것이 마음 편했다. 그는 용기를 내어 정면으로 테레즈를 바라보았다.

검은 옷을 입고 생각에 잠긴 창백한 젊은 여인은 그가 알지도 못했던 아름다움을 지니고 있는 것처럼 여겨졌다. 그는 테레즈의 시선과 부딪히고, 그 시선이 다시 대담하게 자기 시선 위에 곧장 멈추는 것을 보는 게 행복했다. 테레즈의 몸과 마음은 언제나 그에게 속해 있었다.

16

열다섯 달이 지났다. 초기의 고통이 가시고, 매일매일 안정되고 따분한 기분이 늘어갔다. 생활은 다시 흘렀다. 큰 위험을 겪은 다음의 단조롭고 나른한 생활이었다. 처음에 로랑과 테레즈는 그들을 변화시킨 새로운 생활에 그저 끌려갔다. 그러나 그들의 마음속에서는, 모든 단계를 표시하자면 극히 자세한 분석이 필요한 은근한 작업이 이루어지고 있었다.

로랑은 곧 과거처럼 매일 저녁 상점에 왔다. 그러나 이젠 상점에서 식사를 하지도 않고 저녁나절을 꼬박 보내지도 않았다. 그는 아홉시 반에 와서 상점을 닫은 후 돌아갔다. 마치 두 부인을 위해 봉사함으로써 하나의 의무를 완수하는 것 같았다. 혹시 자기의 의무를 소홀히 하게 되면 다음날 그는 하인처럼 겸손히 사과하곤 했다. 목요일이면 불을 피우면서 손님을 치르는 라캥 부인을 도와주곤 했다. 그는 늙은 부인을 매혹시키는 말없는 친절을 보이고 있었다.

테레즈는 그가 시어머니 주위에서 왔다 갔다 하는 것을 조용히 바라보고 있었다. 그녀에게는 이제 창백한 기운도 가셔 있었다. 옷도 이전보다 더 잘 입고, 더 부드러워 보였고, 자주 미소를 지었다. 입 언저리가 위축되며 뾰족해져, 고통과 공포의 야릇한 표현을 얼굴에 나타내는 깊은 두 줄이 생기는 일도 별로 없었다.

두 연인은 이미 각별히 서로 만나려고 애쓰지도 않고 있었다. 그들은 밀회 약속을 잡지도 않았고, 슬쩍 키스하는 일도 없었다. 살인사건이 당분간 육체의 욕망을 진정시켜놓은 듯했다. 그들은 카미유를 살해함으로써, 서로를 꼭 껴안아도 채우지 못했던 극성스러운 육욕을 만족시키기에 이른 것이다. 살인 범죄는 그들의 포옹에 싫증과 구역질을 나게 하는 강력한 환락처럼 생각되었다.

그리고 그들은 너무도 원하는 바람에 살인까지 하게 만든 이 자유로운 사랑의 생활을 아주 쉽사리 시작할 수도 있었으리라. 팔다리를 제대로 못 쓰는 얼빠진 라캥 부인이 방해가 되지는 않았다. 집은 그들 것이나 다름없었고, 기분대로 나가고 들어올 수 있었다. 그러나 사랑은 그들을 잡아두지 않았다. 욕정이 사라진 것이다. 그들은 조용히 얘기하며, 얼굴을 붉히지도 않고 떨지도 않고 서로 바라보기만 할 뿐, 살을 아프게 하고 뼈를 삐걱거리게 했던 미친 듯한 포옹을 잊은 것 같았다. 그들은 단둘이 만나기를 피하기까지 했다. 둘이서만 가만히 있으면 아무런 할 말이 없었다. 그들은 서로 너무 냉정한 태도를 보일까봐 걱정이 되었다. 악수를 하면서 살이 닿으면 일종의 거북함이 느껴졌다.

더욱이 그들은 이처럼 마주 보면서도 무관심하며 겁을 먹게 된 데 대해서 서로가 그 이유를 알고 있다고 생각했다. 이러한 냉정한 태도를 신중함 때문이라고 생각했던 것이다. 그들의 평온과 극기는 고도의 지혜의 산물이라는 것이 그들의 생각이었다. 그들은 육체의 안정과 마음의 수면을 바라는 척 행동했다. 한편 자기들이 느끼는 혐오감과 걱정은 공포의 결과이며, 벌에 대한 말없는 두려움이라고 여겼다. 가끔 그들은 억지로 희망을 가지려 애썼고 과거의 타는 듯한 꿈을 되찾으려고 애썼다. 그러나 그들은 상상의 공허함에 무척이나 놀랐다. 그러자 그들은 가까운 장래에 있을 결혼 생각에 매달려보았다. 그 목적지에 도달하면 아무런 걱정도 없이 서로 몸을 맡기고 정열을 다시 찾게 될 것이며, 바라던 최고의 쾌락을 맛볼 것이다. 이러한 희망 때문에 그들의 마음은 가라앉고 그들 사이에 생겨난 허무의 밑바닥으로 빠지지 않을 수 있었다. 그들은 과거와 똑같이 서로 사랑하고 있다고 확신했으며, 영원히 결합되어서 완전한 행복을 이루게 될 때를 기다리고 있었다.

테레즈는 이렇게 마음이 차분하기는 처음이었다. 그녀는 확실히 좋아졌다. 그녀의 꺾을 수 없는 모든 고집은 풀어져 있었다.

밤에 침대에 혼자 누워 있으면 테레즈는 행복했다. 그녀는 채워지지 않는 욕정에 사로잡혀 온몸을 괴롭히지 않아도 되었다. 카미유의 병든 육체와 얼굴을 영원히 보지 않게 되었던 것이다. 그녀는 흰 이불 아래에서 자신이 깨끗한 소녀처럼 생각되었고 고요와 그늘 가운데서 평화를 느꼈다. 약간 춥지만 넓은 그녀의 방은 천장이 높고 구석이 침침하여 수도원 같은 냄새를 풍기는 것이 마음에 들었다. 마침내는 창문 앞으로 올라온 큰 벽담까지 좋아하게 되었다. 여름철 내내 그녀는 매일 저녁 몇 시간이고 앉아서 그 벽담의 잿빛 돌과 굴뚝과 지붕에 둘러싸인, 별이 반짝이는 하늘을 바라보고는 했다. 다만 무서운 꿈을 꾸다가 벌떡 깼을 때만 로랑을 생각했다. 이럴 때 그녀는 눈을 크게 뜨고 속옷 바람으로 몸을 웅크리고 자리에 앉아서, 자기 옆에 어떤 남자가 누워 있다면 이렇게 별안간 무섭진 않을 텐데 하고 생각하는 것이었다. 그녀는 자기를 지키는 개를 생각하듯 정부를 생각하고 있었다. 차갑고 잠잠한 그녀의 육체는 정욕의 전율을 잊어버리고 있었다.

낮에는 상점 안에서 거리의 광경에 정신을 쏟았다. 그녀는 말하자면 자신으로부터 해방된 셈이었다. 이제는 증오심과 복수심에 싸여 은근히 반항하던 그런 생활이 아니었다. 몽상은 하기도 싫었다. 그녀는 행동하고 또 실제 현실을 보고 싶었다. 그녀는 아침부터 저녁까지 통로를 지나다니는 사람들을 쳐다보았다. 사람들이 왕래하는 소리가 재미있었다. 그녀는 호기심이 넘쳐났고 재잘거리게 되었다. 한마디로 말해서 여자가 되었다. 왜냐하면 그전까지는 남자 같은 행동과 생각만을 하고 있었으니 말이다.

이러는 동안 그녀는 한 젊은 남학생을 주목하게 되었다. 그 학생은 근처의 하숙집에 살며 하루에도 몇 번씩 상점 앞을 지나갔다. 그는 시인처럼 머리를 길게 기르고 장교같이 구레나룻이 났으며 창백한 안색의 아름다움을 풍겼다. 테레즈에겐 그 학생이 멋지게 보였다. 그녀는 한 주일 내내 마치 기숙사 여학생처럼 그를 생각하며 연정을 품었다. 그녀는 소설을 읽었다. 그리고 그 젊은이를 로랑과 비교해보니, 로랑이 대단히 살찌고 둔하게 생각되었다. 독서는 그녀에게 여태까지 몰랐던 낭만적인 지평을 열어주었다. 그녀는 피와 신경으로만 사랑을 느껴왔었다. 그런데 이제 머리로 사랑을 느끼기 시작한 것이다. 그러다가 어느 날 그 학생은 사라졌다. 하숙집을 옮긴 모양이었다. 테레즈는 금세 그를 잊어버리고 말았다.

그녀는 회원제 대출 도서관에 가입하고 소설의 모든 주인공들에게 열중했다. 이 갑작스러운 독서열은 그녀의 기질에 큰 영향을 끼쳤다. 그녀는 예민한 감수성을 갖게 되어 공연히 웃고 울곤 하였다. 그녀의 마음속에 생기려 했던 균형이 깨진 것이다. 그녀는 일종의 막연한 몽상에 빠졌다. 가끔 불현듯 카미유 생각이 나기도 하고 공포와 의심이 가득 섞인 새로운 정욕을 느끼며 로랑을 생각하기도 했다. 이렇게 해서 그녀는 다시 고민에 빠졌다. 때로는 금방이라도 정부와 결혼할 수 있는 방법을 찾아보기도 했고, 때로는 도망쳐서 다시는 그를 보지 않을 생각도 했다. 그녀에게 정숙과 명예를 이야기하는 소설들은 그녀의 본능과 열망 사이에 하나의 장애물같이 느껴졌다. 그녀는 센 강과 싸우기도 했고 또 맹렬히 간통에 몸을 던지는 끔찍한 짐승으로 되돌아가기도 했다. 그러나 그녀는 선의와 부드러움을 알고 있었다. 올리비에 아내의 멀건 얼굴과 죽은 듯한 태도를 이해했고 또 자기 남편을 죽이지 않아도 행복할 수 있었다는 것을 알고 있었다. 이리하여 그녀는 이미 자기 자신을 잘 알 수 없게 되어 가혹한 우유부단 속에서 살고 있었다.

한편 로랑은 안정과 흥분의 여러 단계를 거쳐갔다. 그는 처음 깊은 안정을 맛보았다. 마치 거대한 무게를 덜어낸 것 같았다. 가끔 그는 놀라서 생각해보곤 했다. 악몽을 꾼 것 같았다. 자기가 카미유를 강물에 던지고 시체공시장에서 그의 시체를 확인한 것이 정말인가 생각해보았다. 그런 범죄를 생각하니 참으로 이상스러웠다. 그는 자기가 살인을 할 수 있었으리라고는 조금도 믿어지지 않았다. 소심한 기분에 온몸이 떨렸다. 범죄가 발각되어 교수형을 당할 것을 생각하자 이마에서 식은땀이 났다. 그럴 때면 시늘한 칼이 목에 닿는 것을 느꼈다. 그는 행동하는 동안에는 고집을 갖고 짐승처럼 맹목적으로 앞을 향해 달려갔다. 그러나 지금 뒤돌아서서 자기가 막 뛰어넘은 심연을 보니 그는 공포에 질려 정신을 잃을 지경이었다.

'정말이지 난 취했던 거야' 하고 그는 생각했다. '그 여자가 불붙은 몸으로 날 취하게 했어. 아이구! 난 바보였고 미쳤던 거야! 교수형을 당할 수도 있었잖아…… 그러나 이젠 모든 게 다 잘됐어. 또 그런 일이 생긴다면 다시는 그런 짓 안 해.'

로랑은 기운이 죽어 어느 때보다도 맥이 없고 겁이 많아졌다. 그는 살이 찌고 둔하게 되었다. 그의 뭉뚝하고 큰 체구를 본 사람이라면 난폭하고 잔인하다고 비난하려는 생각은 결코 들지 않을 것이었다.

그는 과거의 습관을 다시 찾았다. 몇 개월 동안 누구보다도 묵묵하게 일을 해서 모범적인 직원이 되었다. 저녁엔 생 빅토르 가의 싸구려 식당에서 빵을 잘게 잘라 천천히 씹으면서 될수록 오래 먹었다. 그리고 몸을 젖혀 벽에 등을 기대고 파이프를 피우곤 했다. 뚱뚱하게 살찐 훌륭한 아버지 같았다. 낮에는 아무것도 생각하지 않았다. 밤엔 꿈도 꾸지 않고 깊은 잠을 잤다. 얼굴이 장밋빛 같고, 배가 뚱뚱하고, 머릿속이 빈 그는 행복했다.

그의 육체는 죽은 듯했다. 테레즈에 대해서는 거의 생각하지 않았다. 그는 정해지지 않은 어느 장래에 늦게야 결혼하게 될 여자를 생각하듯이 그렇게 가끔 테레즈를 생각했다. 그녀를 잊다시피 한 채 결혼 후에 갖게 될 새로운 처지를 꿈꾸면서 초조히 때를 기다리고 있었다. 월급쟁이 생활을 그만두고 아마추어로서 그림을 그리며 빈둥빈둥 살아갈 희망을 품고, 좀 거북하긴 했지만 매일 저녁 테레즈의 상점으로 다시 가곤 했다.

어느 일요일, 무엇을 할지 몰라 심심해하던 그는 한동안 함께 살았던 젊은 화가인 옛 학교 친구 집으로 갔다. 그 친구는 옷을 거의 다 벗고 웅크리고 있는 음란한 술의 여신을 그려서 전람회에 출품할 생각을 하고 있었다. 아틀리에 안쪽엔 허리가 날씬한 모델이 머리를 뒤로 비틀고 몸을 꼬고 누워 있었다. 그 여자는 가슴을 드러낸 채 가끔 웃으면서 뻣뻣해진 몸을 풀려고 기지개를 켜곤 했다. 로랑은 그 앞에 앉아 담배를 피우고 친구와 이야기를 나누면서 여자를 쳐다보았다. 그렇게 여자를 보고 앉아 있자니 피가 끓어오르고 신경이 흥분되었다. 그는 저녁때까지 기다렸다가 그 여자를 자기 방으로 데리고 갔다. 그는 그 여자를 거의 일 년 동안 정부로 삼았다. 이 가련한 여자는 로랑을 멋진 남자라고 생각하면서 사랑하게 되었다. 그녀는 아침에 집을 나가 하루 종일 모델을 서고 매일 저녁 같은 시간에 규칙적으로 돌아왔다. 그녀는 자기가 번 돈으로 생활했으므로, 그녀가 어디를 갔다 오건 무엇을 하건 전혀 개의치 않는 로랑의 돈은 한푼도 쓰지 않았다. 게다가 그녀는 로랑의 생활에 균형을 잡아주었다. 그는 자신의 육체를 편안하고 건강하게 유지하는 데 유익하고 필요한 물건처럼 그녀를 받아들였다. 로랑은 자신이 그녀를 사랑하는지는 전혀 생각해보지도 않았다. 또 테레즈에게 충실하지 못하다는 생각도 하지 않았다. 그는 전보다 더 편안하고 행복하다고 느끼고 있었다. 이것이 전부였다.

이러는 동안 테레즈는 상복을 벗게 됐다. 젊은 여인은 환한 옷으로 갈아입었다. 어느 날 저녁 로랑은 테레즈가 다시 젊고 아름다워 보였다. 그러나 그는 여전히 그녀 앞에서는 어떤 거북함을 느끼고 있었다. 얼마 전부터 그녀는 이상하게 변덕스럽고 이유 없이 웃고 슬퍼하며 열을 띠고 있었다. 그는 그녀의 불안정한 태도가 겁이 났다. 왜냐하면 그는 그녀의 마음속에서 일어나는 투쟁과 불안을 알아차렸던 것이다. 그는 자신의 안정된 마음을 해칠까봐 몹시 두려워서 주저했다. 그는 육욕의 현명한 만족 속에서 편안히 살고 있었다. 그래서 이미 자기를 미치게 했던 히스테릭한 정열적인 여자와 다시 관계를 가져 균형잡힌 생활을 위험에 빠뜨리고 싶지 않았다. 물론 그는 이런 것들을 곰곰이 따져보지는 않았다. 그러나 그는 테레즈를 소유함으로써 생기게 될 고민을 본능적으로 느끼고 있었던 것이다.

언젠가는 결혼 문제를 고려해야 할 거라는 생각에 그는 낙심하지 않을 수 없었다. 카미유가 죽은 지 열다섯 달 가까이 되었다. 한때 로랑은 결혼은커녕 테레즈를 걷어차버리고, 즐겁고 값싼 사랑으로 자신을 만족시켜주는 모델 여자를 잡아둘 생각을 했었다. 그러자 카미유를 공연히 죽인 게 아니냐는 생각이 들었다. 지금 자기를 괴롭히는 여자를 저 혼자 소유하려고 저질렀던 무서운 범죄와 노력을 회상해보니, 만일 그녀와 결혼하지 않는다면 자기가 한 살인은 무의미하고 어리석은 일이 되고 말 거라고 느껴졌던 것이다. 남의 아내를 뺏으려고 한 남자를 물에 던져 죽이고 열다섯 달을 기다리다가, 온갖 아틀리에에 제 몸을 굴리고 다니는 젊은 여인과 살 작정을 한다는 것이 우습게 여겨져, 그는 쓴웃음을 지었다. 더욱이 그와 테레즈는 피와 공포로 맺어진 관계가 아닌가? 그러자 테레즈가 소리치며 자기에게 몸을 비트는 것이 느껴졌다. 그는 테레즈에게 속해 있었다.

그는 자신의 공범자가 무서웠다. 만약 테레즈와 결혼하지 않는다면 그녀는 복수와 질투심에 불타서 아마도 모든 것을 경찰에 고발하리라. 이런 생각이 그의 머릿속에서 퉁탕거리고 있었다. 그는 흥분했다.

그런데 이 무렵 갑자기 모델 여자가 그를 떠났다. 어느 일요일, 그 여자는 돌아오지 않았던 것이다. 틀림없이 보다 따뜻하고 괜찮은 거처를 찾아낸 모양이다. 로랑은 별로 괴롭지도 않았다. 다만 밤마다 옆에 여자를 두는 게 습관이 되어버렸기 때문에 갑작스러운 공허를 느꼈을 뿐이다. 일 주일이 지나니 욕정을 참을 수가 없었다.

그는 다시 상점에 와서 슬쩍 빛이 스쳐가는 눈으로 테레즈를 바라보며 저녁 시간을 꼬박 보내기 시작했다. 소설을 오랜 시간 읽어 싱숭생숭해하던 젊은 여인은 그리움을 담은 도발적인 표정으로 그의 시선을 맞았다.

이렇게 해서 그들은 구역질 나고 무관심했던 긴 일 년간의 기다림을 지나 욕망의 고통 속으로 돌아오게 되었다.

어느 날 저녁 로랑은 상점 문을 닫으면서 잠깐 동안 통로에 테레즈를 잡아두었다.

"오늘 저녁 당신 방에 가도 괜찮을까?" 하고 그는 정열적인 음성으로 물었다.

젊은 여인은 두려워하는 몸짓을 보였다.

"아니, 아니, 기다려요. 조심해야 해요." 그녀는 두려움을 느끼며 말했다.

"난 너무 오래 기다렸어. 정말, 난 지쳤어. 난 당신이 그리워." 로랑이 말을 받았다.

테레즈는 미친 듯이 그를 쳐다보았다. 손과 얼굴이 타오르고 있었다. 그녀는 주저하는 듯했다. 그러다가 갑작스럽게 말했다.

"결혼해요. 난 당신의 아내가 되겠어요."

17

정신은 긴장되고 육체는 불안한 채 로랑은 파사주를 떠났다. 테레즈의 더운 입김과 승낙은 그의 마음속에 과거의 욕정을 다시 불러일으켰다. 그는 손에 모자를 들고서 얼굴에 실컷 바람을 쐬려고 센 강가를 걸었다.

생 빅토르 가의 집 앞에 이르자 혼자 올라가 있기가 무서운 생각이 들었다. 뭐라 표현할 수 없는, 뜻하지 않은 어린애 같은 공포에 사로잡힌 그는 자신의 고미다락방에 숨어 있는 어떤 남자를 보게 될까 겁이 났다. 그가 이처럼 겁을 먹기는 처음이었다. 그는 자기가 사로잡힌 이상스러운 전율의 이유를 캐보려고조차 하지 않았다. 그는 술집에 들어가서 자정이 될 때까지 한 시간 동안 큰 술잔을 기계적으로 비우면서 말없이 앉아 있었다. 테레즈를 생각하니 그날 저녁 그녀의 방으로 자신을 맞아주지 않은 것이 화가 났다. 그 여자와 함께 있기만 하면 겁이 나지 않을 것만 같았기 때문이다.

시간이 되어 술집을 나와야 했다. 그러다 다시 들어가 성냥을 얻었다. 관리 사무실은 이층에 있었다. 초를 얻으려면 긴 복도를 지나 계단을 올라가야 했다. 컴컴한 복도와 계단이 무서워졌다. 그 어두운 속을 가볍게 지나가곤 하던 그였다. 그러나 그날 저녁은 감히 초인종도 울리지 못했다. 지하실 어귀의 어느 구석에 별안간 달려들어 자기 목을 조를 암살자들이 있을 것만 같았다.

마침내 그는 초인종을 울리고 성냥을 하나 켜서 복도로 들어섰다. 성냥불이 꺼졌다.

그는 감히 도망갈 엄두도 내지 못한 채, 손을 떨며 축축한 벽에 성냥개비를 그으면서 불안하게 헐떡이고 있었다.

자기 앞에 사람들의 목소리와 발소리가 들리는 듯했다.

성냥개비들은 그의 손가락 사이에서 부러졌다. 그는 겨우 한 개를 켰다. 유황이 지글지글하며 느릿느릿 불이 붙기 시작하자 더욱 불안했다. 유황의 창백하고 푸르스름한 빛과 흔들리는 그림자 속에서 그는 흉악한 형체들을 본 듯했다. 그러다가 성냥은 반짝반짝하더니 환히 밝아졌다. 마음이 놓인 로랑은 불이 꺼지지 않도록 주의하면서 조심스럽게 앞으로 발을 내디뎠다.

지하실 앞을 지나게 됐을 때 그는 반대쪽 벽에 몸을 꼭 붙였다. 거기에서 그를 위협하는 큰 그림자를 보았던 것이다. 그는 곧장 계단 몇 개를 황급히 기어올라 사무실에 다다랐다. 초를 얻어 불을 붙였을 때에야 간신히 살아난 기분이 들었다. 그는 초를 치켜들고 그가 지나가야 할 모든 구석구석을 밝히면서 더욱더 천천히 나머지 계단을 올라갔다. 촛불 때문에 생기는 이리서리 흔들리는 커다란 그림자들이 갑자기 그 앞에 나타났다가 사라지곤 하면서 그를 막연한 불안에 사로잡히게 했다.

꼭대기층에 이르러 방으로 들어간 뒤 급히 문을 닫았다. 먼저 침대 밑을 들여다보았다. 누가 숨어 있지 않나 싶어 방 안을 세심히 살펴보았다. 행여 누가 들어올세라 지붕에 난 창문도 닫았다. 그러고 나니 마음이 조금 놓여, 자기가 그렇게 겁쟁이가 된 것이 믿기지 않을 지경이었다. 그는 옷을 벗었다. 마침내 자신의 어린애 같은 행동에 웃음이 났다. 이토록 겁을 먹은 적은 한 번도 없었기 때문에, 이렇게 갑자기 공포를 느끼게 된 사실을 납득할 수 없었다.

그는 자리에 누웠다. 따뜻한 이불에 들어가자, 두려움에 떠느라 잊고 있던 테레즈 생각이 났다. 잠을 자려고 억지로 눈을 감았지만, 여러 생각이 잇달아 떠올라 뒤섞였다. 빨리 결혼하면 유리할 듯한 점들이 그의 눈앞을 맴돌았다. 그는 돌아누우면서 혼자 중얼거렸다. "이제 그만 생각하고 잠을 자자. 출근하려면 여덟시에 일어나야 해."

그리고 잠이 들기 위해 애썼다. 그러나 여러 생각들이 다시 하나둘 나타났다. 말없는 숙고가 다시 시작됐다. 그는 곧 일종의 날카로운 명상 속에 빠져들었다. 머릿속 깊은 곳에서, 그의 욕망과 조심성이 테레즈를 소유하는 문제를 놓고 번갈아 찬성과 반대를 말했고 결혼의 필요성을 늘어놓고 있었다.

잠을 자기는 틀렸다 싶었다. 불면으로 육체가 흥분되어버린 것을 알게 된 그는 눈을 크게 뜨고 자신의 머리가 젊은 여인에 대한 추억으로 가득 채워지게 가만히 내버려두었다. 안정은 깨졌다. 과거의 뜨거운 흥분이 다시 그를 흔들어놓았다. 자리에서 일어나 퐁네프의 상점으로 다시 돌아갈까 생각해보았다. 그는 파사주의 철책 문을 열고 계단의 작은 문을 두드릴 것이며, 그렇게 하면 테레즈가 그를 맞아들일 것이다. 이런 생각을 하니 가슴이 뛰었다.

그의 명상은 놀랍도록 분명해졌다. 그는 집들을 따라 거리를 빠른 속도로 걷고 있었다. 그러고는 이렇게 생각했다. '나는 이 길로 간다. 내가 이 교차로를 지나가는 것은 더 빨리 도착하기 위해서다.' 그 다음 파사주의 철책문이 삐걱 소리를 냈다. 그는 침침하고 한적하며 좁은 회랑을 따라가면서, 인조 보석상 여주인한테 들키지 않고 테레즈 방으로 올라갈 수 있다는 걸 기쁘게 여겼다. 그리고 마침내 그토록 자주 지나다녔던 통로를 지나 작은 층계에 들어섰다. 거기서 그는 과거에 느꼈던 미칠 듯한 기쁨을 느꼈다. 간통의 달콤한 공포와 뼈에 스미는 듯한 기쁨을 회상했다. 그의 추억은 모든 감각을 자극하는 현실이었다. 그는 복도의 곰팡내 나는 냄새를 느꼈고, 끈적거리는 벽을 스쳐 지나가는 더러운 그림자를 보았다. 그리고 그는 헐떡이며 하나하나 계단을 올라갔다. 가다가 멈춰 서서 귀를 기울이기도 했다. 원하는 여자에 대한 이 두려운 접근 속에서 그는 벌써부터 정욕을 만족시키고 있었다. 마침내 그는 문을 가볍게 두드렸다. 그러자 문이 열리고 자기를 기다리던 테레즈가 하얗게 차려입은 모습으로 나타났다.

이런 생각들은 그의 앞에 진짜 광경처럼 전개되고 있었다. 그의 눈은 어둠 속을 응시하며 실제로 그 장면들을 보고 있었다. 거리를 달린 끝에 통로로 들어가 작은 층계를 올라간 다음, 욕망에 들뜬 창백한 테레즈를 본 것처럼 생각한 그는 침대에서 벌떡 일어나며 중얼댔다. "그 여자가 날 기다린다. 난 거기 가야 해." 그러나 갑자기 몸을 움직이자 환각이 사라졌다. 마룻바닥에서 냉기가 올라왔다. 무서웠다. 맨발로 바닥에 서서 잠시 숨죽인 채 귀를 기울였다. 유리창 너머로 무슨 소리가 들리는 듯했다. 테레즈의 집에 가자면 아래층 지하실 문을 다시 지나가야 할 것이다. 이런 생각을 하니 등에 차디찬 전율이 흘렀다. 그는 다시 공포에 사로잡혔다. 짓밟는 듯한 어리석은 공포였다. 그는 자신의 방을 의심의 눈길로 쳐다보았다. 새하얀 빛줄기가 이리저리 배회하는 것이 보였다. 그는 불안한 마음에 서두르면서도 조심하여 침대로 다시 올라갔다. 그는 몸을 움츠리고 마치 자신을 위협하는 무기나 칼을 피하려는 듯이 침대 속으로 숨었다.

피가 목으로 마구 올라왔다. 목이 화끈 타올랐다. 그는 목에 손을 대었다. 손가락 밑으로 카미유가 물어뜯은 상처가 만져졌다. 그 동안 이 상처에 대해서는 거의 잊고 있었던 것이다. 그는 피부 위에 난 흉터를 새삼 확인하고는 공포에 떨었다. 그 흉터가 몸을 뜯어먹는 것처럼 느껴졌다. 더이상 흉터를 느끼고 싶지 않아 그는 다급히 손을 떼었다. 그러나 여전히 그 흉터가 살을 파헤치고 목에 구멍을 뚫는 것을 느꼈다. 그는 손톱 끝으로 그 상처를 긁어내려 했다. 이만저만 쓰라리지 않았다. 그는 더이상 피부를 할퀴지 않으려고 두 무릎 사이에 두 손을 꼭 끼었다. 긴장하여 뻣뻣하게 굳은 채로, 목에 불이 붙은 듯한 아픔을 느끼며 공포에 이를 떨면서 오랫동안 그렇게 있었다.

지금 그는 무섭도록 카미유만을 생각하고 있었다. 그때까지 카미유가 로랑의 밤을 어지럽힌 적은 없었다. 그런데 지금 테레즈에 대한 생각이 그 유령을 이끌어온 것이다. 살인자는 이제 감히 눈을 뜰 수 없었다. 방 한구석에서 자기의 희생자를 보게 될까 두려웠던 것이다. 이때 침대가 이상스럽게 흔들리는 듯했다. 그는 카미유가 침대 밑에 숨어서, 자기를 떨어뜨려 물어뜯기 위해 그렇게 흔드는 것이라고 상상했다. 미친 듯한 눈에 머리카락이 곤두신 그는 자꾸 더 심하게 흔들리는 것 같아 침대에 꽉 매달렸다.

그러나 곧 침대가 전혀 움직이지 않음을 알게 된 그는 갑자기 정신을 되찾았다. 이윽고 제자리에 누워 스스로 바보라고 생각하면서 촛불을 켰다. 그러고는 흥분을 가라앉히려고 큰 컵에 물을 가득 따라 마셨다.

'술집에 간 게 잘못이었어' 하고 그는 생각했다. '오늘 밤은 어떻게 된 건지 모르겠군. 이게 무슨 바보짓이야. 내일 출근하면 녹초가 되겠어. 침대에 누워 곧바로 잤어야 했는데…… 괜히 이것저것 생각하느라 잠을 놓쳤어. 이제 자자.'

그는 다시 불을 끄고 조금 시원해진 베개에 머리를 묻고 더는 생각지 않고 더는 겁내지 않으리라 작정을 했다. 피로가 그의 흥분을 가라앉히기 시작했다.

그는 평소처럼 깊은 잠을 이루지는 못하고 천천히 흐릿한 졸음 속으로 미끄러졌다. 단지 멍한 느낌뿐이었다. 마치 부드럽고 환락적인 무감각 속에 빠진 것 같았다. 졸리면서도 몸이 불편하다고 느꼈다. 그의 정신은 죽은 육체 속에 깨어 있었다. 그는 떠오르는 생각을 쫓아내며 잠을 깨지 않으려 애썼다. 그러나 졸려서 기진맥진하게 된 줄만 알았더니 또다시 생각들이 하나씩 살그머니 나타나서 녹초가 된 그를 사로잡았다. 몽상이 다시 시작됐다. 그는 테레즈와 자기를 갈라놓고 있는 길을 다시 갔다. 계단을 내려가고, 뛰어서 지하실 앞을 지나 밖으로 나왔다. 그는 눈을 뜨고 꿈꾸고 있을 때 이미 갔던 모든 길을 다시 따라갔다. 퐁네프 파사주로 들어가 작은 계단을 올라 문을 살그머니 두드렸다. 그러나 속치마를 입고 가슴을 드러낸 테레즈가 아니라, 카미유가 문을 열어주었다. 시체공시장에서 본 그대로, 푸르죽죽하게 변한 끔찍한 모습의 카미유였다. 그 시체는 흰 이 사이로 거무스름한 혀 끝을 보이고 흉하게 웃으면서 그에게 두 팔을 내밀었다.

로랑은 고함을 치면서 벌떡 잠에서 깨어났다. 온몸이 식은땀에 젖어 있었다. 그는 자신을 욕하고 자신에게 화를 내며 눈 위로 이불을 다시 끌어당겼다. 다시 잠들려고 했다. 그는 먼저처럼 천천히 잠들었다. 아까처럼 다시 녹초가 되었다. 그리고 맥없이 선잠이 드는 가운데 또 자제심을 잃고 다시 걷기 시작하여 그의 망상이 그를 끌고 갔던 곳으로 되돌아갔다. 테레즈를 보려고 달려갔는데 그에게 문을 열어준 것은 역시 카미유였다.

깜짝 놀란 가련한 이 사내는 자리에서 일어섰다. 그는 어떤 일이 있더라도 억누를 수 없는 이 꿈을 몰아내고 싶었다. 생각을 짓누를 곤한 잠을 자고 싶었다. 깨어 있을 때는 그 유령을 쫓아내기에 넉넉한 힘이 있었으나, 통제할 수 없게 되자마자 그의 정신은 그를 육욕의 환락과 공포의 꿈속으로 이끌었다.

그는 다시 잠들려 했다. 그러나 욕정에 싸인 옅은 잠과 갑작스럽고 가슴을 찢는 듯한 깨어남이 계속되었다. 그는 미칠 듯이 끈기 있게 테레즈 쪽으로 갔으나 부딪히는 것은 역시 카미유의 시체였다. 열 번 이상을 그는 아주 정확하게 그 길을 되갔다. 육체를 불태우면서 똑같은 행동을 했다. 그리고 번번이 정부를 껴안으려고 팔을 벌리면 물에 빠져 죽은 카미유가 나타나는 것이었다. 그때마다 그를 숨가쁘게 하고 공포에 질려 깨어나게 하는 이 불길한 결말도 그의 정욕을 식히지 못했다.

몇 분 후 다시 잠들자마자 그의 정욕은 그를 기다리고 있는 끔찍한 시체를 망각하고, 한 여자의 뜨겁고 부드러운 육체를 만나려고 다시금 달려갔다. 한 시간을 꼬박 로랑은 계속적인 악몽에 시달렸다. 매번 의도하지 않았지만 끊임없이 반복되는 이 기분 나쁜 꿈속에 빠져들었다. 그 악몽은 벌떡 깨어날 때마다 로랑을 더욱 심한 공포로 기진맥진하게 했다.

이런 계속되는 충격 속에서도 마지막 것은 너무나도 강렬하고 고통스러워서, 그는 일어나서 더이상 싸우지 않으리라 결심했다. 날이 밝아오고 있었다. 멀건 잿빛이 네모꼴로 하늘을 둘러싸고 있는 지붕의 창으로 들어오고 있었다. 로랑은 천천히 옷을 입었다. 유치한 공포에 사로잡혀 잠을 자지 못해 기운이 빠져 있다고 생각하니 분노가 치밀었다. 그는 바지를 입으면서 몸을 뻗치고 팔다리를 문질렀다. 그리고 흥분으로 밤을 보낸 탓에 지치고 말이 아닌 얼굴을 두 손으로 비볐다.

'그런 생각들은 하지 말았어야 했는데. 잠을 잤더라면 이 시간에 기분도 좋고 거뜬할 텐데…… 아! 테레즈가 간밤에 나와 같이 자주기만 했더라도……'

테레즈와 함께 있었으면 공포를 느끼지 않았으리라는 생각은 그를 약간 진정시켰다. 실상 그는 지난밤과 같은 밤을 다시 보내게 될까봐 두려워하고 있었다.

그는 얼굴에 물을 끼얹고 슬쩍 빗질을 했다. 그러고 나니 머리가 시원해지고 마지막 공포도 사라졌다. 온몸이 피로하기는 했지만, 그의 머리는 이제 제대로 돌아가고 있었다.

'나는 원래 겁쟁이가 아니야' 하고 그는 옷을 다 입고 나서 생각했다. '카미유 생각을 하다니 당치도 않지. 그 유령이 내 침대 밑에 있다는 것은 터무니없는 생각이야. 그렇지만 이제 매일 밤 그 생각을 하게 될지도 몰라. 아무래도 될수록 빨리 결혼을 해야겠어. 테레즈가 날 껴안고 있으면 카미유 생각은 나지 않을 거야. 그녀는 내 목에 키스할 텐데, 그러면 내가 느꼈던 고통은 사라질 거야. 흉터를 좀 볼까.'

그는 거울로 다가서서 목을 빼고 들여다보았다. 흉터는 창백한 장밋빛이었다. 로랑은 희생자의 이빨 자국을 보자 다소 마음이 혼란스러워졌다. 피가 머리로 올라왔다. 이윽고 이상한 현상이 일어났다. 솟구쳐오른 피 때문에 상처 부위가 빨갛게 되었다. 눈에 확 두드러질 정도다. 기름지고 흰 목 위에 아주 붉게 드러나 보였다. 로랑은 상처를 바늘로 찌르는 듯한 심한 통증을 느꼈다. 그는 얼른 와이셔츠의 칼라를 올렸다.

'에잇!' 하고 그는 다시 생각했다. '테레즈가 고쳐주겠지. 몇 번 키스하면 충분할 거야. 왜 난 바보같이 이런 생각을 하지!'

그는 모자를 쓰고 아래로 내려갔다. 시원한 공기를 마시며 걸을 필요가 있었다. 지하실 문 앞을 지나면서 그는 미소를 지었다. 그는 그 문이 단단하게 고리로 잠겨 있는지 확인했다. 밖으로 나가서 새벽의 시원한 공기를 마시며 쓸쓸한 보도 위를 천천히 걸었다. 다섯시경이었다.

로랑은 괴로운 하루를 보냈다. 오후가 되자 그는 사무실에서 짓누르는 듯한 졸음과 싸워야만 했다. 무겁고 졸린 머리는 아무리 참으려 해도 아래로 기울어졌다. 그는 상관의 발소리를 들으면 얼른 머리를 들곤 했다. 졸다가는 갑자기 깨어나는 이 싸움의 여파로 그는 지쳐 떨어질 지경이었고 내내 심한 불안에 사로잡혀 있었다.

저녁에는 피로했지만 테레즈를 만나러 갔다. 테레즈 역시 열이 오르고 녹초가 되어 지쳐 있었다.

"우리 테레즈가 잠을 잘 못 잤어." 그가 자리에 앉자 라캥 부인이 말했다. "지독한 불면증에 걸린 것 같아…… 악몽을 꾸는지 갑자기 고함치는 소리도 여러 번 들었는걸. 오늘 아침엔 병이 단단히 난 것 같은데."

시어머니가 말하는 동안 테레즈는 로랑을 뚫어지게 바라보고 있었다. 그들은 그들에게 엄습한 똑같은 공포를 서로 알아차린 게 틀림없었다. 왜냐하면 똑같은 신경증적 경련이 그들의 얼굴에 흘렀으니 말이다. 그들은 열시까지 서로 마주 보고 앉아서 뻔한 이야기를 나누었다. 그러나 그러면서도 서로 속마음을 이해했다. 그들은 죽은 사람 따위는 무시하고 서둘러 결합하자고 서로의 시선을 통해 애원하고 확인했다.

18

테레즈 역시 열이 났던 그 무서운 밤에 카미유의 유령을 보았다.

서로 무관심한 채 일 년이 흐른 후 밀회를 요구하는 로랑의 타는 듯한 제의는 별안간 테레즈의 마음을 채찍질했다. 혼자 누워서 곧 결혼이 이루어지리라고 생각하자 테레즈의 육체는 지글지글 끓기 시작했다. 그런 생각으로 잠이 오지 않아 엎치락뒤치락하다가 죽은 남편의 환영을 보았다. 그녀는 로랑처럼 정욕과 공포로 몸이 비비 꼬이는 것 같았다. 로랑과 마찬가지로 정부를 끼고 있으면 겁도 나지 않고 이런 고통도 느끼지 않을 거라는 생각이 들었다.

똑같은 시간에 각자의 집에서 헐떡이며 질려 있던 그들은 무서운 사랑 속으로 끌려들어가는 흥분 상태에 빠져 있었다. 두 사람은 피와 육욕으로 이루어진 관계였다. 그들은 똑같은 전율을 겪고 있었다. 깊은 피의 관계 속에서 그들의 가슴은 똑같은 고민으로 고통받았다. 이때부터 그들은 기쁨과 고통에 소용되는 단 하나의 육체와 단 하나의 영혼만을 가지게 되었다. 이러한 공통성, 즉 상호 침투는 심리적이고 생리적인 현상으로서 심한 신경증적 충격이 서로 맹렬하게 충돌하는 사람들 사이에서 흔히 있는 것이다.

테레즈와 로랑은 일 년 이상을 그들의 사지에 박혀 그들을 결합시키고 있던 쇠사슬을 가볍게 여겨왔다. 죄를 범했을 당시의 날카로운 흥분이 사라져 긴장이 풀리고 모든 것이 싫어졌으며, 안정과 망각을 바라게 되었다. 이 두 범죄자들은 그들이 자유로워져 어떤 사슬에도 더는 묶여 있지 않다고 생각하기까지 했다. 묶여 있던 쇠사슬은 땅에 끌렸고, 멍한 행복 속에서 그들은 조용히 쉬고 있었다. 그들은 다른 곳에서 사랑을 찾으려 했고 조용하고 안정된 삶을 꿈꾸었다. 그러나 되돌릴 수 없는 사건의 진실은 그들이 다시금 열렬한 말을 나누게 하여 그 쇠사슬은 팽팽하게 조여졌고, 그리하여 그들은 서로 영원히 결박되어 있다고 느껴 커다란 충격을 받았다.

그래서 바로 다음날부터 테레즈는 로랑과 결혼하기 위해 조용히 움직이기 시작했다. 그것은 많은 위험이 도사리고 있는 어려운 일이었다. 그들은 부주의해서 의심을 사거나 카미유의 죽음에서 얻은 이득을 너무 갑작스럽게 내보이게 될까봐 겁을 먹고 있었다. 그들 자신이 결혼 얘기를 꺼낼 수는 없는 일이었다. 그래서 그들은 꽤 그럴법한 계획을 생각해냈다. 그들이 감히 요구할 수 없는 일을 라캥 부인과 목요일 모임의 손님들이 먼저 제의하도록 만드는 것이었다. 그러니까 테레즈를 재혼시켜야 한다는 생각을 그들이 갖게 하고 무엇보다 그런 생각을 그들 스스로 떠올린 것처럼 만들어야 했다.

이 희극을 연출하는 것은 길고도 미묘한 작업이었다. 테레즈와 로랑은 각기 자기들에게 맞는 역할을 맡았다. 그들은 말 하나 행동 하나를 계산에 넣으면서 극히 신중하게 전진하고 있었다. 마음속으로 그들은 신경을 긴장시키는 초조감에 몹시 부대끼고 있었다. 끊임없는 흥분 속에서 살면서도 억지로 미소를 짓고 평화로운 것처럼 보이기 위해서는 아주 비겁하고 교활하지 않을 수 없었다.

그들이 빨리 일을 해치우려고 한 까닭은 더이상 서로 떨어져서 외롭게 있을 수 없었기 때문이다. 매일 밤 죽은 사람의 모습이 보였다. 불면증은 그들을 불타는 침대에다 누이고, 불에 달군 막대기로 굴리는 것 같았다. 그들이 겪고 있는 신경과민 상태는 아직도 매일 저녁 그들의 피를 솟아오르게 하고 눈앞에 가혹한 환상을 불러왔다. 황혼이 들 무렵부터 테레즈는 자기 방으로 감히 올라가지 못했다. 불을 끄자마자 커다란 방 안이 이상한 빛으로 밝아지고 유령들이 우글대는 것 같아 아침까지 처박혀 있는 게 몹시 괴로웠다. 그녀는 마침내 언제까지라도 눈을 활짝 뜨고 있으려고 촛불을 켜둔 채 잠들지 않으려 하게 되었다. 그러다 피로에 눈까풀이 감길 때면 그녀는 어둠 속에서 카미유를 다시 보곤 했다. 그러면 그녀는 다시 눈을 번쩍 떴다. 새벽녘에 겨우 몇 시간밖에 자지 못했기 때문에, 아침이 되면 기운이 하나도 없었다. 로랑으로 말하자면, 지하실 문 앞을 지나면서 겁을 먹게 되는 저녁나절부터 완전히 겁쟁이가 되었다. 그 전에는 동물처럼 태평하게 살았으나, 지금은 조그마한 소리에도 벌벌 떨며 어린 소녀처럼 얼굴이 새파래졌다. 공포의 전율이 별안간 그의 사지에 충격을 주고는 그에게서 영영 떠나지 않았다. 밤에는 테레즈보다도 더 괴로웠다. 물렁하고 비겁한 이 커다란 육체를 공포가 마구 찢어놓는 듯했다. 그는 해가 지면 몹시 무서워했다. 집으로 돌아가지 않고, 쓸쓸한 거리를 밤새도록 걸으면서 밤을 보내고 싶은 생각이 들 때가 한두 번이 아니었다. 한번은 비가 쏟아져내리는 바람에, 어느 다리 밑에서 아침까지 웅크리고 있은 일이 있었다. 그는 그곳에서 강둑 위로 다시 올라가지 못하고 여섯 시간이 넘도록 덜덜 떨면서 어둠 속으로 물이 흐르는 것을 바라보았다. 가끔 그는 겁이 나서 젖은 땅에 납작 엎드리기도 했다. 다리 밑으로 물결을 따라 내려가고 있는 익사자들의 긴 행렬이 보이는 것 같았기 때문이다. 기운이 빠져 집에 돌아가면 자물쇠로 문을 꼭 잠그고 들어앉아 무서운 흥분이 다가오는 가운데 동이 틀 때까지 안간힘을 쓰곤 했다. 똑같은 악몽이 연거푸 되돌아왔다. 그는 테레즈의 뜨겁고 정열적인 두 팔에서 떨어져나와 카미유의 차고 미끈거리는 팔에 안기는 것 같았다. 정부의 뜨거운 품에 꼭 안겨 있다가 어느 순간, 죽은 카미유가 싸늘하게 안겨와 썩은 그의 가슴으로 자기를 누르는 꿈을 꾸기도 했다. 정욕과 혐오가 뒤섞이고 사랑으로 불타는 듯한 살과 진흙 속에서 썩은 차가운 살을 번갈아 느끼면서, 그는 공포로 헐떡이고 고통에 신음했다.

날이 갈수록 두 연인들의 공포는 커가고 있었으며, 매일 밤 그들은 미칠 듯한 악몽에 짓밟혔다. 그들은 불면증을 없애는 방편으로 오직 서로의 키스에만 기대를 걸고 있었다. 그들은 구원의 날인 양 결혼식 날을 기다리고 있었다. 그 다음엔 행복한 밤이 따를 테니까.

그들은 애타게 서로의 결합을 원함으로써만 조용히 잠들 수 있었다. 서로에게 무관심한 동안에는 그들을 함께 살인으로 밀어붙인 후에 사라진 것 같았던 이기적이고 정열적인 동기를 망각하고서 주저하고 있었던 것이다. 다시금 그들은 흥분에 사로잡혔다. 그들은 욕망과 이기심의 밑바닥에서, 단지 합법적인 결혼이 가지고 올 기쁨을 맛보기 위해서 카미유를 죽일 결심을 하게 했던 최초의 구실들을 다시 발견했다. 더욱이 공공연히 결합하려는 마지막 결심을 하게 된 것은 어떤 막연한 절망에서 비롯되었다. 그들의 마음속 깊은 곳에는 공포가 있었다. 그들의 정욕은 전율하고 있었다. 공포에 사로잡힌 채, 심연 위로 몸을 구부리듯 서로에게 몸을 기대고 있는 셈이었다. 서로를 가만히 응시하면서, 말도 하지 못하고 움직이지도 못했지만, 마음은 혼란에 빠지고 사지는 무력해져 고통스런 육욕은 파멸에 이를 듯한 광란의 욕망으로 가득 차올랐다. 그러나 현재와 불안한 기다림과 공포 섞인 정욕 앞에서, 그들은 눈을 감고 사랑의 지복과 평화로운 기쁨의 장래를 꿈꿀 절실한 필요성을 느끼고 있었다. 서로 마주 보고 떨면 떨수록 자기들이 뛰어들게 될 심연의 공포를 예감했기 때문이다. 그래서 그들은 더욱 스스로 행복을 다짐하고 숙명적으로 결혼해야 할 불가피한 이유를 눈앞에 펼쳐보곤 했다.

테레즈는 오직 결혼만을 바라고 있었다. 그녀는 두려움에 떨고 있었으며, 또 그녀의 육체가 로랑의 힘센 애무를 요구하고 있었기 때문이다. 그녀는 신경질에 사로잡혀 미칠 것 같았다. 실상 그녀는 거의 이성적 판단을 잃고 정열에 뛰어들고 있었다. 그녀의 정신은 자신이 읽었던 소설들에 의해 혼란되고, 그녀의 육체는 몇 주일 동안 뜬눈으로 밤을 새우게 했던 가혹한 불면증으로 흥분되어 있었다.

천성적으로 야비한 로랑은 공포와 정욕에 넘어가면서도 여러 쪽으로 머리를 굴렸다. 결혼의 필요성을 스스로 납득하고, 완전히 행복해지리라는 것을 다짐하기 위해서, 또 그가 사로잡혀 있던 막연한 공포를 분산시키기 위해서, 그는 과거의 모든 계산을 거듭 다시 해보곤 했다. 우선, 즈포스의 농부인 아버지가 죽지 않으려고 애쓰는 것을 보면, 유산을 받으려면 오래 기다려야만 할 것이었다. 자기의 유산이 아버지 마음에 들게 땅을 잘 가는, 몸집이 크고 명랑한 사촌의 주머니 속으로 들어가지 않을까 하는 걱정까지도 했다. 그렇게 되면 자기는 언제나 가난할 것이며 아내도 얻지 못한 채 고미다락방에서 궁상맞은 삶을 살게 될 것이다. 게다가 그는 평생 동안 일하지 않고 살 생각을 하고 있었다. 그는 직장에서 이상스럽게 따분함을 느끼기 시작했다. 부과된 간단한 일조차도 게으른 그에게는 못 견디게 무거웠다. 이러한 생각은 가장 큰 행복은 아무것도 하지 않는 데 있다는 결론을 맺게 했다. 그러면서 자기가 테레즈와 결혼하고, 그 다음엔 아무것도 하지 않으려고 카미유를 물에 빠뜨린 사실을 회상했다. 물론 정부의 몸을 저 혼자 소유하고자 하는 욕망이 그가 저지른 범죄의 큰 동기였다. 그러나 그가 범죄로 끌려들어간 것은 그보다도, 자기가 카미유의 자리를 뺏고 카미유처럼 돌봄을 받으며 언제나 행복을 맛보리라는 희망 때문이었다. 만약 애정에 의해서만 끌려들었더라면 그처럼 비겁하지도 신중하지도 않았을 것이다. 사실을 말하자면, 그는 살인을 통해 생활의 안정과 한가로움과 그의 정욕의 계속적인 만족을 보장받으려 했던 것이다. 이러한 생각들은 의식적이건 무의식적이건 간에 그에게 다시 나타났다. 그는 기운을 차리기 위해, 카미유의 죽음에서 기대했던 이익을 찾아낼 때가 왔다고 스스로 되풀이해서 생각했다. 그는 다가올 생활의 이점과 행복을 머릿속에 그려보고 있었다. 그는 직장을 그만두고 달콤한 나태 속에서 살 것이다. 먹고 마시고 실컷 욕망을 채울 것이다. 언제라도 자기의 피와 신경의 균형을 다시 잡아주게 될 정열적인 여인을 손에 넣게 될 것이다. 얼마 후에는 라캥 부인의 사만 몇천 프랑을 상속받게 되리라. 왜냐하면 라캥 부인은 매일 조금씩 죽음을 재촉하고 있으니 말이다. 마지막으로 그는 짐승처럼 행복한 생활을 하게 될 것이다. 그는 모든 것을 망각하리라. 테레즈와 결혼하기로 한 후에는 언제나 이런 생각을 되풀이했다. 그는 또한 더 많은 이익을 찾고 있었다. 그래서 물에 빠져 죽은 남편을 둔 과부와 결혼해야 할 새로운 이유를 찾아내기라도 하면 그의 이기심은 아주 기뻐했다. 그러나 억지로 희망을 가져보려 해도 헛일이었다. 나태와 환락의 기름진 장래를 꿈꿔봐도 헛일이었다. 그는 여전히 갑작스러운 전율에 피부가 얼어붙는 걸 느꼈고, 기쁨을 가로막는 불안이 목구멍으로 올라왔던 것이다.

19

이러는 동안 테레즈와 로랑의 은밀한 작업은 결실을 가져왔다. 테레즈는 다시 기운 없고 절망한 모습을 보여서 라캥 부인을 불안하게 했다. 늙은 부인은 며느리를 슬프게 하는 것이 무엇인지 알아보려고 했다. 그러자 테레즈는 아주 교묘히 슬픔에 잠긴 과부의 역할을 연출해냈다. 그녀는 확실한 대답을 하지는 않고 막연히 권태롭다든가 기운이 없다든가 머리가 아프다든가 하고 말했다. 시어머니가 계속 질문할 때면 그녀는 몸은 괜찮지만 어쩐지 괴롭고 이유도 없이 눈물이 나온다고 대답했다. 그녀가 보이는 모습은 계속적인 답답증과, 창백하고 히스테릭한 미소와, 공허와 절망에 짓눌린 침묵이었다. 시무룩해서 알 수 없는 병에 걸려 천천히 죽어가는 듯한 이 젊은 여인 앞에서 라캥 부인은 도무지 마음을 놓을 수 없었다. 그녀가 세상에 가진 것이라곤 오직 며느리뿐이었다. 그녀는 매일 저녁 자기 눈을 감겨줄 며느리를 지켜달라고 하느님께 기도했다. 노년의 이 마지막 사랑 속에는 약간의 이기심이 섞여 있었다. 테레즈를 잃고 파사주의 축축한 상점 구석에서 혼자 죽을지도 모른다고 생각하면 이 늙은 부인은 자기를 아직 살아 있게 도와주는 그나마의 위안마저 빼앗기는 것 같았다. 이때부터 부인은 겁에 질린 채 며느리의 곁을 떠나지 않고 그녀의 슬픔을 살폈고, 말없는 며느리의 그 절망을 어떻게 하면 치유할 수 있을지 생각했다.

고민 끝에 라캥 부인은 늙은 친구 미쇼의 의견을 들어야겠다고 생각했다. 어느 목요일 저녁 그녀는 상점에 미쇼를 잡아놓고 자기의 두려움에 대해 말했다.

"물론이지요" 하고 늙은이는 그가 과거에 경찰에 다닐 때처럼 아주 무뚝뚝하게 대답했다. "난 오래 전부터 테레즈가 실쭉해 있는 걸 알았어요. 어째서 그렇게도 얼굴이 노랗고 슬퍼 보이는지 난 잘 알고 있습니다."

"이유를 아세요?" 하고 부인은 물었다. "빨리 말해요. 그애의 병을 고칠 수 있다면야!"

"오! 치료는 간단합니다" 하고 미쇼는 웃으면서 대답했다. "며느님은 이 년 가까이 밤을 혼자 보냈기 때문에 괴로운 거지요. 남편이 필요한 겁니다. 눈을 보면 알 수 있어요."

퇴직 경찰 관리의 세련되지 못한 이 솔직성은 라캥 부인에게 고통스러운 충격을 주었다. 그녀는 생투앙의 무시무시한 사건 이후에 자기 가슴속에서 피를 흘리고 있던 상처가 젊은 며느리의 가슴속에서도 똑같이 생생하고 가혹할 줄로 생각하고 있었다. 아들이 죽은 후 며느리를 위해 다른 남편이 필요하리라고는 전혀 생각해보지 않았다. 그런데 늙은 미쇼는 빙그레 웃으면서 테레즈가 아픈 것은 사내를 바라고 있기 때문이라고 말했던 것이다.

"될수록 빨리 결혼시키세요" 하고 미쇼는 나가면서 말했다. "말라버리는 것을 보시지 않으려거든 말입니다. 내 생각은 그래요. 자, 내 말을 믿으세요."

라캥 부인은 자기 아들이 벌써 잊혀졌다는 생각을 금방 받아들일 수 없었다. 늙은 미쇼는 카미유의 이름조차도 입 밖에 내지 않았다. 그는 테레즈가 꾀병을 앓는다며 농담을 했었다. 가련한 어머니는 자신만이 마음속에 귀한 아들에 대한 생생한 추억을 간직하고 있음을 깨달았다. 그녀는 눈물을 흘렸다. 카미유가 두 번째로 죽은 것 같았다. 그러나 실컷 눈물을 흘리고 슬픔에도 지치게 되자, 그녀는 자신도 모르게 미쇼가 한 말을 떠올렸다. 아들을 다시 죽이는 것과 다름없는 이 결혼을 대가로 자신도 약간의 행복을 얻는다는 생각에 점차 익숙해졌다. 얼음 같은 상점의 고요 속에서 맥없이 축 늘어진 테레즈를 혼자 마주 보게 될 때 그녀에게도 비겁한 생각이 들었다. 그녀는 영원한 절망을 가지고 살아가며 쓰디쓴 기쁨을 느끼는, 억세고 메마른 마음을 가진 여자가 아니었다. 이 늙은 여인의 마음속에는 순응성과 헌신과 다감한 정서, 즉 활발한 애정 속에 살고자 하는 기름지고 싹싹하고 사람 좋은 부인의 기질이 있었다. 며느리가 말을 하지 않고 창백하게 맥없이 앉아 있게 된 후부터 그녀에게는 생활이 더욱 괴로워졌고, 상점도 무덤처럼 보였다. 그녀는 자기 주위에 따뜻한 애정, 생명력, 애무 같은 평온히 죽음을 기다리는 데 도움을 주는 부드럽고 쾌활한 무엇이 있었으면 하고 바랐다. 무의식적인 이러한 욕망이 그녀로 하여금 테레즈를 재혼시키려는 계획을 받아들이게 했다. 그녀는 자기 아들마저 약간 망각하고 있었다. 그녀가 살아가야 하는 죽은 듯한 생활 속으로 새로운 의지와 활력을 주는 일종의 깨어남이 찾아왔다. 그녀는 며느리를 위해 남편감을 찾아냈다. 그녀의 머리는 그 생각으로 꽉 차 있었다. 그런데 그 일은 아주 만만치 않았다. 왜냐하면 그녀는 무엇보다 자신의 입장을 더 생각하고 있었던 것이다. 그녀는 자기 자신이 행복할 수 있도록 며느리를 재혼시키고 싶었다. 며느리의 새 남편이 자기 노년의 마지막 시간을 괴롭히게 될까 몹시 두렵기도 했다. 그날그날의 생활 속에 낯선 사람을 들어오게 한다는 생각에 그녀는 공포를 느꼈다. 오직 그런 생각 때문에 며느리와 털어놓고 재혼 문제를 얘기하지 못했던 것이다.

테레즈가 완전한 위선을 배워서 권태와 낙담의 희극을 연출하고 있는 동안, 로랑은 다감하고 친절한 사나이의 역할을 맡고 있었다. 그는 두 여인을 세심히 돌봐주었다. 특히 라캥 부인에게는 더 신경을 썼다. 차츰 그는 상점에서 없어서는 안 될 존재가 되었다. 그만이 이 어두운 굴 속에 명랑한 분위기를 만들어주었다. 저녁에 그가 없을 때면 늙은 부인은 절망에 빠져 테레즈와 마주 보고 있는 것조차 두려워하며 무엇이 부족한 듯이 거북스럽게 주위를 두리번거렸다. 로랑이 가끔 저녁에 오지 않는 것은 자신의 위치를 더 공고히 하기 위해서였다. 그는 거의 매일 퇴근 후 상점에 와서는 상점 문을 닫을 때까지 머물렀다. 심부름을 도맡아 하고 잘 걷지 못하는 라캥 부인에게 자질구레한 물건들을 날라주곤 했다. 자리에 앉아 이야기하는 것도 그의 역할이었다. 그는 배우처럼 부드럽고도 가슴을 파고드는 목소리로 늙은 부인의 귀와 가슴에 아양을 떨었다. 특히 남의 고통을 가엾게 여기는 다정한 친구로서 테레즈의 건강을 많이 걱정하는 듯했다. 그는 라캥 부인을 따로 불러놓고, 테레즈의 얼굴이 못쓰게 변한 것 같아 몹시 겁이 난다며 부인을 공포에 몰아넣었다.

"머지않아 죽을지도 몰라요" 하고 그는 울상이 된 목소리로 말했다. "그녀가 병이 난 것은 속일 수 없어요. 아! 아쉽군요. 즐겁고 고요했던 지난날의 야회를 생각하니 말입니다!"

이런 이야기를 들으면서 라캥 부인은 괴로워했다. 로랑은 대담하게 카미유 이야기를 꺼내기도 했다.

"아시겠어요?" 하고 그는 또다시 부인에게 말했다. "친구의 죽음은 그녀에게 무서운 타격이었습니다. 이 년 전부터, 그러니까 카미유를 잃던 슬픈 그날부터 그녀는 죽어가고 있었던 건지도 몰라요. 그 어떤 것도 그녀를 위로할 수 없고 어떻게 해도 그녀의 병을 고칠 수 없어요. 단념해야 할 겁니다."

이런 파렴치한 거짓말을 듣고 라캥 부인은 뜨거운 눈물을 흘렸다. 아들을 생각하면 마음이 괴롭고 어두워졌다. 카미유라는 이름을 들을 때마다 그녀는 흐느끼며 정신을 잃었고, 가련한 아들의 이름을 부르는 사람을 포옹하려 했다. 로랑은 카미유라는 이름이 그녀의 마음속에 일으키는 정서적 혼란의 효과를 알아차렸다. 그는 마음대로 그녀를 울게 할 수도 있었고, 정신이 어두워져 사물에 대한 명확한 관점을 잃게 할 수도 있었다. 그는 자기의 힘을 악용해서 늙은 부인이 언제나 자신의 손아귀에서 기쁨을 느끼게도 슬픔에 젖어 있게도 할 수 있었다. 매일 저녁 비위가 뒤틀리고 몸서리를 치면서도 그는 카미유의 훌륭한 성품과 따뜻한 마음으로 화제를 돌리곤 했다. 그는 너무도 뻔뻔스럽게 자신의 희생자를 칭찬했다. 가끔 이상스럽게도 자기를 노려보는 테레즈의 시선에 부딪힐 때면 전율이 그의 몸을 훑었는데, 마침내는 카미유에 대해 제가 말한 좋은 점을 스스로 믿게 되었던 것이다. 그럴 때면 그는 갑자기 심한 질투에 사로잡혀 입을 닫았다. 자기가 물에 던졌던, 잘못된 신념으로 지금 칭찬하고 있는 남자를 테레즈가 사랑하고 있을까봐 겁이 났기 때문이다. 얘기를 하는 내내 라캥 부인은 눈물을 흘릴 뿐, 그녀를 둘러싸고 진행되고 있는 일을 전혀 알지 못했다. 그녀는 울면서 로랑이 마음 착하고 후덕한 사람이라고 생각했다. 로랑만이 자신의 아들을 생각하고, 로랑만이 아직도 떨리고 감동스런 음성으로 아들에 대해 얘기하고 있다고 여겼던 것이다. 그녀는 눈물을 닦고 그를 끝없는 애정의 눈으로 바라보곤 했다. 그녀는 그를 자기 친아들처럼 사랑하고 있었다.

어느 목요일 저녁, 미쇼와 그리베가 이미 식당에 자리잡고 있을 때였다. 로랑이 들어오더니 테레즈 곁에 다가와서 점잖게 관심을 보이며 건강이 어떤지 물었다. 그는 잠깐 테레즈 옆에 앉아서 사람들에게 보여줄 심산으로 다정하고 걱정하는 친구의 역할을 연출했다. 젊은 두 사람이 서로 가까이 말을 주고받고 있자, 그것을 바라보고 있던 미쇼는 몸을 숙여 로랑을 가리키면서 늙은 부인에게 아주 낮은 목소리로 말했다.

"저 보세요. 당신 며느리에게 맞는 남편감입니다. 빨리 결혼을 추진하세요. 필요하면 우리가 도와드리리다."

미쇼는 기분 좋은 미소를 지었다. 테레즈에겐 튼튼한 남편이 필요할 거라고 그는 생각했던 것이다. 라캥 부인은 마치 밝은 빛을 받은 듯했다. 그녀는 테레즈와 로랑의 결혼에서 자신이 얻게 될 모든 이익을 단번에 알아차렸다. 결혼은 이미 그들을 결합시키고 있는 끈을 더욱 튼튼하게 해줄 것이다. 매일 저녁 자신과 며느리의 마음을 풀어주는 훌륭한 마음씨의 로랑과 맺고 있는 그 끈 말이다. 그렇게 되면 로랑은 이제 자기 집에 드나드는 남이 아닌 것이다. 그녀는 불행하게 될 염려가 없었다. 오히려 테레즈에게 보호자를 만들어줌으로써 자기 노년의 생활에도 더 큰 기쁨을 얻게 될 것이며, 삼 년 전부터 자기에게 아들 같은 애정을 표해온 이 젊은이는 둘째아들 노릇도 하게 될 것이다. 게다가 테레즈가 로랑과 결혼한다면 카미유의 추억을 덜 배반할 것 같기도 했다. 마음의 종교는 이상스럽고 미묘한 것이었다. 낯선 사람이 과부가 된 며느리를 포옹하는 것을 보면 화가 나고 슬퍼서 눈물을 흘렸을 라캥 부인이지만 자기 아들의 옛 친구가 마음대로 키스하도록 며느리를 내맡긴다는 생각에는 아무런 반발도 느끼지 않았다. 사람들 말마따나 그녀는 그런 일이 집안 망신이 되는 것은 아니라고 생각했다.

손님들이 도미노 게임을 하는 저녁 내내, 늙은 부인의 따뜻한 표정을 보고 젊은 사내와 여인은 그들의 연극이 성공해서 머지않아 결말이 나리라는 것을 눈치채게 되었다. 미쇼는 집에 돌아가기 전에 라캥 부인과 낮은 목소리로 잠깐 얘기를 했다. 그 다음 그는 정답게 로랑의 팔을 잡고 잠시 함께 걷자고 했다. 로랑은 멀어지면서 테레즈와 급하고 간절한 시선을 교환했다.

미쇼는 로랑의 속셈을 떠보는 일을 맡았던 것이다. 부인들에게 아주 헌신적인 태도를 보여온 로랑이었지만, 막상 결혼 이야기를 꺼내자 대단히 놀란 모양이었다. 로랑은 떨리는 목소리로 자기는 가련한 친구의 미망인을 누이동생으로서 아끼고 있으므로 그녀와 결혼하는 건 모두에 대한 모독이라고 말했다. 퇴직 경찰 관리는 자신의 생각을 강하게 밀어붙였다. 그는 동의를 얻어내려고 여러 가지 그럴듯한 구실을 댔으며 헌신이라는 말까지 동원했다. 그는 로랑의 의무가 테레즈의 새로운 남편이 되어 라캥 부인에게 손자를 안겨주는 데 있다고까지 말했다. 차츰 로랑은 듣고만 있는 척했다. 그는 감격해서 늙은 미쇼의 말마따나, 헌신과 의무감에서 우러난 결혼을 마치 하늘에서 떨어진 결정으로 받아들인다고 말했다. 미쇼는 정식으로 승낙을 얻자 손을 비비면서 로랑과 헤어졌다. 그는 큰 승리를 거둔 것처럼 느꼈다.

그는 목요일 저녁 모임에 과거의 기쁨을 돌려주게 될 이 결혼을 처음으로 생각해낸 스스로가 자랑스러웠다.

미쇼가 센 강가를 따라가면서 로랑과 이야기하고 있는 동안, 라캥 부인도 테레즈와 거의 비슷한 대화를 하고 있었다. 며느리가 평소처럼 창백한 얼굴로 비틀거리며 자기 방으로 물러가려고 할 때 부인은 그녀를 붙잡았다. 그리고 부드러운 목소리로, 솔직하게 슬픔의 원인을 고백하라고 애걸했다. 과부로 지내는 공허감에 대해 말을 하면서, 조금씩 재혼 제의를 분명히 했다. 그녀는 마침내 재혼할 마음이 없느냐고 테레즈에게 똑똑히 물었다. 테레즈는 되풀이해서 자기는 그럴 생각이 없으며, 카미유한테 충실히 머물러 있겠다고 말했다. 라캥 부인은 울기 시작했다. 그녀는 자신의 마음을 저주하고 자신의 절망은 영원할 수밖에 없을 거라고 생각했다. 마침내 카미유 아닌 딴 남자와는 영원히 결혼하지 않겠다고 말하는 테레즈의 대답을 듣자, 늙은 부인은 별안간 로랑의 이름을 입 밖에 냈다. 신랑감으로 그만한 사람이 없으며, 두 사람이 결혼하면 여러 가지 이로운 점이 많다는 것을 힘주어 강조했다. 그녀는 자신의 마음을 털어놓고, 큰 소리로 밤새도록 자신의 생각을 되풀이 말했다. 그녀는 소박한 이기심을 갖고서 귀여운 두 어린것들 사이에서 얻게 될 말년의 행복을 그림처럼 묘사했다. 테레즈는 고개를 숙이고 고분고분해져서 시어머니의 가장 작은 소원을 만족시킬 준비를 하며 듣고 있었다.

"전 로랑을 오빠처럼 좋아해요." 시어머니가 말을 그쳤을 때 테레즈는 고통스럽다는 듯이 대답했다. "그렇지만 어머님께서 원하시는 일이니 그를 남편으로 사랑하도록 노력해보겠어요. 전 어머님을 행복하게 해드리고 싶어요. 어머님께서 저를 조용히 울게 내버려두실 줄 알았어요. 그러나 어머님 행복에 관한 일이니 제가 눈물을 씻겠어요."

그녀는 누구보다도 먼저 아들을 잊고 있었던 사실에 스스로 놀라고 있는 시어머니에게 키스했다. 라캥 부인은 자리에 누우면서, 테레즈보다 강하지 못하고, 이기심 때문에 그녀에게 할 수 없이 결혼을 승낙하게 한 자신을 꾸짖으면서 괴롭게 흐느껴 울었다.

다음날 아침 미쇼와 라캥 부인은 상점 문 앞 회랑에서 잠시 만났다. 각자 맡았던 일의 결과를 확인한 것이다. 그리고 바로 그날 저녁, 테레즈와 로랑을 약혼시켜 이 일을 원만히 이끌어가기로 합의를 보았다.

저녁 다섯시경 미쇼는 이미 상점에 와 있었다. 조금 있으니 로랑이 들어왔다. 로랑이 앉자마자 미쇼는 그의 귀에 대고 말했다.

"테레즈는 승낙했네."

벼락같은 이 말을 엿들은 테레즈는 창백한 얼굴로, 로랑을 뻔뻔스럽게 뚫어질 듯 바라보았다. 두 정부는 마치 의논하듯이 잠깐 서로를 쳐다보았다. 그들은 둘 다 망설이지 않고 단번에 그 제의를 받아들여야 할 것임을 깨달았다. 로랑은 일어서면서 눈물을 감추려고 갖은 애를 쓰는 라캥 부인의 손을 잡았다.

"어머님" 하고 그는 미소를 지으면서 말했다. "전 어제 저녁 어머님의 행복에 대해 미쇼 씨와 얘기했습니다. 저는 어머님을 행복하게 해드리고 싶습니다."

'어머님' 이라고 부르는 소리를 들은 부인은 눈물을 흘렸다. 그녀는 얼른 테레즈의 손을 잡아 로랑의 손에 쥐여주었다. 그녀는 한마디 말도 할 수 없었다.

두 연인은 손이 맞닿는 것을 느끼면서 전율했다. 그들은 불타는 손가락을 꼭 누르며 흥분 속에서 악수를 교환했다. 로랑은 주저하는 목소리로 말을 이었다.

"테레즈, 어머님을 위해서 이제 행복하고 평화로운 생활을 가질 거지요?"

"네" 하고 그녀는 힘없이 대답했다. "저희들은 그렇게 할 의무가 있어요."

그러자 로랑은 라캥 부인을 돌아보고 아주 창백한 얼굴로 덧붙여 말했다.

"물에 빠진 카미유는 제게 '내 아낼 살려줘. 자네한테 부탁하

네'라고 외쳤어요. 테레즈와 결혼함으로써 그의 마지막 소원을 들어주게 된 것 같습니다."

테레즈는 이 말을 듣자 로랑의 손을 놓았다. 그녀는 주먹으로 가슴을 맞은 것 같았다. 자기 애인의 뻔뻔스러움에 질렸던 것이다. 그녀는 멍한 시선으로 로랑을 쳐다보았다. 라캥 부인은 흐느껴 우느라고 가쁜 숨을 쉬면서 말했다.

"그래, 그래. 저애와 결혼해서 제발 저애를 행복하게 해줘. 내 아들도 무덤 속에서 자네한테 고맙다고 할 거야."

로랑은 갑자기 맥이 풀리는 느낌이었다. 그는 의자에 등을 기댔다. 눈물을 흘릴 정도로 감격했던 미쇼는 로랑을 테레즈 쪽으로 밀어붙이면서 말했다.

"자 키스를 하게. 이게 자네들의 약혼식이야."

로랑은 테레즈의 볼에 자기 입술을 대면서 이상스럽게 거북함을 느꼈다. 게다가 테레즈는 마치 애인이 두 번씩이나 키스하여 불이 붙기라도 한 듯이 갑자기 뒤로 주춤했다. 로랑이 사람들 앞에서 테레즈한테 키스를 하기는 이번이 처음이었다. 모든 피가 얼굴로 올라왔다. 정숙을 몰랐고, 간통으로 몸을 섞으면서도 한 번도 얼굴을 붉힌 적이 없던 테레즈였지만 얼굴이 붉어지고 타는 듯한 느낌이었다.

이런 변화가 있은 후 두 살인자는 다시 숨을 쉬게 되었다. 그들의 결혼이 결정되어, 그들이 그렇게도 오랫동안 추구했던 목적지에 마침내 다다르게 되었던 것이다. 모든 것은 바로 그날 결정되었다. 그 다음 목요일 저녁 모임에서 결혼 소식이 그리베와 올리비에 부부에게 알려졌다. 미쇼는 이 소식을 전하면서 신이 나서 손을 비비며 되풀이 말했다.

"이런 생각을 한 것은 나야. 내가 두 사람을 결혼시킨 거야…… 멋진 부부가 될 테니 두고 보라고."

쉬잔은 테레즈에게 조용히 키스했다. 가련하고 창백한, 죽은 듯한 이 부인은 침울하지만 꿋꿋한 젊은 미망인에게 우정을 가지고 있었던 것이다. 올리비에는 라캥 부인과 며느리에게 찬사를 올렸고, 그리베는 기분 좋은 농담을 했다. 자리에 모인 사람들은 모두 신이 나서 모든 것이 정말 잘됐다고 말했다. 그들은 이미 결혼식에 온 것 같았다.

테레즈와 로랑의 태도는 의젓하고 점잖았다. 그들은 따뜻하면서도 주의 깊은 우정을 내보일 뿐이었다. 그들은 고귀하고 헌신적인 행동을 완수하는 척했다. 그들의 얼굴 어디에도 공포와 정욕의 전율은 보이지 않았다. 라캥 부인은 맥없는 미소를 짓고 고마워하며 그들을 바라보고 있었다.

다만 몇몇 절차를 밟기만 하면 됐다. 로랑은 동의를 얻기 위해서 자기 아버지에게 편지를 써야 했다. 파리에 사는 아들이 있는 것을 거의 잊고 있던 즈포스의 늙은 농부는 서너 줄 써서 결혼을 하든지 목을 매달아 죽든지 마음대로 하라고 답장했다. 다시는 한푼도 주지 않기로 결심한 입장에서 마음대로 내버려둘 테니 무슨 짓을 해도 좋다고 했다. 이런 식이었으니 허락을 받긴 했어도 편지를 받고 나서 로랑은 마음이 편치 않았다.

육친의 애정이라고는 찾아볼 수 없는 로랑 부친의 편지를 읽고 난 라캥 부인은 따뜻한 마음이 지나쳐서 바보짓을 저질렀다. 그녀는 며느리에게 자기가 가지고 있던 사만 몇천 프랑을 넘겨줌으로써 새 내외를 위해서 완전히 자신의 재산을 털어버렸던 것이다. 그리하여 그들의 따뜻한 마음을 신뢰하면서, 그들로부터 자기의 모든 행복을 얻으려고 했다. 로랑은 결혼을 앞두고 아무것도 내놓지 않았다. 그는 이제 직장을 갖지 않을 거라고 했다. 그림을 다시 시작할지도 모르겠다는 말까지 꺼냈다. 그러나 이 작은 가정의 장래는 보장되어 있었다. 사만 몇천 프랑의 재산에 잡화상에서의 수입을 합치면 세 식구는 편히 살 수 있었다. 그들은 행복하게 살 수 있는 모든 준비가 되어 있었다.

결혼식 준비가 서둘러졌다. 될 수 있는 대로 절차는 간단히 했다. 모든 사람이 테레즈의 방에 로랑을 밀어넣으려고 서두르는 것 같았다. 바라던 날이 마침내 왔다.

20

그날 아침, 로랑과 테레즈는 각기 자기 방에서 똑같이 깊은 기쁨을 느끼며 잠을 깼다. 둘 다 그들의 마지막 공포의 밤은 끝났다고 생각했다. 그들은 더이상 혼자 잠자리에 들지 않을 것이며, 죽은 자의 악몽으로부터 서로를 보호할 것이었다.

테레즈는 방 안을 둘러보고 커다란 더블 침대를 눈으로 재면서 묘한 미소를 지었다. 그녀는 일어나서, 결혼 화장을 도와주러 온 쉬잔의 발소리를 들으면서 천천히 옷을 입었다.

로랑은 잠자리에서 일어나 앉았다. 그는 그대로 몇 분 동안 더러운 고미다락방에 작별인사를 했다. 드디어 그는 개집 같은 거처를 떠나서 자기 여자를 갖게 될 것이다. 십이월이었다. 그는 몸을 떨었다. 저녁이면 따뜻하게 보낼 수 있으리라고 생각하면서 마룻바닥으로 쿵 뛰어내렸다.

라캥 부인은 로랑의 주머니 사정이 어려운 것을 알고 일 주일 전에, 그녀가 아껴둔 전부인 오백 프랑이 든 지갑을 그의 손에 슬쩍 쥐여주었다. 로랑은 태연하게 그 돈을 받아 새옷을 사 입었다. 그는 그 돈으로 테레즈에게 줄 결혼 선물도 샀다.

검은 바지와 흰 조끼와 좋은 천의 셔츠와 넥타이가 두 개의 의자 위에 놓여 있었다. 로랑은 비누칠을 하고 몸에 오드콜로뉴를 뿌린 다음 꼼꼼히 단장했다. 그는 모양을 내고 싶었다. 높고 빳빳한 칼라를 붙였기 때문에 목이 몹시 아팠다. 칼라 단추가 손가락에서 빠져나가서 그를 애타게 했다. 풀먹인 천은 살을 베어내는 것만 같았다. 그는 그곳을 들여다보고 싶어 턱을 들었다. 카미유가 물어뜯은 자국이 아주 벌겋게 되어 있었다. 칼라에 딱지가 약간 벗겨졌다. 로랑은 새파래져서 입술을 깨물었다. 목의 상처를 이런 날 보게 된 게 두렵고 흥분되었다. 그는 그 칼라를 꾸겨버리고 딴 것을 골라서 아주 조심조심 붙였다. 그러고는 옷을 다 차려입었다. 새옷을 입고 계단을 내려가자니 아주 거북했다. 빳빳한 칼라 속에 갇힌 그는 고개를 제대로 돌리지도 못했다. 움직일 때마다 칼라의 가장자리가 죽은 자의 이빨이 만들어놓은 흉터를 따끔따끔 찌르곤 했다. 로랑은 주삿바늘에 찔리는 고통을 느끼면서 마차에 올라탔다. 그는 퐁네프 파사주로 가서 테레즈를 태우고 구청과 교회로 향할 예정이었다.

그는 지나는 길에 결혼식의 증인이 될 오를레앙 철도국 직원과 늙은 미쇼를 태웠다. 그들이 상점에 도착했을 때 모든 사람들이 대기하고 있었다. 신부측 증인 노릇을 할 그리베와 올리비에와 쉬잔은 마치 소녀들이 제가 막 옷을 입혀놓은 인형을 보듯 신부를 바라보고 있었다. 라캥 부인은 잘 걷지도 못하면서 어디든지 그 젊은 커플을 따라다니려고 했다. 늙은 부인을 마차에 태우고 그들은 떠났다.

모든 일이 구청과 교회에서 예정대로 진행되었다. 사람들은 신랑 신부의 침착하고 소박한 태도를 주목하고 칭찬했다. 그들은 그리베까지 감동할 정도로 한껏 감정을 실어서 결혼서약을 했다. 그러나 그들은 마치 꿈을 꾸고 있는 듯했다. 나란히 앉아 있거나 무릎을 꿇고 있는 동안 참으려 해도 무서운 생각이 스치며 그들의 마음을 찢어놓았다. 그들은 정면으로 시선을 두지 못했다. 다시 마차에 올랐을 때 그들은 전보다도 더 서로 낯설게 느껴졌다.

피로연은 벨빌의 고지에 있는 작은 식당에서 조촐하게 하기로 했다. 미쇼네 집안과 그리베만이 초대되었다. 여섯시가 되기를 기다리면서 신혼부부는 마차를 타고 온 거리를 돌아다녔다. 그러다가 노란색으로 칠해진, 먼지와 포도주 냄새가 코를 찌르는 값싼 식당으로 들어갔다. 작은 방의 식탁에는 칠인분의 음식이 마련되어 있었다.

피로연은 그저 명랑했다. 그러나 신랑신부는 시무룩하게 생각에 잠겨 있었다. 아침부터 그들 자신도 알 수 없는 이상한 느낌에 사로잡혔던 것이다. 그들을 영원히 결합시켜준 결혼식의 수속과 의식이 너무도 빠르게 진행되어 처음부터 얼떨떨했다. 게다가 거리를 너무 돌아다녔기 때문에 겨우 달래 잠든 아이가 된 기분이었다. 몇 달이나 꼬박 계속된 산책을 하고 난 느낌이었다. 더욱이 그들은 별 생각도 없이 단조로운 거리로 나서서 멍한 눈으로 상점들과 행인들을 쳐다보면서 그저 돌아다녔을 뿐이다. 그러다가는 웃음을 터뜨려 흐린 정신을 쫓고 생기를 찾으려고 애썼다. 그들이 식당에 들어갔을 때는 극심한 피로가 어깨를 누르고, 점점 더 멍해져가는 느낌이 그들을 엄습했다.

서로 마주 보고 자리잡은 두 사람은 여전히 무서운 상념 속에 빠져서 억지로 미소짓는 시늉을 하곤 했다. 그들은 마치 기계처럼 먹고 대답하고 사지를 움직였다. 그들 전신의 나른한 피로 속에서 생각들이 사라지는 듯하다가 쉬지 않고 다시 나타나곤 했다. 그들은 결혼했지만 전과 다른, 아무런 차이도 느끼지 못했다. 이런 사실이 그들을 무척 놀라게 했다. 상상 속에서 그들은 여전히 심연을 사이에 두고 갈라져 있었다. 가끔, 어떻게 그 심연을 뛰어넘을지 생각해보곤 했다. 상상 속에서 실질적인 장애물이 그들 사이에 놓였을 때는 살인사건 이전으로 돌아와 있는 기분이었다. 그러다가 그들은 몇 시간 후면 함께 침대에 누우리라는 사실을 갑자기 생각해냈다. 그러자 그들은 어떻게 해서 이런 일이 허락되었는지 알 수가 없어서 놀라움에 서로를 쳐다보았다. 그들은 그들의 결합을 느끼지 못하고 있었다. 오히려 누군가가 그들을 마구 떼어놓고 서로 멀리 던져버리려고 달려올 것 같은 생각이 들었다.

주위 손님들은 짐짓 바보처럼 농담을 하며 두 사람이 '자기' '여보' 하고 편하게 부르고, 거북한 분위기를 느끼지 않도록 하려고 애쓰고 있었다. 그러나 로랑과 테레즈는 중얼거리며 얼굴을 붉힐 뿐, 사람들 앞에서 사랑하는 부부처럼 행세할 엄두를 내지 못했다.

기다림 속에서 그들의 정욕은 시들고 모든 과거는 사라졌다. 난폭한 그들의 육욕은 없어지고, 이제부터는 겁내지 않아도 좋으리라는 생각으로 기대하던 아침의 그 깊은 기쁨을 망각하기까지 이르렀다. 그들은 지나간 모든 것에 그저 지치고 어리둥절했다. 낮에 보낸 일들이 알 수도 없이 괴상한 모습으로 머릿속을 맴돌고 있었다. 그들은 아무것도 기다리지 않고 아무것도 바라지 않은 채 말없이 미소를 지으면서 거기 그대로 있었다. 그들의 낙심 밑바닥에는 왠지 고통스러운 불안이 움직이고 있었다.

게다가 로랑은 목을 움직일 때마다 살을 물어뜯는 듯한 심한 고통을 느끼곤 했다. 그의 칼라는 카미유가 물어뜯은 자국을 찌르는 듯했다. 구청장이 서약문을 읽어주는 동안, 신부(神父)가 하느님에 대해서 이야기하는 동안, 그 긴 하루 내내 그는 살 속으로 파고 들어오는 죽은 자의 이빨을 느끼고 있었다. 가끔 피가 가슴 위에 흘러내려 자기의 흰 조끼를 붉게 물들이는 모습을 상상하기도 했다.

라캥 부인은 신랑신부가 신중한 태도를 보이는 데 대해 속으로 고맙게 여겼다. 그들이 너무 기뻐했더라면 가련한 그녀의 마음은 상처를 입었을 것이다. 실제로 보이지는 않지만 자기 아들이 거기 나타나서 로랑의 손에 테레즈를 넘겨주고 있는 것 같았다. 그리베는 라캥 부인과 생각이 달랐다. 그는 결혼식이 쓸쓸하게 보였다. 우스운 이야기를 하려고 일어서기만 하면 번번이 그를 의자 위에 못 박아놓는 미쇼와 올리비에의 시선에도 불구하고, 그는 자리를 명랑하게 만들려고 애썼으나 헛일이었다. 그러다가 용케 한 번 기회를 잡을 수 있었다. 그는 건배의 술잔을 들었다.

"두 사람의 2세를 위해 건배합시다."

그는 음탕한 눈빛을 숨기지 않고 말했다.

사람들은 모두 건배했다. 테레즈와 로랑은 그리베의 말을 듣고 안색이 몹시 창백해졌다. 그들은 어린애를 갖게 된다는 생각은 한 번도 해본 적이 없었다. 이런 생각은 마치 차디찬 전율처럼 가슴을 스쳤다. 그들은 떨리는 동작으로 술잔을 부딪치다가 얼굴을 마주하고 있다는 사실에 새삼 놀라고 두려움을 느끼면서 서로를 쳐다보았다.

그들은 일찍 식탁에서 일어섰다. 손님들은 신방까지 신랑신부를 데려다주고 싶어했다. 신혼부부가 파사주의 상점에 돌아왔을 때는 겨우 아홉시 반이었다. 인조 보석을 파는 여자 상인은 푸른 우단으로 장식한 상점 구석에 앉아 있었다. 그녀는 흥미롭다는 듯이 머리를 들고 미소를 지으며 신혼부부를 쳐다보았다. 두 사람은 그 시선에 부딪히자 더럭 겁이 났다. 혹시 이 늙은 부인은 예전에 로랑이 작은 골목길을 몰래 드나들며 밀회를 가진 것을 목격했는지도 모를 일이었다.

테레즈는 곧바로 라캥 부인과 쉬잔과 함께 물러갔다. 남자들이 식당에 남아 있는 동안 신부는 밤 화장을 했다. 노곤하고 기분이 나지 않던 로랑은 늙은 미쇼와 그리베가 부인들이 사라지자 기다렸다는 듯이 주고받는 험악한 농담을 흥미 있게 듣고 있었다. 쉬잔과 라캥 부인이 신방에서 나왔다. 라캥 부인이 신부가 기다리고 있다고 감격스러운 어조로 말했을 때 로랑은 몸서리를 쳤다. 그는 잠시 아연한 상태로 가만히 있었다. 그러다가 라캥 부인이 내미는 손을 흥분해서 꼭 눌렀다. 그리고 마치 술 취한 사람처럼 문에 매달리면서 테레즈의 방으로 들어갔다.

21

로랑은 조심스럽게 문을 닫았다. 그는 잠시 그 문에 기대어 불안하고 거북한 모습으로 방 안을 들여다보았다.

벽난로에서 환한 불이 타올라 천장과 벽 위에 춤추는 노란빛을 넓게 던지고 있었다. 방은 이처럼 생생하고 흔들리는 광선으로 밝혀져 있었다. 테이블에 놓인 램프는 그 빛 가운데서 창백해 보였다. 라캥 부인은 젊은 연인을 위한 새로운 사랑의 보금자리를 만들려는 모양이었다. 그녀는 향수를 잔뜩 뿌리고 방을 밝고 아담하게 꾸미려고 애썼다. 그녀는 침대를 레이스로 장식하고 벽난로 장식대 위의 꽃병에 큰 장미 다발을 꽂고는 아주 좋아했다. 부드럽고 따뜻한 공기와 향긋한 냄새에 감싸여 조용하고 평온한 분위기였다. 전율을 느끼게 하는 침묵 속에서 벽난로의 나무가 타들어가며 탁탁 튀는 소리를 냈다. 그곳은 마치 행복한 별장 같았고, 외부의 모든 소리와 차단된 훈훈하고 향기로운 비밀의 공간 같았다.

테레즈는 벽난로 오른쪽에 있는 낮은 의자에 앉아 있었다. 그녀는 손에 턱을 괴고 타오르는 불꽃을 뚫어지게 바라보고 있었다. 로랑이 들어왔을 때도 그녀는 머리를 돌리지 않았다. 속치마와 레이스로 수놓은 짧은 재킷을 입은 그녀는 벽난로의 뜨거운 광선을 받아 새하얗게 보였다. 재킷이 미끄러져 드러난 발그레한 어깨 한 끝이 머릿단에 살짝 가려져 있었다.

로랑은 말없이 몇 걸음 다가갔다. 그는 상의와 조끼를 벗어던졌다. 셔츠 바람이 된 그는 다시 가만히 앉아 있는 테레즈를 쳐다보았다. 망설이는 듯했다. 그러다가 그는 그녀의 벗겨진 어깨 한 끝을 보았다. 그는 떨면서 몸을 숙여 입술을 갖다댔다. 젊은 여인은 갑자기 돌아보면서 자기 어깨를 뺐다. 그녀가 혐오감과 공포에 싸여 너무도 이상하게 로랑을 응시하자 로랑 역시 같은 감정에 사로잡힌 듯 얼떨떨하고 거북해서 뒤로 물러섰다.

로랑은 벽난로의 반대쪽에 테레즈와 마주 앉았다. 그들은 그렇게 꽤 오랫동안 말없이 움직이지 않고 있었다. 가끔 붉은 불꽃이 나무에서 튀곤 했다. 그 순간 피 같은 그림자가 살인자들의 얼굴 위로 흘렀다.

그 누구의 눈에도 띄지 않고 바로 이 방에서 두 연인이 틀어박혀 서로 몸을 맡겼던 것이 이 년 가까이 된다. 테레즈가 로랑과 공모해서 카미유를 죽일 생각을 가지고 생 빅토르 가로 찾아왔던 이래로 그들은 사랑의 밀회를 갖지 않았다. 신중하려는 생각이 그들의 육체를 갈라놓았던 것이다. 이따금씩 손을 잡거나 도둑 키스를 했을 뿐이다. 카미유를 살해한 후 새로운 정욕에 몸이 타올랐을 때는 신혼의 첫날밤을 기다리면서, 신변의 안전이 보장된 다음의 미칠 듯한 환락을 기대하면서 견뎌왔다. 그러다가 마침내 첫날밤이 온 것이다. 그런데 그들은 별안간 거북해져서 불안하게 서로 마주 보고 있었다. 팔을 뻗어서 정열적으로 껴안기만 하면 되는데, 그들의 팔은 이미 사랑에 지치고 포만해진 듯이 힘이 없었다. 낮의 심한 피로가 그들을 더욱 짓누르고 있었다. 그들은 그처럼 말없이 냉정하게 있는 걸 괴로워하면서도 욕망을 느끼지 않고 두려움이 섞인 거북한 태도로 서로 바라보고 있었다. 그들의 불타는 꿈은 이상한 현실에 부딪혔던 것이다. 그들은 카미유를 성공적으로 살해하고 서로 결혼하기만 하면 충분했던 것이고, 그들의 음란한 행동이 구역질 나고 무서울 정도로 만족되기 위해서는 로랑의 입술이 테레즈의 어깨를 살짝 스치기만 하면 되었던 것이다.

그들은 과거에 그들을 불태우던 그 정열을 조금이라도 자신들 속에서 찾아보려고 애쓰기 시작했다. 그러나 마치 육체에서 근육이 빠져나가고 힘줄이 없어진 것 같았다. 그들의 거북함과 불안은 점점 더해가고 있었다. 그들은 그처럼 서로 맥빠진 상태로 말없이 대면하고 있는 데 대해 심한 부끄러움을 느꼈다. 그들은 조금이라도 바보로 보이지 않기 위해서 껴안고 뼈가 부서져라 키스할 힘을 가지고 싶었다. 아니 그들은 서로를 소유하고, 언제든지 뻔뻔스럽게 뒹굴 수 있기 위해서 한 남자를 죽이고 힘든 연극을 연출했다. 그런데 지금 벽난로 양쪽 끝에서 정신은 혼탁하고 육체는 죽은 듯 기운 없이 뻣뻣이 서로 마주 보고 있었으니. 이런 결말은 아무리 생각해도 정말 끔찍하고 잔인한 웃음거리처럼 보였다. 로랑은 어떻게 해서든 자신의 애정을 되살리고 과거의 추억을 불러일으키려고 애썼다.

"테레즈" 하고 그는 그녀 쪽으로 몸을 숙이면서 말했다. "이 방에서 지낸 우리의 오후가 생각나지 않아? 난 저 문으로 들어왔지. 그러나 오늘 난 이쪽 문으로 들어왔어. 우린 자유야, 우린 이제 마음 편히 서로 사랑할 수 있게 됐어."

그는 힘없이 주저하는 목소리로 말했다. 낮은 의자 위에 쭈그리고 앉아 있던 젊은 여인은 생각에 잠겨 로랑의 얘기도 듣지 않고 여전히 불꽃만을 바라보고 있었다. 로랑은 계속했다.

"생각나지 않아? 난 꿈을 꿨어. 밤새도록 당신과 지내면서 당신 팔 안에 잠들었다가 다음날 당신 키스를 받고 잠을 깨고 싶었어. 그런데 지금 난 그 꿈을 이루게 됐지."

테레즈는 자기 귀에 대고 속삭이는 목소리를 듣고 놀란 듯이 움직였다. 그녀는 붉고 넓은 불빛이 반사된 로랑의 얼굴 쪽으로 고개를 돌렸다. 그녀는 피같이 붉은 로랑의 얼굴을 보고 전율을 느꼈다.

로랑은 더욱 혼란스러워지고 더욱 불안해서 다시 말했다.

"우린 성공했어, 테레즈. 모든 장애물을 부수고 하나가 되었어. 미래는 우리 것이지. 안 그래? 조용한 행복과 만족된 사랑의 미래. 카미유는 이제 없어……"

로랑은 목이 마르고 비틀리는 듯해서 더 말을 못 하고 멈췄다. 카미유라는 이름에 테레즈는 위장을 강타당한 충격을 받았다. 두 살인자들은 얼이 빠진 채 창백하게 떨고 있었다. 벽난로의 노란 불빛은 천장과 벽 위에서 여전히 춤추고 있었다. 장미의 미적지근한 냄새가 감도는 정적 속에서 나무가 타는 메마른 소리가 조금씩 들리고 있었다.

추억의 끈이 풀렸다. 다시 나타난 카미유의 유령이 벽난로 앞으로 와서 신혼부부 사이에 앉았다. 테레즈와 로랑은 미적지근한 공기에 뒤섞인 죽은 자의 차고 축축한 냄새를 다시 맡는 듯했다. 그들은 시체가 곁에 있다고 느꼈다. 그래서 감히 움직이지 못하고 서로를 살펴보고 있었다. 이때 그들이 저지른 범죄의 모든 무시무시한 경위가 기억의 밑바닥에서 전개되었다. 카미유라는 이름은 과거를 되살아나게 하고, 그들로 하여금 살인의 고통을 다시 체험케 하기에 충분했다. 그들은 입을 떼지 않고 서로 바라보기만 했다. 똑같은 악몽에 사로잡힌 그들 두 사람은 살인의 잔인한 과정을 눈앞에 그려보기 시작했다. 공포에 질린 시선의 교환, 살인을 회상하는 침묵 속의 이야기, 이런 것들이 하도 지겨워서 참을 수 없는 공포심을 불러일으켰다. 긴장된 그들의 신경은 발작을 일으킬 위험성이 있었다. 그들은 소리치고 아마도 서로 때리게 될지도 몰랐다. 로랑은 이러한 기억을 쫓아내기 위해서 테레즈의 시선이 일으키는 공포 섞인 도취에서 난폭하게 몸을 빼냈다. 그는 방 안을 몇 걸음 걷다가 구두를 벗고 실내화를 신었다. 그런 다음 다시 벽난로 구석에 앉아 어떻게 해서든 좋은 얘기를 꺼내려고 애썼다.

테레즈는 로랑이 원하는 것을 이해했다. 그녀는 로랑의 질문에 대답하려고 노력했다. 그들은 억지로 가벼운 이야기를 하려고 날씨 이야기를 나누었다. 로랑이 방 안이 덥다고 말하면, 테레즈는 그래도 계단 쪽 작은 문으로 통풍이 된다고 말했다. 그러다 그들은 별안간 전율을 느끼면서 작은 문 쪽을 뒤돌아보았다. 그래서 로랑은 서둘러 장미나 불 등, 눈앞에 보이는 아무것이나 이야기를 꺼냈다. 젊은 여인도 대화가 끊어지지 않도록 애썼으나 말은 더듬더듬 나올 뿐이었다. 그들은 서로 물러서서 초연한 태도를 취했다. 자신들의 처지를 잊고, 우연히 마주치게 된 낯선 사람들처럼 서로를 대하려고 애썼다.

그렇지만 이상하게도, 무의미한 말을 하는 동안 그들은 평범한 말 속에 감추어진 생각을 피차 알아차리고 있었다. 어쩔 수 없이 카미유 생각이 나는 것이었다. 그들의 눈은 과거의 이야기를 하고 있었다. 한 사람이 큰 소리로 아무렇게나 던지는 말과는 상관없이 그들의 시선은 계속 조용한 대화를 나누고 있었던 것이다. 그들이 내뱉는 이상한 낱말들은 무의미했으며, 따로따로 떨어지고 모순된 것이었다. 그들의 온 정신은 무서운 추억의 말없는 교환에 전력을 기울이고 있었다. 로랑이 장미나 불 등 이런저런 얘기를 하면, 테레즈의 귀에는 그것이 보트 안에서의 싸움과 카미유의 익사 장면을 말하는 것으로만 들렸다. 무의미한 질문에 테레즈가 '네' 혹은 '아니오' 라고 대답하면, 로랑은 그것을 테레즈가 범죄의 자세한 상황을 기억하는 것으로 바꾸어 이해했다. 이처럼 그들이 서로 다른 이야기를 하는 동안, 가슴으로는 말이 필요 없는 대화를 하고 있었다. 더욱이 자기들이 하는 이야기를 의식하지 못하고 있던 그들은 제 속에 감춘 생각들을 하나하나 따라가고 있었다. 갑자기 큰 소리를 지른다고 해도, 그들 각자의 마음속에서 진행되고 있던 생각과 이해는 끄떡없이 계속 계속되었으리라. 이런 식의 생각 읽기와 끊임없이 카미유를 출몰시키는 기억력의 완강함 때문에 그들은 조금씩 미칠 지경이 되어갔다. 그들은 서로 속을 들여다보고 있다는 것과 말을 하지 않더라도 낱말들이 저절로 입에 올라와서 죽은 자의 이름을 대고 살인을 묘사하고 있다는 것을 잘 알고 있었다. 할 수 없이 두 사람은 입을 꼭 다물고 잡담을 중단했다.

그러나 못 견딜 침묵 속에서 두 살인자는 여전히 그들의 희생자에 대해 대화를 나누고 있었다. 그들의 시선이 서로 살을 뚫고 들어와 머릿속에 명백하고 날카로운 구절들을 깊이 새겨넣는 것 같았다. 가끔 큰 소리로 하는 말을 서로 듣고 있는 것처럼 생각했으나, 그들의 감각은 혼란되어, 시각은 이상하고도 미묘한 청각으로 변했다. 서로의 생각을 얼굴에서 너무나도 똑똑히 읽었기 때문에 그들의 생각은 몸의 모든 기관을 흔들어놓는 이상하고도 또렷한 음조를 내고 있었다. 그들이 만약 "우리가 카미유를 죽였지. 그의 시체는 우리의 사지를 얼어붙게 하면서 우리들 사이에 놓여 있어"라고 찢어지는 목소리로 외치더라도 그 이상 잘 이해하진 못했을 것이다. 그들의 무시무시한 비밀은 방 안의 조용하고 습기찬 공기 속에서 더욱 잘 보이고 더욱 크게 들렸다.

로랑과 테레즈는 처음으로 상점에서 만나던 날의 이야기를 시작했다. 뒤를 이어 추억들이 질서정연하게 하나하나 나타났다. 그들은 환락의 시간을, 주저와 분노의 순간을, 살인의 끔찍한 순간을 떠올렸다. 그러다가 뜻하지 않게 별안간 카미유의 이름을 입 밖에 낼까 두려워서 이야기를 그치고 입을 다물었다. 그러나 생각은 멈추지 않고 계속해서 불안과 살인 다음의 공포 섞인 기다림 속을 오가곤 했다. 이리하여 그들은 시체공시장 포석 위에 누워 있던 시체를 생각하게 되었다. 로랑의 시선은 자신의 모든 공포를 테레즈한테 말하고 있었다. 테레즈는 더이상 참지 못하고 갑자기 입을 열어 큰 소리로 대화를 계속했다.

"당신은 시체공시장에서 그를 봤지요?"

그녀는 카미유의 이름을 대지 않고 로랑에게 물었다.

로랑은 마치 이러한 질문을 얼마 전부터 그녀의 흰 얼굴에서 읽어 기다리고 있었던 것 같았다.

"그래" 하고 그는 나오지 않는 목소리로 대답했다.

두 사람은 전율을 느끼며 불 가까이 다가앉았다. 그리고 마치 찬바람이 더운 방 안을 갑자기 지나가기나 한 듯이 불 앞에 손을 폈다. 그들은 잠시 몸을 웅크리고 가만히 있었다. 이윽고 테레즈가 조용히 말을 계속했다.

"그 시체는 고통을 많이 받은 것처럼 보였어요?"

로랑은 대답하지 못하고 더러운 환영을 멀리하려는 듯이 겁에 질린 움직임을 보였다. 그는 일어서서 침대 쪽으로 가더니 팔을 벌리고 테레즈를 향해서 우악스럽게 다가왔다.

"키스해줘" 하고 그는 목을 내밀면서 말했다.

밤 화장을 해서 몹시 창백해 보이는 테레즈는 일어나 있었다. 그녀는 벽난로의 대리석 위에 팔꿈치를 짚고 반쯤 몸을 젖혀 로랑의 목을 쳐다보았다. 흰 피부 위에 장밋빛 자국이 보였다. 그의 심장박동이 격해지면서, 피가 그 자국을 크게 만들어 아주 빨갛게 되어 있었다.

"키스해, 내게 키스하라구."

얼굴과 목이 빨개진 로랑은 거듭 말했다.

테레즈는 더욱 머리를 젖히면서 키스를 피하고는 손가락 끝을 카미유가 물었던 자국에 대고 그에게 물었다.

"이게 뭐예요? 전엔 이런 상처 못 봤는데."

로랑에게는 테레즈의 손가락이 가슴을 뚫는 것 같았다. 손가락이 목에 닿자 로랑은 고통 때문에 가는 고함을 지르면서 갑자기 뒤로 주춤했다.

"이거, 이거 말이야……" 하고 그는 중얼거렸다.

그는 주저했으나 거짓말은 할 수 없었다. 그는 어쩔 수 없이 진실을 털어놓았다.

"카미유가 물어뜯은 거야. 알겠어? 보트 안에서 말이야. 아무렇지도 않아, 다 나았어…… 키스해줘, 내게 키스해달라니까."

불쌍한 로랑은 불타는 듯한 자기 목을 내밀었다. 그는 테레즈가 흉터에 키스해주기를 원했다. 그녀의 키스로 살을 에는 듯한 심한 통증이 나아지리라고 기대했던 것이다. 턱을 올리고 목을 앞으로 내밀면서 그는 몸을 내놓았다. 벽난로의 대리석 위에 거의 누워 있다시피 하던 테레즈는 심한 혐오의 몸짓을 하며 애원하는 목소리로 외쳤다.

"싫어요! 거긴 싫어요…… 피가 있어요."

그녀는 떨면서 두 손으로 이마를 짚고 낮은 의자 위에 다시 주저앉았다. 로랑은 얼떨떨했다. 그는 고개를 숙여 막연히 테레즈를 내려다보았다. 그러다가 왈칵 야수처럼 테레즈의 머리를 자신의 큰 손으로 힘껏 잡고 카미유가 만든 흉터 위에 그녀의 입술을 갖다댔다. 그는 잠시 여인의 머리를 자기 살에 대고 눌렀다. 테레즈는 몸을 맡겼다. 그녀는 어렴풋이 흐느꼈다. 로랑은 가쁘게 숨을 쉬었다. 로랑의 손에서 빠져나오자 그녀는 야단스럽게 입술을 닦고 벽난로 속에 침을 뱉었다. 그러고는 한마디 말도 하지 않았다.

자신의 우악한 짓이 부끄러웠던 로랑은 천천히 창문 쪽으로 걸어갔다. 오직 괴로움과 무섭게 쑤시는 아픔 때문에 그는 테레즈에게 키스를 요구했던 것이다. 그러나 테레즈의 입술이 타는 듯한 상처 위에서 차갑게 느껴지자 고통은 더욱 심했다. 억지로 얻어낸 키스는 그의 기를 꺾어놓았다. 두 번 다시 그런 키스는 받고 싶지 않을 만큼 충격적이고 고통스러웠다. 그는 이제부터 자기와 함께 살아야 하는 여인이 등을 돌리고 불 앞에 쭈그리고 앉아 떨고 있는 모습을 바라보았다. 자신이 이 여인을 더이상 사랑하지 않으며, 그녀 역시 이미 자기를 사랑하지 않는다고 거듭 생각했다. 한 시간 동안 테레즈는 기운 없이 있었고, 로랑은 주변에서 말없이 어슬렁거렸다. 두 사람 모두 애정이 죽었으며, 카미유를 살해함으로써 욕망도 죽었다는 두려운 현실에 직면하고 있었다. 불이 살며시 꺼져가고 있었다. 장밋빛 큰 불덩이가 잿더미 위에서 번쩍이고 있었다. 점점 방 안의 더위는 참을 수 없는 지경이 되었다. 꽃들도 시들어가면서 그 무거운 냄새로 방 안의 공기를 더욱 탁하게 했다.

로랑은 별안간 환영을 본 듯했다. 창문에서 침대로 돌아서려 할 때, 벽난로와 거울 달린 옷장 사이에 죽은 자의 얼굴이 나타나서 시체공시장에서 보았던 것처럼 푸르죽죽한 모습으로 경련을 일으키고 있었다. 그는 맥이 빠져 탁자에 기대면서 양탄자 위에 못 박힌 듯이 멈춰 서 있었다. 그가 지르는 희미한 헐떡임 소리에 테레즈가 일어났다.

"저기, 저기" 하고 로랑은 겁에 질린 목소리로 말했다.

그는 팔을 내밀면서 카미유의 불길한 얼굴이 보인 어두침침한 구석을 가리켰다. 공포에 질린 테레즈는 곁에 와서 몸을 꼭 붙였다.

"저건 그의 초상화예요."

테레즈는 마치 초상화 속의 얼굴이 알아듣기나 하는 듯이 낮은 목소리로 속삭였다.

"그의 초상화?" 하고 머리카락이 곤두선 로랑이 복창하듯 말했다.

"그래요. 기억 안 나요? 당신이 그린 거예요. 오늘부터 어머니 방으로 옮겨 걸기로 했는데, 잊고서 떼어가지 않았나봐요."

"아 그래, 물론. 그의 초상화지……"

살인자는 그 그림을 단번에 알아보지 못했었다. 공포에 질린 나머지 엇갈리고 거친 선과 얼룩진 색깔의 추한 그림을 제 손으로 그렸음을 망각하고 있었던 것이다. 그의 눈에는 추하고 잘못 조합되고, 더러운데다 검은 배경에 시체 같은 찡그린 얼굴을 하고 있는 그림이 무섭게 보였다. 그는 자기 작품에 놀랐고, 극도로 추한 데 스스로 질렸다. 그림에는 특히 맥없이 노르스름한 안구 속에 떠 있는 두 개의 흰 눈이 있었는데, 그것은 시체공시장에서 본 익사자의 썩은 눈을 그대로 상기시켰다. 처음에 그는 테레즈가 자기를 안심시키려고 거짓말을 한다고 생각하면서, 헐떡대며 잠시 그대로 있었다. 그러다가 그림의 윤곽을 알아보게 되자 차츰 마음이 진정되었다.

"가서 저걸 떼어버려."

"못 해요. 난 무서워요."

로랑은 다시 떨기 시작했다. 가끔 그림의 윤곽이 사라지면 그에게 보이는 것은 자기를 오랫동안 노려보는 두 개의 흰 눈뿐이었다.

"제발 가서 떼어버리라니까" 하고 그는 아내에게 애걸하다시피 말했다.

"싫어요."

"벽 쪽으로 돌려놓지. 그럼 겁날 건 없을 거야."

"싫어요, 난 못 하겠어요."

비겁하게 몸을 움츠린 살인자는 테레즈를 그림 쪽으로 떼밀고 그녀 뒤에 숨어서 죽은 자의 시선을 피하려 했다. 그러나 그녀는 몸을 피했다. 그러자 로랑은 결심한 듯 용기를 내려 했다. 그는 그림 쪽으로 접근해서 손을 들어 걸이 부분을 찾았다. 그러나 초상화의 시선이 너무도 무섭고 추하며 꿰뚫어보는 것 같아서 로랑은 얼마 버티지 못하고 뒤로 물러서고 말았다. 그는 기운이 죽어 속삭였다.

"안 되겠어. 당신 말이 옳아. 테레즈, 우린 할 수 없어…… 내일 당신 시어머니가 떼도록 해야겠어."

그는 고개를 숙이고 초상화가 자기를 노려보며 눈으로 쫓아오는 걸 느끼면서 다시 이리저리 걷기 시작했다. 가끔 그림 쪽으로 슬쩍 시선을 던지지 않을 수 없었다. 그러면 그림 속에서 여전히 카미유의 멍하고 죽은 듯한 시선이 보였다. 카미유가 방 한 구석에서 자기를 노리고 첫날밤까지 나타나서 두 사람을 지켜보고 있다는 생각을 하자, 로랑은 마침내 공포와 절망에 미칠 지경이 되고 말았다.

딴 사람이면 웃고 말 그런 일이 그의 넋을 완전히 빼놓았다. 벽난로 앞에 있자니 무엇을 긁는 듯한 소리가 들렸다. 그는 새파랗게 질려서 그 소리가 초상화로부터 들려오고 카미유가 그 그림에서 내려오는 것처럼 느껴졌다. 그러다가 그 소리가 계단으로 난 작은 문에서 나는 소리라는 것을 알아챘다. 그는 다시 공포에 사로잡힌 테레즈를 바라보았다.

"계단에 누가 있어" 하고 그는 중얼거렸다. "누가 온 걸까?"

테레즈는 말이 없었다. 둘 다 카미유를 생각하고 있었다. 식은 땀이 관자놀이를 적시고 있었다. 그들은 문이 갑자기 열리며 방바닥에 카미유의 시체가 떨어질까 겁이 나서 방 안쪽으로 피해 있었다. 더 가냘파지고 불규칙하기는 했지만 소리가 계속해서 들려오자, 그들은 카미유가 안으로 들어오려고 손톱으로 나무

문을 긁는 줄로 생각했다. 거의 오 분 동안 그들은 감히 움직이지를 못했다. 마침내 야옹 하는 소리가 들렸다. 가까이 가본 로랑은 그것이 라캥 부인이 기르는 고양이임을 알았다. 고양이가 어쩌다 방에 갇혔는데, 발톱으로 작은 문을 긁으면서 밖으로 나가려 애쓰고 있었던 것이다. 로랑을 보고 겁을 먹은 그놈은 벌떡 의자 위로 뛰어올랐다. 털을 곤두세우고 네 발을 빳빳이 하고서 억세고 표독스러운 모습으로 새 주인을 정면으로 바라보고 있었다. 그는 고양이를 좋아하지 않았다. 게다가 이 고양이는 그를 겁에 질리게 했다. 흥분과 공포의 이 순간에 그는 고양이가 카미유의 원수를 갚으려고 자기 얼굴로 뛰어들 것 같은 생각이 들었다. 이 짐승은 모든 것을 알고 있을 것이다. 둥글고 이상스럽게 빛을 내는 고양이의 눈 속에는 무슨 생각이 괴어 있는 것 같았다. 로랑은 짐승의 노려보는 시선 앞에서 눈을 내리깔았다. 그가 고양이를 발로 차려고 하자, 테레즈가 외쳤다.

"차지 말아요!"

그녀의 외침은 로랑에게 이상한 느낌을 주었다. 그의 머리는 괴상한 생각으로 꽉 차 있었다.

'카미유가 이 고양이 속으로 들어온 거야' 하고 그는 생각했다. '이 짐승을 죽여야만 하겠어…… 꼭 사람 같아.'

그러나 그는 고양이가 카미유의 목소리로 말하는 소리를 들게 될까봐 무서워서 발길질을 하지 못했다. 그리고 그들이 키스를 하면서 즐기고 있을 때 고양이가 쳐다보는 것을 알고 테레즈가 하던 농담을 떠올렸다. 그는 이 짐승이 너무나 많은 것을 알고 있으므로, 창문 밖으로 던져버려야겠다고 생각했다. 그러나 자기 생각을 행동으로 옮길 용기가 없었다. 고양이 프랑수아는 준비 태세를 갖추고 있었다. 발톱을 펴고, 말없는 흥분에 등을 쳐들고서 놀랍게 침착한 태도로 적의 아무리 작은 동작까지도 모조리 살펴보고 있었다. 로랑은 고양이의 금속성 눈빛이 거북스러웠다. 그는 재빨리 식당으로 가는 문을 열어주었다. 고양이는 날카롭게 야옹 소리를 지르면서 도망갔다.

테레즈는 불 꺼진 벽난로 앞에 다시 앉았다. 로랑은 다시 침대와 창문 사이를 어슬렁거렸다. 그러면서 두 사람은 날이 밝기를 기다렸다. 침대에 누울 생각도 하지 않았다. 그들의 살과 심장은 완전히 죽어 있었다. 단 한 가지 욕망이 그들을 사로잡고 있었다. 그것은 숨막힐 듯한 이 방에서 나가고자 하는 욕망이었다. 함께 갇혀서 똑같은 공기를 호흡하게 된 것이 여간 불편하지 않았다. 그들은 누가 와서 마주 쳐다보지 못하게 해주고, 정열을 재생시키지도 못한 채 잠자코 서로 마주 앉아 있는 이 잔인하고 거북한 상태로부터 그들을 꺼내주기를 바랐다. 긴 침묵이 여간 괴롭지 않았다. 그 침묵에는 조용한 공기 속에서 분명히 들려오는 쓰디쓴 절망의 탄식과 말없는 비난이 섞여 있었다.

마침내 음울한 잿빛과 함께 날이 밝아왔다. 살을 에는 냉기가 느껴졌다.

창백한 일광이 방을 채우자 벌벌 떨고 있던 로랑은 조금 안정이 되었다. 그는 정면으로 카미유의 초상화를 쳐다보았다. 그것은 정말 진부하고 유치해 보였다. 그는 어깨를 움찔하고는 스스로 바보라고 생각하면서 그 초상화를 떼어냈다. 테레즈는 일어나서 시어머니의 눈을 속여 행복한 밤을 보낸 것처럼 보이려고 침대를 흩트려놓았다.

"아! 이것 봐" 하고 로랑은 험상궂게 말했다. "오늘 밤은 잘 수 있겠지? 이런 바보짓은 이제 그만이야."

테레즈는 그에게 심각하고 깊은 시선을 슬쩍 던졌다.

"알겠어?" 하고 로랑은 말을 이었다. "우린 이렇게 밤을 꼬박 새우려고 결혼한 건 아니야…… 어린애들이 결혼한 꼴이잖아…… 당신이 딴 세상 사람 같은 모습을 해서 날 괴롭힌 거야. 오늘 밤은 내가 겁을 먹지 않도록 좀 명랑해져봐."

"애써보겠어요" 하고 젊은 여인은 부드럽게 대답했다.

이것이 테레즈와 로랑의 결혼 첫날밤이었다.

22

그 다음 밤들은 더욱 가혹했다. 두 살인자는 죽은 자에 맞서서 몸을 지키려고 밤이면 함께 있고 싶어했으나, 이상하게도 함께 있으면 더욱 공포에 떨었다. 그들은 몹시 당황했고, 신경이 극도로 날카로워졌다. 간단한 말이나 단순한 시선을 주고받을 때도 고통과 공포의 가혹한 심경을 느끼곤 했다. 하찮은 대화를 나누거나 조금만 서로 마주보게 되어도 얼굴은 붉어지고 정신이 어지러워졌다.

테레즈의 쌀쌀하고 히스테릭한 천성은 로랑의 둔하고 다혈질적인 성격에 괴상하게 작용했다. 그 전에 서로 정열을 쏟을 때는 그들의 성격 차이는 일종의 균형을 이루었다. 말하자면 서로 보충함으로써 두 사람을 강력하게 결합된 쌍으로 만들어주었던 것이다. 남자는 피를 주고 여자는 흥분을 주었다. 그리고 서로의 육체를 조절하기 위한 키스를 필요로 하면서 상대방 속에서 살았다. 그런데 지금은 고장이 생긴 것이다. 테레즈의 지나치게 흥분된 신경은 가라앉았다. 로랑은 단번에 완전한 신경과민증에 빠졌다. 테레즈의 영향을 크게 받은 로랑의 기질은 차츰 심각한 신경병이 있는 소녀 같은 기질이 되었다. 제한된 환경이 계속되면서 어떤 기관들 속에 가끔 생기는 이런 변화를 연구하면 흥미로울 것이다. 육체에서 비롯된 이러한 변화는 곧 두뇌와 존재 전체에 영향을 미치게 된다.

테레즈를 알기 전의 로랑은 우둔하고 말없이 신중한 전형적인 농부의 아들이었다. 그는 짐승처럼 자고 먹고 마셨다. 그날그날의 생활 속에서 마음 편히 호흡하고 자족했다. 살이 찐데다 좀 멍청했다. 무거운 살 밑에서 가끔 간지러움을 느꼈지만 드문 일이었다. 그런데 테레즈가 무서운 충격으로 발전시킨 것은 바로 그 간지러움이었다. 그녀는 기름지고 느른한 이 커다란 육체의 신경을 몹시 예민하게 자극시켜준 것이다. 그 전에는 신경이 아니라 피로 인생을 향락했던 로랑이지만, 이젠 감각이 한결 날카로워졌다. 히스테릭하며 날카로운 새로운 생활이 정부와의 첫 키스 이후 갑작스럽게 전개되었다. 이런 생활은 그의 육욕을 세분하고 그의 향락에 너무도 자극적으로 작용해서 거의 미칠 지경이었다. 그는 그의 피가 한 번도 준 일이 없는 도취 증세에 정신없이 빠져들었다. 이리하여 그에게는 이상한 현상이 생겼다. 신경이 발달하여 피를 눌러버렸던 것이다. 이 한 가지 사실이 그의 성격 전부를 변화시켰다. 그는 침착성과 과묵함을 잃었다. 그는 더이상 잠에 취한 생활을 하지 않았다. 신경과 피가 균형 잡힌 순간이 있었다. 그것은 깊은 즐거움과 완전한 생의 순간이었다. 그러나 이제 신경이 우세해지면서 그는 고장난 육체와 정신을 뒤흔드는 고민에 빠졌다.

이렇게 해서 로랑은 마치 겁쟁이 어린애처럼 침침한 한구석에서 떨기 시작했던 것이다. 그는 둔하고 멍청한 농부의 때를 벗고, 예민하고 맥없는 새로운 인간이 되어 히스테릭한 기질의 불안과 공포를 갖게 되었다. 테레즈의 야수 같은 애무, 살인의 긴장, 육욕에 대한 공포 섞인 기대 등 모든 환경이 그의 오관을 흥분시키고 갑작스럽게 연거푸 신경을 두드림으로써 그를 미칠 듯이 만들었다. 마침내 불면증은 치명적인 환각 증세를 가져왔다. 이때부터 로랑은 참을 수 없는 생활 속에서 영원한 공포에 싸여 몸부림쳤다.

그의 회한은 순전히 육체적인 것이었다. 그의 육체와 자극 받은 신경과 떨리는 살만이 죽은 자에 대해 공포를 갖고 있었다. 그의 의식은 이런 공포와는 전혀 상관이 없었다. 그는 카미유를 죽인 데 대해 아무런 뉘우침도 없었다. 마음이 가라앉고, 유령이 나타나지 않을 때, 자신의 이익을 위해 필요하다고 생각하기만 하면 그는 다시 살인을 했을 것이다. 낮에는 자신의 공포를 비웃고 기운을 내야겠다고 스스로 다짐했다. 자신을 불안하게 만들었다고 비난하면서도, 그는 테레즈를 탐하고 있었다. 제 생각에는 떨고 있는 것은 테레즈이며, 바로 그녀가 밤이면 방 안으로 무서운 광경을 이끌어오는 것이다. 그리하여 밤이 되어 아내의 방으로 들어가자마자 식은땀이 피부를 적셨고, 어린애 같은 공포가 그를 뒤흔들었다. 카미유의 푸르고 흉한 얼굴이 나타나면서 그의 감각을 혼란시키는 주기적인 발작을 밤마다 겪었다. 무서운 병에 걸린데다 살인의 히스테리 증세가 나타나는 것 같았다. 사실 질병이나 신경증적 혼란이 로랑의 공포증에 어울리는 유일한 이름이었다. 얼굴은 경련을 일으키고 사지는 굳어졌다. 신경이 서로 엇갈려 뒤엉켜 있음을 알 수 있었다. 육체는 무시무시하게 괴로웠고 영혼은 여전히 비어 있었다. 그러나 가련한 이 인간은 전혀 후회를 몰랐다. 테레즈의 정열이 무서운 병을 그에게 전해주었으며, 그것이 다였다.

테레즈 역시 심한 충격에 사로잡혀 있었다. 그러나 이 여자의 경우는 본래의 성격이 지나치게 과장되어 있었다. 열 살 때부터 그녀는 신경증적 혼란으로 괴로워했다. 그것은 어느 정도는 어린 카미유가 허덕이며 살던 방의 미적지근하고 구역질 나는 공기 속에서 성장한 탓이었다. 그녀의 내부에는 나중에 무서운 폭풍우가 되어 폭발하게 될 강력한 흐름이 집적되고 있었다. 로랑을 알게 된 것은 그녀에게도 큰 충격이었다. 사랑의 첫 포옹부터 완강하고 육욕적인 기질은 야성적 힘으로 발전했다. 그녀는 오직 정열을 위해서만 살았다. 자기를 불태우는 열정에 차츰 더 몸을 맡긴 그녀는 일종의 병적 마비 상태에 이르게 되었다. 이런 사실이 그녀를 못 견디게 하고, 모든 것이 그녀를 미치게 만들었다. 공포에 사로잡힐 때는 로랑보다 더 약했다. 마음속에는 막연한 회한과 뉘우침이 있었다. 그녀는 무릎을 꿇고 카미유의 유령에게 애걸하며 뉘우칠 마음이 있었다. 그의 죽음을 위로하겠다고 맹세하면서 용서를 구하고 싶을 때도 있었다. 로랑은 테레즈의 이러한 비겁성을 알고 있는 듯했다. 그래서 두 사람이 같은 공포에 휩쓸릴 때, 그는 테레즈를 비난하며 마구 다루곤 했다.

처음 며칠간은 밤에 전혀 잠을 이룰 수가 없었다. 그들은 첫날 밤처럼 불 앞에 앉아 있거나 이리저리 왔다 갔다 하면서 날이 밝기를 기다렸다. 침대 위에 나란히 눕는다는 생각은 일종의 공포 섞인 혐오감을 불러일으켰다. 그들은 약속이나 한 듯이 키스하기를 피하고 잠자리를 바라보지조차 않았다. 다만 테레즈는 아침이면 침대를 어질러놓는 것을 잊지 않았다. 피로에 지쳐 못 견딜 지경이 되면, 악몽의 불길한 충격을 받을 때 벌떡 깰 수 있도록 안락의자 속에서 한두 시간 잠들곤 했다. 잠을 깨면 사지가 뻣뻣하고 부서질 듯했고, 얼굴은 창백하게 조각된 대리석처럼 되어 거북함과 추위에 벌벌 떨었다. 그리고 구역질 나는 감정과 공포심과 함께 이상한 부끄러움과 수치심을 느끼면서, 서로 한자리에 있는 것에 놀라 멍하니 마주 쳐다보곤 했다.

게다가 그들은 될 수 있는 한 졸음과 싸웠다. 두 사람은 벽난로 양쪽 끝에 앉아 화제가 없어지지 않도록 무척 애를 쓰면서 쓸데없는 얘기를 한없이 늘어놓곤 했다. 벽난로 앞 그들 사이에는 넓은 공간이 있었다. 고개를 돌리면 카미유가 의자를 가져와서 그 공간을 차지하고 으스스하게 야유하는 태도로 발을 쬐고 있는 것처럼 여겨졌다. 첫날밤 가졌던 이 환상은 매일 밤 다시 나타났다. 두 사람이 이야기할 때도 비웃으며 끼어드는 시체, 언제나 거기 나타나는 무섭게 변형된 그 얼굴 때문에 그들은 끊임없는 불안에 못 견디게 괴로웠다. 감히 움직이지도 못하고, 눈이 멀도록 활활 타는 불꽃을 바라볼 뿐이었다. 그리고 어쩔 수 없이 겁에 질린 시선을 던지면 시뻘건 불에 자극된 그들의 눈에는 그 환영이 새롭게 나타나서 불그레한 빛을 내보이곤 했다.

마침내 로랑은 더이상 방에 앉아 있을 수가 없었지만, 테레즈에게 그 이유를 설명하지는 않았다. 테레즈는 자기와 마찬가지로 로랑도 카미유의 유령을 본 게 틀림없다고 생각했다. 그녀는 더워서 몸이 괴롭다며 벽난로에서 몇 걸음 떨어져 있으면 좋아질 거라고 했다. 그녀는 자신의 안락의자를 침대 발치에 밀어놓고 기운 없이 앉아 있었는데, 그 동안 로랑은 방 안을 다시 왔다갔다 하기 시작했다. 가끔 그는 창문을 열어 일월의 차가운 밤공기가 얼음 같은 입김으로 방을 채우게 했다. 그렇게 해서 로랑은 겨우 열을 가라앉혔다.

일 주일 동안 신혼부부는 이처럼 밤을 꼬박 새웠다. 낮에는 졸음에 겨워 짬짬이 쉬어야 했다. 테레즈는 상점 카운터 뒤에서 그리고 로랑은 자기 사무실에서 그렇게 했다. 그리고 밤이면 고통과 공포가 다시 찾아들었다. 제일 이상한 점은 그들이 서로에 대해 갖고 있는 태도였다. 그들은 사랑의 말을 한마디도 입에 올리지 않았고, 과거를 완전히 잊어버린 것처럼 행동했다. 마치 환자들이 공동의 고통에 대해서 숨은 동정심을 느끼듯이 서로 이해하고 관용하는 것 같았다. 둘 다 자신의 혐오감과 공포심을 감추고 싶어했다. 두 사람 모두 자신의 진짜 모습을 드러내주는 야릇한 밤을 보내고 있다는 사실은 생각하는 것 같지 않았다. 거의 말도 하지 않고 조그만 소리에도 새파랗게 질린 채 아침까지 앉아 있으면서, 모든 신랑신부가 결혼 초에는 이처럼 행동하는 것이라고 믿는 척했다. 이것은 두 미친 남녀의 서투른 거짓이었다.

그러나 얼마 후에는 너무나 피로해서 밤에 침대에 누울 결심을 하게 되었다. 그들은 살이 닿게 될까봐서 옷을 벗지도 않고 그대로 침대 위에 쓰러졌다. 조금만 몸이 닿아도 고통스러운 충격을 받는 듯했다. 이처럼 이틀 밤을 불안하게 자고 난 뒤, 그들은 옷을 벗고 이불 속으로 굴러 들어갔다. 그러나 서로 떨어진 채 누웠다. 그들은 서로 부딪히지 않도록 조심했다. 테레즈가 먼저 올라가서 벽에 붙어 안쪽에 누웠고, 로랑은 그녀가 제대로 눕기를 기다린 다음 침대 앞턱에 누웠다. 두 사람 사이에는 넓은 공간이 있었다. 거기에 카미유의 시체가 누워 있었던 것이다.

이처럼 똑같은 이불 속에 누워 눈을 감았을 때, 그들은 침대 가운데에 카미유의 시체가 가로놓여 그들의 살을 얼어붙게 하는 것처럼 느꼈다. 그것은 두 사람을 떼어놓는 추한 장애물이었다. 그 장애물은 그들에게 현실처럼 여겨졌다. 그래서 그 시체를 만져보았다. 그것은 푸르스름하고 흐늘흐늘한 느낌을 주었다. 인간의 살이 썩는 더러운 냄새마저 풍겼다. 모든 감각은 환상에 사로잡혀 그들의 지각에 견딜 수 없는 자극을 주었다. 침대 위에 나타난 이 끔찍한 존재로 인해 로랑과 테레즈는 고통에 정신을 잃고 움직일 수조차 없었다. 로랑은 가끔 테레즈를 억세게 껴안을 생각을 했다. 그러나 감히 움직이지 못했다. 팔을 뻗으면 카미유의 물컹거리는 살이 듬뿍 잡힐 것 같았다. 아무래도 죽은 자가 그들 사이에 누워서 두 사람이 껴안는 것을 막고 있는 것 같았다. 로랑은 죽은 자가 질투하고 있다는 생각까지 들었다.

그러나 때로는 어떻게 되나 싶은 마음에 미적지근한 키스를 교환하려고 애쓰기도 했다. 로랑은 자기에게 안기라고 아내에게 짓궂게 명령했다. 그러나 입술이 너무나 차서 죽음이 그들의 입 사이에 자리잡은 것 같았다. 구역질이 났다. 테레즈는 공포의 전율을 느꼈고, 그녀가 이를 덜덜 떠는 것을 보고 로랑은 화를 냈다.

"당신 왜 떨어?" 하고 그는 테레즈에게 외쳤다. "카미유가 무서운 거야? 그만둬. 지금 그자는 살아 있지 않아."

그러나 그들은 공포에 떠는 진짜 이유를 서로 얘기하기 꺼려했다. 둘 중 누구라도 환각에 사로잡혀 죽은 자의 허여멀건 얼굴과 마주하면 눈을 감고 공포에 갇혔다. 더욱 심한 충격이 생길까봐 겁을 먹고 자기의 환각을 상대방에게 감히 말도 못 하고 있었다. 참을 수 없을 정도로 미칠 듯한 절망에 빠진 로랑이 테레즈에게 카미유를 겁낸다고 야단칠 때는 큰 소리로 터져나온 그 이름이 고통을 배가시켰다. 그는 히스테리에 빠져서 외쳤다.

"그래, 그래. 당신은 카미유를 무서워해…… 아! 난 그걸 잘 알아…… 당신은 바보야. 당신은 용기가 없어! 조용히 자기나 해. 내가 당신하고 자니까 당신 전 남편이 다리를 잡아당기는 줄

아나?"

죽은 자가 그들의 다리를 잡아당길지 모른다는 이 생각이 로랑의 머리카락을 곤두서게 했다. 그는 자기 자신을 못 견뎌하면서 더욱 난폭하게 말을 계속했다.

"언제 한번 밤에 당신을 공동묘지로 끌고 가야 할 것 같군…… 카미유의 관을 열어보면 얼마나 썩어 있는지 알게 될 거야! 그럼 아마 겁내지 않겠지. 그자는 우리가 저를 물에 던진 걸 몰라."

테레즈는 이불 속에 머리를 처박고 신음했다.

"그자가 우릴 방해하니까 물에 던진 거야" 하고 그가 말을 이었다. "필요하다면 또 던져버리지, 안 그래? 이렇게 어리석게 굴지 마. 기운을 내. 우리의 행복을 무너뜨리는 건 바보짓이야…… 당신, 알겠어? 우리가 죽으면 그뿐이야. 센 강에 바보자식을 던졌다고 해서 땅 속에서 더 행복하지도 않겠지만 더 불행하지도 않을 거란 말이야. 우린 우리의 사랑을 자유롭게 즐기면 되는 거야. 그러면 됐지 뭐야…… 어서, 내게 키스해줘."

테레즈는 미친 듯이 로랑에게 차디찬 키스를 했다. 로랑도 테레즈와 똑같이 떨고 있었다.

로랑은 두 주일 넘게 어떻게 하면 카미유를 다시 죽일 수 있을지 생각했다. 물에 던졌는데도 아주 죽어버리지 않고 매일 밤 그들의 침대로 와서 눕곤 했기 때문이다. 두 사람이 살인을 끝내고 그들의 사랑에 마음 편히 취하려는 순간, 희생자는 다시 살아나서 그들의 잠자리를 얼어붙게 만들었다. 테레즈는 과부가 아니었다. 테레즈가 죽은 자를 남편으로 갖고 있는 한, 로랑은 그녀의 두번째 남편일 뿐이었다.

23

차츰 로랑은 심한 광증에 빠지게 되었다. 그는 침대에서 카미유를 쫓아낼 결심을 했다. 우선 옷을 다 입고 누워서 테레즈의 살에 닿지 않으려고 했다. 그러다가 광증과 절망에 빠져 그는 마침내 아내를 자기 가슴에 껴안았다. 그녀를 카미유의 유령에 넘겨주기보다는 차라리 짓눌러 죽이고 싶었다. 그것은 무섭고도 잔인한 반항이었다.

테레즈의 키스로 자신의 불면증을 고치려는 희망만으로 자신을 아내의 침실로 이끌었던 것이다. 그러나 그 방에서 주인 행세를 할 때면, 더욱 심한 발작에 살이 찢어질 듯해서 병을 치료할 생각조차 하지 못했다. 게다가 그는 삼 주일 동안 기진맥진하여, 테레즈를 소유하려고 모든 짓을 다 했다는 사실도 기억하지 못했다. 그래서 이제는 소유할 수 있게 되었어도 그녀의 살을 건드리면, 고통이 증가하는 것이었다.

과도한 고통 때문에 그는 무감각 상태로부터 깨어났다. 첫번째 마비 상태와 결혼 첫날밤의 이상스러운 낙담 때문에 그는 결혼을 하게 된 동기마저 망각하고 있었다. 그러나 잇단 악몽을 겪고 난 이제는 어렴풋한 흥분에 사로잡혀 자신의 비겁함을 극복하고 기억을 되찾았다. 그는 자신이 결혼한 이유가 아내를 꽉 껴안음으로써 악몽을 쫓아버리기 위해서임을 기억해냈다. 그리하여 어느 날 밤, 시체에 스치는 것을 무릅쓰고 테레즈를 난폭하게 껴안아 그녀를 죽은 카미유로부터 빼냈다.

테레즈 역시 극한의 상태에 이르렀다. 자신의 육체를 순화시키고 괴로움에서 해방시켜주기만 한다면 불 속에라도 뛰어들고 싶었다. 그녀는 로랑의 애무로 그 괴로움을 부숴버리고 그 애무 속에서 위안을 찾을 결심을 하고 자기도 로랑을 세게 껴안았다.

그래서 그들은 무서운 포옹으로 서로를 눌렀다. 고통과 공포가 욕망을 대신해준 것이다. 사지가 맞닿을 때는 불더미 속에 떨어진 것 같았다. 그들은 두 몸 사이에 죽은 자의 자리를 내주지 않으려고 소리를 지르면서 더 세게 서로를 비벼댔다. 그러나 신체의 다른 부분은 불타는데도 여전히 그들 사이에서 흉하게 찌그러져 군데군데 살을 얼어붙게 하는 누더기같이 된 카미유를 느끼곤 했다.

그들의 키스는 무섭게도 잔인했다. 테레즈는 입술로 로랑의 부풀고 뻣뻣한 목덜미에서 카미유가 물어뜯은 자국을 찾았다. 그러고는 흥분에 떨며 자신의 입술을 그곳에 갖다댔다. 거기엔 생생한 상처가 있었다. 이 상처가 나으면 두 살인자는 조용히 잠들 수 있을 것이다. 그녀는 이런 사실을 알았으므로 애무의 불꽃으로 그 상처를 없애려 했다. 그러나 입술이 타기만 했다. 로랑은 묵직한 탄식을 내지르면서 우악스럽게 테레즈를 떼밀었다. 자기 목에 뜨거운 쇠를 대는 것 같았기 때문이다. 미친 듯한 테레즈는 또다시 흉터에 키스하려 했다. 카미유의 이빨이 쑥 들어갔던 그 피부 위에 입을 대면 거친 쾌감이 느껴졌다. 잠시 그녀는 그 상처 자리를 물어뜯어 넓은 살 조각을 떼어내 원래의 상처를 덮어씌울 더 깊은 새 상처를 내고 싶다는 생각이 들었다. 그렇게 해서 자신의 이빨 자국을 보면 새파랗게 질리지 않을 것 같았다. 그러나 로랑은 키스를 받지 않으려고 목을 피했다. 너무나 심한 아픔을 느꼈던 것이다. 그는 테레즈가 입술을 내밀 때마다 번번이 밀치곤 했다. 이런 식으로 그들은 공포스러운 애무 속에서 버둥거렸고 헐떡이면서 싸웠다.

서로 고통만 더할 뿐이었다. 무섭게 껴안아도 소용이 없었다. 그들은 고통으로 고함을 지르고, 서로 불태우고 서로 상처를 입혔다. 그러나 공포에 질린 신경을 안정시킬 수는 없었다. 껴안을 때마다 그들의 혐오감은 더욱 강해지기만 했다. 으스러지도록 키스를 하고 있는 동안 그들은 끔찍한 환각의 노예가 되어 있었다. 죽은 자가 발을 잡아당기고 침대를 마구 흔드는 것 같았다.

잠시 그들은 서로 힘을 풀었다. 어떻게 해볼 수 없는 혐오감과 신경의 반항을 느꼈던 것이다. 그러나 그들은 굴복하지 않으려 했다. 그래서 다시 껴안았다가는, 붉은 쇠막대가 사지를 뚫고 들어오기나 한 듯이 몸을 떼내야 했다. 그들은 이처럼 여러 차례 불쾌감을 이겨내려 하고, 지쳐 신경을 마비시킴으로써 모든 것을 잊으려 애썼다. 그러나 이럴 때마다 번번이 그들의 신경은 흥분하고 긴장되어, 서로 껴안고 있었다면 신경이 터져 죽었을 정도의 극단적인 좌절에 이르고 말았다. 육체에 대한 이러한 투쟁은 미칠 지경으로 격화되었다. 그들은 기를 쓰고 육체를 이겨내보려 했지만, 마침내 더욱 심한 발작에 굴복하곤 했다. 그들은 말할 수 없을 정도의 과격한 충격을 받고 심한 고통으로 쓰러질 것만 같았다.

열에 들뜬 채 죽을 지경이 된 그들은 침대의 양 끝에서 흐느껴 울기 시작했다.

그리고 그렇게 흐느끼는 동안, 조롱하며 이불 속으로 다시 미끄러져 들어오는 죽은 자의 승리의 웃음소리가 들리는 듯했다.

아무리 해도 침대에서 죽은 자를 추방할 수 없었다. 그들은 패배한 것이다. 카미유는 그들 사이에 조용히 누웠다. 한편 로랑은 무력감에 빠져 울고, 테레즈는 카미유가 정당한 주인으로서 자신의 승리를 이용하여 썩은 팔에 제 몸을 꼭 껴안기나 할 듯 떨고 있었다.

이제는 속수무책이었다. 패배한 그들은 이제부터는 감히 아주 간단한 키스조차도 주고받지 못할 것임을 깨달았다. 공포를 없애기 위해서 끝장을 내려고 애썼던 미친 듯한 사랑의 발작 때문에 그들은 더 깊은 공포 속에 처박혔다. 두 사람을 영원히 떼어놓게 될 시체의 차가움을 느끼면서 그들은 피눈물을 흘리고 장차 어떻게 될 것인지를 쓰린 마음으로 생각하고 있었다.

24

테레즈와 로랑의 결혼을 주선함으로써 늙은 미쇼가 바랐던 대로 목요일 저녁은 결혼 다음날부터 과거의 명랑함을 다시 찾았다. 카미유가 죽으면서 이 저녁 모임은 한때 무너질 뻔했다. 손님들이 와도 상갓집이니만큼 꺼림칙하기만 했던 것이다. 매주 그들은 마지막 인사를 하게 될까봐 걱정했다. 틀림없이 상점 문이 닫히고 말 거라는 생각은 동물적 본능과 집념으로 이 집에 드나들던 미쇼와 그리베를 두렵게 했다. 그들은 늙은 부인과 젊은 미망인이 언젠가는 베르농이나 딴 곳에 가서 카미유의 죽음을 슬퍼하며 살 것이며, 그들은 목요일에는 무엇을 해야 할지 몰라 보도 위에서 왔다 갔다 하게 될 거라 생각했다. 그러면서 통로에서 한탄스럽게 서성대며 멋진 도미노 게임을 추억하는 자신들의 모습을 상상하곤 했다. 이 좋지 못한 날을 눈앞에 매달아놓고 그들은 마지막 행복을 수줍은 듯이 즐겼다. 번번이 다시는 오지 못하리라 생각하면서 불안하지만 환심을 살 마음으로 상점에 오는 것이었다. 일 년 이상 지나도록 이런 공포가 떠나지 않았다. 그들은 눈물을 흘리는 라캥 부인과 테레즈의 침묵 앞에서 감히 잡담을 늘어놓지도 못하고 웃지도 못했다. 카미유가 있을 때처럼 마음이 편하지 않았다. 그들은 라캥 가에서 보내는 저녁을 번번이 훔치는 기분이었다. 늙은 미쇼의 이기심이 젊은 미망인을 재혼시키는 데 능란한 솜씨를 보인 것은 이러한 절망적 상황 속에서였다.

결혼 다음번 목요일에 그리베와 미쇼는 자랑스러운 듯이 들어왔다. 드디어 승리했던 것이다. 식당은 다시 그들의 것이 되었다. 쫓겨날까 두려운 생각은 이제 사라졌다. 그들은 행복에 가득 찬 모습으로 들어와서 잔소리를 늘어놓고 오래된 농담을 지껄여댔다. 행복하고 자신 있는 그들의 태도로 보아 혁명이 성공한 게 분명했다. 카미유의 추억은 이미 없었다. 그들을 얼어붙게 했던 죽은 남편, 그 유령은 살아 있는 남편에 의해서 쫓겨났던 것이다. 과거는 기쁨과 함께 부활하고 있었다. 로랑은 카미유를 대신했다. 슬퍼할 모든 이유가 사라지고, 손님들은 아무도 불편하게 만들지 않고 마음껏 웃을 수 있었다. 그들은 극진히 대접하는 훌륭한 가정을 유쾌하게 하기 위해서도 웃어야 했다. 그리베와 미쇼는 십팔 개월 동안 라캥 부인을 위안한다는 구실로 왔었지만, 이제는 그따위 위선을 집어치우고 도미노의 딸깍이는 소리를 들으며 서로 마주 보고 졸기 위해서 올 수 있었다.

그리하여 매주 목요일 저녁이 다시 오고, 테레즈를 못 견디게 만들던 재미없고 괴상한 그 사람들이 식탁 앞에 다시 모여들었다. 그녀는 그들을 내쫓자고 했었다. 바보같이 껄껄 웃어대고 멍청한 소리를 늘어놓는 그들이 테레즈의 신경을 괴롭혔던 것이다. 그러나 로랑은 그렇게 손님을 쫓는 건 좋지 않다고 테레즈를 설득시켰다. 될 수 있는 한 현재는 과거와 비슷해야만 했다. 무엇보다도 두 사람을 모든 의심으로부터 보호하는 얼뜨기 경찰 가족의 우정이 필요했다. 테레즈는 자신의 생각을 접었다. 극진히 대접받은 손님들은 그들 앞에 아늑한 저녁이 오래 연장되어 전개되는 것을 축복으로 여겼다.

부부의 생활이 분열되기 시작한 것은 이 무렵의 일이었다.

아침 해가 밤의 공포를 쫓아내면, 로랑은 황급히 옷을 입었다. 마음이 편치 않았다. 그가 겨우 진정하는 것은 테레즈가 마련해준 밀크커피가 담긴 큰 잔을 앞에 놓고 식탁에 앉아 있을 때였다. 라캥 부인은 로랑이 식사하는 것을 어머니 같은 미소를 지으면서 바라보고 있었다. 로랑은 구운 빵을 게걸스럽게 먹어치우며 차츰 마음이 가라앉는 걸 느꼈다. 커피 다음에는 코냑을 한 잔 마셨다. 그제서야 완전히 생기가 났다. 그는 "저녁에 봐요" 하고 라캥 부인과 테레즈에게 인사를 했지만 키스는 하지 않았다. 그러고는 어슬렁어슬렁 사무실로 출근했다. 봄이 오고 있었다. 센 강가의 나무들은 연한 초록빛 레이스 같은 잎으로 덮여 있었다. 강물은 애무하는 듯한 소리를 내면서 흘러갔다. 그 위로는 아침 광선이 은근히 부드럽게 펼쳐졌다. 로랑은 시원한 공기 속에서 소생하는 기분이었다. 그는 봄의 하늘에서 내려오는 푸르른 생명의 입김을 듬뿍 들이마셨다. 그는 양지를 찾아 걸음을 멈추고는 센 강에 비치는 은빛 반사를 바라보았다. 그리고 강에서 들려오는 소리를 듣고 아침의 생생한 냄새를 마시면서 모든 감각을 동원해서 맑고 행복한 아침나절을 즐기고 있었다. 물론 카미유는 생각하지 않았다. 가끔 강 건너편에 있는 시체공시장을 기계적으로 떠올리기는 했지만, 그럴 때면 자기의 어리석은 공포를 스스로 비웃는 용감한 사나이가 되어 그 죽은 자를 생각하는 것이었다. 배가 부르고, 기분이 산뜻해진 그는 깊은 안정감을 회복하고 사무실에 와서 하루 종일 하품을 하면서 퇴근 시간을 기다렸다. 로랑은 다른 사람들처럼, 머리가 텅 빈 맥없고 따분한 직원에 지나지 않았다. 이 무렵 그가 가지고 있던 단 하나의 생각은, 직장을 그만두고 아틀리에를 하나 빌리겠다는 것이었다. 그는 나태한 새로운 생활을 막연히 꿈꾸고 있었다. 이런 생각은 저녁때까지 그의 머릿속을 가득 채웠다. 그를 괴롭히는 집 생각은 떠오르지 않았다. 아침부터 퇴근 시간을 기다렸다가 저녁이 되면 그는 마지못한 듯 퇴근해서 어쩐지 어지럽고 불안한 마음으로 다시 강가를 따라 걷곤 했다. 천천히 걸으려 했으나 소용없었다. 결국 상점으로 돌아가야만 했다. 거기선 공포가 그를 기다리고 있었다.

테레즈도 똑같은 기분이었다. 로랑이 자기 곁에 없는 동안은 마음이 편했다. 그녀는 상점이나 집 안을 치우지 않아 지저분하다며 파출부를 그만두게 했다. 스스로 집 안팎을 말끔히 치우려는 생각을 했던 것이다. 사실을 말하자면 걷고 움직임으로써 뻣뻣한 사지를 고단하게 만들어버리고 싶었다. 그녀는 아침나절 내내 쉬지 않고 돌아다니면서 비질을 하고 먼지를 털고 방을 닦고 설거지를 하는 등 과거엔 지긋지긋하게 여겼던 일들을 했다. 열두시까지는 천장에 매달린 거미줄이나 접시에 낀 기름기 외에는 아무것도 생각할 겨를이 없을 정도로 집안일에 매달렸다. 그러고는 부엌에 가서 점심을 준비했다. 식탁에 앉아 있던 라캥 부인은 테레즈가 끊임없이 이리저리 뛰어다니는 게 마음에 들지 않았다. 그녀는 신경이 쓰이고 성가셔서 며느리를 나무랐다. 그러면 테레즈는 돈을 아껴야 한다고 대답했다. 식사가 끝나면 테레즈는 옷을 갈아입고 결심한 듯 아래로 내려가 카운터 뒤에 시어머니와 함께 자리를 잡았다. 간밤을 뜬눈으로 지새웠기 때문에 녹초가 된 그녀는 졸음이 와서, 앉자마자 기분 좋은 마비 상태에 사로잡히곤 했다. 그것은 가벼운 졸음이었지만, 그녀의 신경을 안정시키는 막연한 즐거움으로 가득 차 있었다. 카미유에 대한 생각도 사라졌다. 그녀는 고통이 단번에 사라진 병자들처럼 깊은 휴식을 맛보았다. 그녀는 자기 살이 잠들고 정신이 자유로워지는 것을 느꼈다. 그러면서 따뜻하고 기분 좋은 망각 상태에 파묻혀 있었다. 이처럼 안정된 얼마간의 시간이 없었더라면 그녀의 몸은 신경의 긴장으로 터져버리고 말았을 것이다. 그렇게 다가올 밤의 괴로움과 공포에 견딜 수 있는 힘을 회복하곤 했다. 그녀는 그러나 곤히 잠드는 법이 없었다. 평화로운 꿈의 밑바닥에서 겨우 눈까풀을 내리고 있을 뿐이었다. 손님이 들어오면, 그녀는 바로 눈을 뜨고 몇 푼짜리 물건을 내준 다음 다시금 떠도는 몽상 속으로 잠겨들곤 했다. 가끔 시어머니에게 간단히 대답을 하기도 하면서, 그녀의 생각을 빼앗아가고 노곤하게 만드는 마비 상태 속으로 정말 기분 좋게 빠져들어가, 완벽한 행복을 느끼며 서너 시간을 보내곤 하는 것이었다. 특히 어두컴컴하고 침침한 구석에서 자신의 피로를 숨길 수 있는 흐린 날씨에도 마음 편하게 가끔 파사주의 이곳저곳에 흘낏 시선을 던지는 것이 고작이었다. 비에 젖은 가난한 사람들의 무리가 포석 위에 물을 뚝뚝 떨어뜨리면서 지나가는 축축하고 더러운 이 파사주가 테레즈에게는 마치 악이 출몰하는 입구처럼, 아무도 찾아와서 귀찮게 굴지 않는 더럽고 불길한 회랑처럼 보였다. 가끔 주위에 어른거리는 희미한 광선을 보고 습기의 지독한 냄새를 맡으면서 자기가 산 채로 매장된 게 아닌가 생각하기도 했다. 그녀는 시체들이 우글대는 공동묘지의 밑바닥에 앉아 있는 것 같았다. 이런 생각은 그녀를 위로하고 진정시켜주었다. 지금 자기가 편안하게 죽어가며, 더이상 고통을 겪지 않으리라는 생각이 들었다. 그러나 어떤 때는 눈을 뜨고 있어야만 했다. 쉬잔이 찾아와서 오후 내내 카운터 곁에서 수를 놓았다. 그녀는 멀건 얼굴을 하고 느릿하게 움직이며 테레즈를 즐겁게 해주었다. 테레즈는 완전히 맥이 풀린 듯한 그녀를 바라보면서 이상하게 마음이 가벼워지는 것을 느꼈다. 자기 곁에서 창백한 미소를 지으며 반쯤 죽은 사람처럼 묘지의 병든 냄새를 상점 속에 풍기는 모습을 바라보는 게 좋았다. 유리같이 투명한 쉬잔의 푸른 눈이 자기의 눈을 바라보게 되면 뼛속까지 기분 좋은 냉기를 느끼곤 했다. 테레즈는 이렇게 네시가 되기를 기다리고 있었다. 그 시간이 되면 부엌으로 돌아가서 다시금 스스로를 피곤하게 만들면서 서둘러 로랑의 저녁 식사를 준비했다. 그러다 남편이 문어귀에 나타나면 다시 가슴이 조여왔다. 고통이 다시 전신을 비틀었던 것이다.

부부의 감각은 언제나 거의 일치했다. 서로 마주 보지 않는 낮에는 달콤한 휴식의 시간을 맞았으나 저녁에 다시 서로를 대하면 몹시 거북해하곤 했다.

하지만 그 저녁나절은 아주 조용했다. 방에 들어갈 생각만 해도 겁이 났던 테레즈와 로랑은 될 수 있는 한 오랫동안 저녁 시간을 끌었다. 그들 사이에서 라캥 부인은 넓은 안락의자에 비스듬히 누워 평화로운 음성으로 이야기를 했다. 언제나 자기 아들을 생각하면서도 이름은 꺼내지 못하고 베르농 시절을 이야기했다. 그녀는 귀여운 두 젊은이들을 보고 미소를 짓고 그들을 위해서 장래 계획을 세웠다. 등불이 그 흰 얼굴에 창백한 빛을 던지고 있었다. 그녀의 말은 죽은 듯이 조용한 분위기와 어우러져 어떤 고통마저 느끼게 했다. 두 살인자는 조용히 옆에 앉아 그녀의 말을 심각하게 듣는 척했다. 그러나 애써 그녀의 잔소리에 주의를 기울이지는 않았다. 그들은 마음속의 외침을 막아주는 부드러운 말소리를 들으며 그저 행복했던 것이다. 감히 서로 마주 보지도 못하고, 태연한 척하느라고 라캥 부인을 보고 있을 뿐이었다. 그들은 자러 가자는 말을 꺼낸 적이 없었다. 만약 라캥 부인이 침대에 가서 눕고 싶다는 뜻을 내비치지 않았다면 아침까지 거기 남아 부인의 달콤한 잡담과 그녀가 풍기는 안정감 속에 빠져 있었을 것이다. 두 사람은 부인이 침실로 간 후에야 겨우 식당을 나와, 마치 어두운 심연에 몸을 던지듯 절망적으로 그들의 방으로 들어갔다.

그들은 이렇게 집안 식구들끼리 보내는 저녁보다도 목요일 저녁이 훨씬 좋았다. 라캥 부인과 셋이서만 있을 때 그들은 온전히 자신들을 망각할 수 없었다. 부인의 가는 음성과 보기 딱한 쾌활성도 그들을 괴롭히는 고함 소리를 제대로 막아내지는 못했던 것이다. 자러 갈 시간이 온 것을 알고 우연히 침실 문을 바라보고는 몸을 떨었다. 그들만이 남겨질 순간을 생각하는 마음은 밤이 깊어감에 따라 더 고통스러웠다. 그러나 목요일 저녁이면 그들은 바보짓에 취해서 자신들의 존재를 서로 망각했기 때문에 덜 고통스러웠다. 테레즈도 마침내는 손님들이 오는 날을 열렬히 기다리게 되었다. 만약 미쇼와 그리베가 오지 않는다면 그들을 부르러 갔을 것이다. 식당에서 자기와 로랑 사이에 다른 사람이 앉으면 그녀는 마음이 가라앉는 걸 느꼈다. 매일 손님들이 찾아와 떠들어대면 그녀의 의식이 마비되고 그녀를 현실로부터 격리시켜줄 것만 같았다. 사람들 앞에서 그녀는 히스테릭한 쾌활성을 보였다. 로랑 역시 농부의 거친 농담과 기름진 웃음소리와 옛날 학생 시절의 익살을 되찾았다. 모임이 이렇게 유쾌하고 신난 적은 한 번도 없었다.

이렇게 로랑과 테레즈는 일 주일에 한 번, 떨지 않고 서로를 마주할 수 있었다.

그러나 얼마 되지 않아 또다른 걱정거리가 생겼다. 라캥 부인이 점차 중풍 증세를 보였던 것이다. 그들은 라캥 부인이 불구가 되어 바보처럼 안락의자에 못 박혀 있게 될 날을 미리 그려보았다. 가련한 부인은 무슨 뜻인지 잘 알 수 없는 말들을 중얼거리기 시작했다. 목소리는 약해지고 사지는 하나하나 죽어가고 있었다. 그녀는 하나의 사물처럼 되어갔다. 테레즈와 로랑은, 서로를 떼어놓고, 목소리만으로도 그들을 악몽으로부터 끌어내주는 한 인간이 사라져가는 것을 무서운 눈으로 지켜보고 있었다. 부인이 정신을 잃고 안락의자에 말없이 뻣뻣하게 파묻혀 있게 되면 그들은 단 둘만 남게 될 것이다. 저녁이면 서로 무섭게 마주보고 있어야 한다. 그들의 미칠 듯한 공포는 자정이 아니라 저녁 여섯시면 시작될 것이다.

그들은 전력을 다해 귀중한 라캥 부인의 건강을 유지시키려고 애썼다. 의사들을 부르고 세심히 간호를 했다. 그들은 병자를 간호하는 와중에 일종의 망각과 안정감을 얻어 더욱 열성을 보였다. 저녁나절을 견딜 수 있게 만들어주는 제삼자를 잃지 않으려 했던 것이다. 식당과 집 전체가 그들의 침실처럼 잔인하고 불길한 장소가 되는 것을 원치 않았다. 라캥 부인은 자신을 열심히 보살펴주는 두 사람에게 커다란 감동을 느꼈다. 그녀는 눈물을 흘리면서, 두 사람을 결합시키고 사만 몇천 프랑을 그들에게 준 건 정말 잘한 일이라고 생각했다. 아들이 죽은 후 그녀는 자신의 말년에 이처럼 따뜻한 보살핌을 받으리라고는 전혀 기대하지 않았다. 그녀의 노년은 두 사람의 애정으로 아주 푸근해서, 조금씩 심해지는 병세도 그럭저럭 견딜 만했다.

이러는 동안 테레즈와 로랑은 분열된 이중생활을 영위하고 있었다. 그들 내부에는 서로 완전히 다른 두 개의 존재가 있었다. 하나는 해가 지자마자 떨리는 신경증적이고 공포에 휩싸인 존재며, 또 하나는 해가 뜨면 마음 편히 숨쉬고 모든 것을 잊을 수 있는 마비된 존재였다. 그들은 두 가지 생활을 하고 있었다. 단 둘만 있을 때는 불안에 허덕였으나 사람들과 함께 있을 때는 평화롭게 미소를 짓곤 했다. 사람들 앞에서는 마음속을 찢어놓고 있는 고통을 전혀 내보이지 않았다. 그들은 안정되고 행복해 보였다. 자신들의 고통을 본능적으로 감추고 있었던 것이다.

낮에는 너무도 차분했으므로, 매일 밤 그들이 환각 때문에 고통을 겪고 있으리라고는 아무도 짐작하지 못했다. 사람들은 그들을 완전한 행복 속에 사는, 하늘로부터 축복받은 부부로 생각했다. 그리베는 그들을 '비둘기 새끼'라고 익살맞게 불렀다. 밤을 새워 눈언저리가 퍼렇게 된 것을 보고 그는 농담을 하며 애는 언제 낳게 되느냐고 물었다. 이렇게 해서 저녁 모임은 웃음판이 되었다. 로랑과 테레즈는 얼굴색이 변하지도 않고 미소를 짓기까지 했다. 그들은 점차 늙은 철도국 직원의 대담한 농담에 익숙해졌던 것이다. 식당에 있는 한 그들은 공포를 이겨낼 수 있었다. 아무도 그들이 침실에 갇히게 될 때 나타나는 무서운 변화를 알아차릴 수 없었다. 특히 목요일 저녁에는 그 변화가 극심했는데, 초자연적 세상에서 일어나는 변화였다. 야릇하고 격한 흥분을 자아내는 밤의 드라마는 그 누구도 상상할 수 없는 것이었으며, 그들 존재의 슬픈 밑바닥에 깊이 숨겨져 있었다. 다른 사람들에게 그 이야기를 한다면, 미쳤다고 할 게 틀림없었다.

"저 두 부부는 정말 행복해 보여!" 하고 늙은 미쇼는 종종 말했다. "말은 없지만 서로 생각은 더 많이 할 거야. 분명히, 우리들이 없을 땐 미친 듯이 키스할 거야."

누구나 같은 의견이었다. 사실 테레즈와 로랑은 모범적인 부부처럼 보였다. 퐁네프 파사주의 모든 사람들은 두 내외의 애정과 조용한 행복과 영원한 밀월을 축복했다. 카미유의 시체가 그들 사이에 누워 있다는 것을 아는 사람은 아무도 없었다. 그들만이 평화로운 얼굴의 피부 아래에서 신경의 위축을 느끼고 있었다. 그것은 밤이면 무서운 표정으로 나타나, 평화로운 얼굴을 더럽고 고통스러운 낯짝으로 변화시켰다.

25

몇 달 후 로랑은 결혼할 때 노렸던 목표를 얻어내야겠다고 생각했다. 만약 그의 이해타산이 파사주의 상점에 그를 못 박아두지 않았던들 결혼 삼 일도 되지 않아 아내를 버리고 카미유의 유령 앞에서 도망쳤을 것이다. 그는 범죄에서 얻을 수 있는 이익을 잃지 않으려고 공포의 밤을 참아왔고 끔찍한 고통의 한복판에 머물러 있었던 것이다. 테레즈와 헤어지면 다시 비참해지고 어쩔 수 없이 직장을 지켜야 하지만, 테레즈 곁에 머물러 있으면 나태하게 살면서 아무것도 하는 일 없이 라캥 부인이 며느리 명의로 물려준 재산을 가지고 배불리 살 수 있다. 그는 할 수만 있었다면 사만 프랑을 가지고 도망쳤을지도 모른다. 그러나 미쇼의 충고를 받은 라캥 부인은 신중을 기해서 며느리의 몫을 지킬 수 있도록 결혼 조건을 내세웠던 것이다. 그렇게 해서 로랑은 테레즈와 강한 끈으로 묶여 있게 되었다. 그는 가혹한 밤의 대가로 적어도 유유자적 잘 먹고 잘 입을 수 있을 만큼의 돈을 주머니에 지니고 싶었다. 그는 오직 이러한 대가를 위해서만 익사자의 시체와 동침하는 데 동의했던 것이다.

어느 날 저녁, 그는 라캥 부인과 아내에게 직장에 사표를 냈으며 이 주 후면 그만둘 거라고 알렸다. 테레즈가 불안해하자, 로랑은 작은 아틀리에를 하나 빌려 거기서 다시 그림을 그리겠다고 서둘러 덧붙였다. 그는 직장일이 지겨운데다 그림을 그리면 장래가 좋다는 이야기를 수다스럽게 늘어놓았다. 돈이 좀 있고 성공을 꾀할 수 있는 지금, 자신이 큰일을 할 수 있는지 알고 싶다는 것이었다. 그러나 이렇게 여러 말을 늘어놓은 것도 단지 과거의 아틀리에 생활에 대한 강한 욕망 때문이었다. 테레즈는 입술을 삐죽 내밀고 말이 없었다. 자신의 자유를 보장해주는 얼마 되지 않는 재산을 로랑이 써버리는 데 동의할 수가 없었던 것이다. 로랑이 동의를 얻어내려고 계속 떠들어대자 그녀는 쌀쌀하게 몇 마디 입을 열었다. 그녀는 로랑이 직장을 그만두면 자신이 생활을 책임지게 된다는 사실을 은근히 깨닫도록 했다. 테레즈가 말하는 동안 로랑은 몹시 흉악한 얼굴로 쳐다보았다. 테레즈는 겁이 나서 거절의 말이 목에서 막혀버린 느낌이었다. 공범자인 로랑의 눈에서 다음과 같은 위협적인 생각을 본 듯했다. '만약 네가 동의하지 않으면 난 모든 걸 말하겠다.' 테레즈는 어쩌지 못하고 혼자서 중얼거리기 시작했는데, 라캥 부인은 귀여운 사위의 욕망은 너무나 정당한 것이니, 재능을 발휘할 수 있는 기회를 주어야 한다고 소리쳤다. 마음 좋은 이 부인은 카미유의 응석을 받아주듯이 로랑의 말을 들어주었다. 로랑이 그녀에게 내보였던 헤픈 애정에 녹아났던 것이다. 그녀는 로랑에게 넘어가서 언제나 그의 의견을 좇았다.

로랑은 아틀리에를 세내고, 필요한 경비로 한 달에 백 프랑씩 받기로 했다. 가족의 예산은 다음과 같이 정해졌다. 잡화상에서 버는 돈으로 집세와 살림 비용을 충당하며, 로랑은 투자에서 얻는 이천 몇백 프랑 중에서 아틀리에 세를 내고 매달 백 프랑씩 쓴다. 그리고 나머지는 공동으로 쓰기로 한다. 이렇게 하면 밑천을 파먹지는 않을 것이다. 테레즈는 약간 진정되었다. 그녀는 남편에게 돈을 낭비하지 않겠다는 맹세를 하게 했다. 게다가 로랑은 자신의 서명 없이는 사만 프랑을 손에 넣을 방법이 없었다. 그녀는 절대로 그런 서명은 하지 않을 생각이었다.

바로 다음날, 로랑은 마자린 가 아래쪽에 한 달 전부터 욕심내고 있던 작은 아틀리에를 얻었다. 직장을 그만두려면, 테레즈와 멀리 떨어져서 한나절을 조용히 지낼 수 있는 피신처가 필수 조건이었다. 이 주일이 지난 후 그는 동료들과 작별했다. 그리베는 로랑이 떠나는 것을 보고 이상하게 생각했다. 장래가 촉망되고, 자기가 이십 년 걸려서 겨우 타게 된 월급을 겨우 사 년 만에 받았던 그가 직장을 그만두다니! 로랑이 그림에 전념키로 했다는 말은 그리베를 더욱 어리둥절하게 만들었다.

마침내 로랑은 자기 아틀리에에 자리를 잡았다. 그 아틀리에는 일종의 고미다락방으로서 길이가 십팔 피트에 폭이 십오 피트였다. 천장은 가파르게 경사가 지고 넓은 창이 달렸는데, 그 창문으로 희고 강한 햇빛이 들어와 마룻바닥과 거무튀튀한 벽에 비쳤다. 이 높은 곳에서는 거리의 소음이 전혀 들리지 않았다. 위로 하늘이 트인 조용하고 훤한 방은 잿빛 찰흙으로 만든 동굴 같았다. 로랑은 이 방을 대충 꾸몄다. 그는 망가진 의자 두 개와 탁자 하나를 날라다 벽에 기대어놓고, 낡은 찬장과 물감 상자와 오래된 이젤을 가져다놓았다. 사치품이래야 그가 고물상에서 삼십 프랑에 사온 넓은 소파뿐이었다.

그는 이 주일 동안 붓에는 손도 대지 않고 지냈다. 여덟시와 아홉시 사이에 와서 담배를 피우고 소파에 누워, 저녁까지 아직 많은 시간이 남아 있음을 기쁘게 여기면서 정오가 되기를 기다렸다. 열두시가 되면 점심을 먹으러 갔다가, 테레즈의 창백한 얼굴도 더이상 보기 싫고 혼자 있고 싶어서 빨리 돌아오곤 했다.

그리고 소화도 시키고 잠도 자면서 저녁까지 빈둥거렸다. 아틀리에는 그가 두려움에 떨지 않아도 좋은 평화로운 장소였다. 어느 날 테레즈는 그의 소중한 피난처를 구경하고 싶다고 했다. 거절했지만 그녀는 아틀리에를 찾아와 문을 두드렸다. 그는 문을 열어주지 않았다. 집에 돌아가서는 낮에 루브르 미술관에 갔었다고 둘러댔다. 그녀가 그곳으로 카미유의 유령을 데리고 들어올까봐 겁이 났던 것이다.

그러나 빈둥거리는 것도 마침내 짐이 되고 말았다. 그래서 그는 캔버스와 물감을 사서 작업을 시작했다. 모델 살 돈이 충분하지 않아 사생(寫生) 같은 것은 생각지 않고 머릿속에 떠오르는 대로 그리기로 작정했다. 그는 인간의 얼굴을 그리려고 했다.

그런데 방 안에 처박혀 있기가 싫었다. 매일 아침 두세 시간 작업하고, 오후에는 파리나 교외 이곳저곳을 돌아다니면서 보냈다. 이렇게 산책하다 돌아오는 길에 그는 학사원 앞에서 지난번 전람회로 크게 성공한 옛 학교 친구를 만났다.

"이봐" 하고 친구는 소리쳤다. "아! 로랑, 못 알아볼 뻔했잖아. 날씬해졌는데."

"나 결혼했어." 로랑은 수줍은 듯이 말했다.

"결혼했어, 자네가! 그래서 얼굴이 홀쭉하군…… 그런데 요즘은 뭘 하나?"

"작은 아틀리에를 하나 빌렸어. 아침에 그림을 조금씩 그려."

로랑은 결혼 생활에 대해 한두 마디 이야기하고는 열띤 음성으로 장래 계획을 늘어놓았다. 그러나 친구가 놀란 모습으로 쳐다보자 그는 당황하고 불안했다. 실상 화가 친구는 테레즈의 남편이 된 로랑이 과거에 알던 뚱뚱하고 평범한 청년과는 너무나 다르다고 생각하고 있었다. 로랑은 멋있게 변해 있었다. 얼굴은 여위고 알맞게 창백하며 몸 전체는 더 위엄 있고 부드러워진 것 같았다.

"자넨 정말 미남이 됐군" 하고 친구는 자신도 모르게 소리쳤다. "대사(大使)님 같은 차림이야. 모두 최신 패션인데, 이런 것들은 다 어디서 구했나?"

로랑은 이런 식으로 캐묻는 걸 전혀 좋아하지 않았지만, 그냥 무뚝뚝하게 헤어질 수는 없었다.

"잠깐 내 아틀리에로 올라가겠나?" 친구가 자기 곁을 떠나려 하지 않자 마침내 로랑이 말했다.

"그러지" 하고 친구는 대답했다.

로랑의 변한 모습이 의아했던 그는 옛 친구의 아틀리에를 구경하고 싶었다. 물론 틀림없이 구역질을 느끼게 할 로랑의 작품 따위를 보려고 오층까지 올라가는 것은 아니었다. 오직 자신의 호기심을 만족시킬 마음뿐이었다.

아틀리에에 올라가 벽에 걸린 그림들을 보았을 때 그의 놀라움은 더욱 커졌다. 다섯 편의 습작이 있었는데, 여자의 얼굴 두 개와 남자의 얼굴 세 개가 그려져 있었다. 정말 강한 필치로 그린 것들이었다. 표정들은 풍부하고 단단했으며 밝은 회색을 배경으로 장엄한 터치로 표현되어 있었다. 그는 얼른 그림 앞으로 다가섰다. 그리고 어리둥절해하면서 자신의 놀람을 감추려 들지도 않았다.

"이것들 모두 자네가 그린 건가?"

"응. 준비중인 큰 그림에 쓰일 습작들이야."

"아니, 농담 말게. 자네가 정말 이런 걸작들을 그렸단 말인가?"

"글쎄 그렇다니까. 왜 내 말을 못 믿나?"

'이 그림들은 진짜 화가의 작품이지만 자넨 엉터리 풋내기에 지나지 않았으니 말일세' 하고 말하고 싶었지만, 그는 감히 속마음을 드러내지 못했다. 그는 그 습작들 앞에 말없이 오래 서 있었다. 물론 서투른 작품이었다. 그러나 그 속에는 묘한 개성과 고도의 예술적 감각을 보여주는 강력한 힘이 들어 있었다. 살아 있는 그림이라고 말해도 좋을 것 같았다. 그는 이처럼 근사한 습작을 본 일이 없었다. 그림들을 주의 깊게 보고 난 다음 그는 로랑을 돌아보며 말했다.

"솔직히 말이지, 난 자네가 이렇게 잘 그리리라곤 생각해본 적이 없었네. 자넨 대체 어디서 이런 재능을 익혔나? 타고나지 않으면 힘든 건데."

그는 로랑을 쳐다보았다. 로랑의 음성은 부드럽고 움직임 하나하나에는 일종의 우아한 맛이 있는 것 같았다. 그는 여성적 기질과 날카롭고 미묘한 감성을 길러내도록 이 사내를 변화시킨 무시무시한 충격을 알아차릴 수 없었다. 카미유의 살인자에게는 이상한 변화가 생긴 게 틀림없지만, 그와 같은 신비를 분석해서 파고들기는 힘들었다. 로랑은 온몸과 정신을 뒤흔들어놓은 큰 충격으로 겁쟁이가 되면서 동시에 예술가가 되었는지도 모른다. 전에는 피가 너무 많아서 헐떡거리고 있었다. 자기를 둘러싸고 있는 건강의 두터운 증기(蒸氣)에 의해 눈이 멀어 있었다. 그러나 여위어 떨고 있는 지금 그는 불안한 열에 달뜨며 히스테릭한 기질의 생생하고 날카로운 감수성을 갖게 되었다. 공포 속에서 사는 동안에 그의 정신은 착란했고 천재의 경지에까지 이르게 되었다. 말하자면 정신병을 앓고 온몸에 충격을 전하는 신경과민을 겪으면서 이상스럽게 명석한 예술적 감각이 발전된 것이었다. 살인 이후로 그의 육체는 가벼워진 것 같았고, 산만한 그의 두뇌는 거대해 보였으며, 사상의 급격한 확장 속에서 미묘한 창조와 시인으로서의 명상이 스쳐가는 것 같았다. 그래서 거동이 돌연히 달라지고 그의 작품도 단번에 개성을 갖고 생동하여 아름답게 된 것이다.

친구는 더이상 이 예술가의 탄생을 고민해보려고 하지 않았다. 그는 놀란 채 돌아갔다. 떠나기 전에 그는 다시 한번 그림들을 쳐다보고 로랑에게 말했다.

"한 가지 지적할 게 있네. 뭐냐 하면, 자네 작품은 모두 한 집안 식구처럼 보인다는 점이야. 이 다섯 개 얼굴은 서로 닮았네. 여자들까지도 가장한 남자처럼 어딘지 모르게 맹렬한 풍채를 갖고 있어…… 알겠나? 만약 이런 데생을 가지고 한 폭의 그림을 만들려거든 그 얼굴 중의 몇몇을 바꿔야 할 걸세. 자네의 인물들이 모두 형제일 순 없네. 그렇게 하다간 웃음거리가 될 거야."

그는 아틀리에를 나와 계단 중턱에서 웃으며 덧붙였다.

"자넬 만나 정말 기쁘네. 이제 난 기적을 믿기로 했어. 정말 자넨 훌륭하게 됐어!"

그는 아래로 내려갔다. 로랑은 몹시 얼떨떨한 채 아틀리에로 다시 들어갔다. 그림의 얼굴들이 모두 한 집안 식구 같다는 지적을 받았을 때 그는 자신의 창백해진 얼굴을 감추려고 뒤돌아서야 했다. 왜냐하면 그 치명적인 유사함은 이미 그에게도 충격을 준 바 있었기 때문이다. 그는 천천히 그림 앞으로 다시 돌아왔다. 그림들을 하나하나 차례로 뜯어보자 식은땀이 등을 적셨다.

"그 친구 말이 옳아" 하고 그는 중얼거렸다. "저것들은 다 비슷해…… 카미유와 비슷해."

그는 뒤로 물러서서 자기가 그린 얼굴에서 눈을 떼지 못하며 주저앉았다. 첫번째는 흰 수염이 길게 난 늙은이의 얼굴이었다. 그 흰 수염 밑에서 그는 카미유의 여윈 턱을 엿볼 수 있었다. 두 번째는 금발 소녀를 그린 것인데 그 소녀는 카미유의 푸른 눈을 가지고 그를 쳐다보고 있었다. 나머지 세 개의 얼굴도 각기 죽은 자의 모습을 조금씩 지니고 있었다. 카미유가 제멋대로 가장했으나 여전히 자기의 전체적 특징을 지닌 채 주름살 잡힌 늙은이나 소녀로 나타난 것 같았다. 게다가 무시무시하게 비슷한 점은 또 있었다. 얼굴들은 모두 괴롭고 공포에 질린 듯했다. 무서운 감정에 똑같이 짓눌려 있는 것 같았다. 모두 왼쪽 입에 가벼운 주름살이 있었는데, 그 주름살은 입술을 당겨 얼굴을 찡그려 보이게 했다.

로랑이 익사자의 뒤틀린 얼굴에서 본 그 주름살은 끔찍한 유사성을 뚜렷이 드러내고 있었다. 시체공시장에서 카미유를 너무 오래 들여다본 게 잘못이었다. 시체의 이미지가 너무나 깊이 그의 마음속에 박혀 있었던 것이다. 저도 모르는 사이에 그의 손은 머릿속에 새겨진 흉악한 그 얼굴의 선을 따라갔던 것이다.

긴 의자에 누워 있는 로랑에게 차츰차츰 그 얼굴들이 살아 움직이는 것으로 보였다. 다섯 명의 카미유가 앞에 있었다. 자신의 손으로 힘차게 그린 그 다섯 명의 카미유는 무섭도록 이상스럽게 모든 성(性), 모든 연령으로 보였다. 로랑은 일어서서 그림들을 찢어 밖으로 내던졌다. 만약 아틀리에에 그 희생자의 초상화가 가득 차면 자기는 그 속에서 공포로 인해 죽게 될 것 같았다.

새로운 공포가 엄습했다. 죽은 자의 얼굴을 그리지 않고는 단 하나의 얼굴도 그릴 수 없을 것 같았다. 그는 자기 마음대로 손을 움직일 수 있는지 알고 싶어서 이젤 위에 흰 캔버스를 올려놓았다. 그 다음 목탄으로 몇 번 그어 얼굴을 그렸다. 한데 그 얼굴은 카미유와 흡사했다. 로랑은 얼른 지워버리고 다시 그리려 했다. 한 시간 동안 그는 자신의 손가락을 움직이는 숙명적인 힘에 대항해서 싸웠다. 다시 시도할 때마다 죽은 자의 얼굴로 되돌아왔다. 아무리 애를 써서 손에 익은 선을 피하려 해도 헛일이었다. 그의 근육이 반항하는 신경에 끌려 별수 없이 같은 선을 그리고 있었다. 재빨리 윤곽을 잡고 천천히 목탄을 움직이려고 애썼다. 그러나 결과는 같았다. 찡그린 얼굴에 고통스러워 보이는 카미유가 캔버스 위에 끊임없이 나타났다. 로랑은 여러 가지 얼굴들을 계속해서 그렸다. 천사, 후광을 받고 있는 성모, 투구를 쓴 로마 기사, 금발과 장밋빛 어린이, 상처투성이인 늙은 산적들의 얼굴을 잇달아 그려보았다. 그러나 계속해서 죽은 자가 되살아났다. 죽은 자는 천사도 되고 성모도 되고 어린이도 되고 산적도 되었다. 이번에는 만화풍으로 그려보기로 했다. 그는 특징을 과장해서 괴상한 윤곽을 그리고 기괴한 얼굴들을 꾸며냈다. 하지만 죽은 자의 독특한 초상화를 더욱 무섭게 만들어놓을 따름이었다. 그는 마침내 개, 고양이를 그려보았다. 그러나 개나 고양이도 어딘지 카미유를 닮아 있었다.

어떻게 해볼 수 없는 분노가 로랑을 사로잡았다. 그는 자신의 그림에 절망하면서 주먹으로 캔버스를 뚫어버렸다. 이젠 더 생각하지 말아야 했다. 천상 카미유의 얼굴밖에는 그리지 못할 것이며, 그의 친구가 말했듯이 서로 닮은 얼굴들을 보면 누구나 웃고 말 것이다. 그는 자신의 작품이 어떤 꼴이 될지 상상해보았다. 그는 자신이 그릴 남자와 여자의 어깨 위에서 죽은 자의 푸르스름하고 놀란 얼굴을 보았다. 머릿속에 떠오른 이 이상한 광경은 몹시 우스꽝스러워 보였고 그는 화를 참을 수 없었다.

감히 더 작업을 할 수가 없었다. 조금만 손을 대면 죽은 자가 소생할까봐 겁이 났다. 아틀리에 속에서 평화롭게 살고 싶다면 절대로 그림을 그려서는 안 되었다. 자신의 손이 끊임없이 카미유의 초상화를 되살리는 숙명적이고 무의식적인 기능을 가지고 있다고 생각하자, 그는 제 손을 두려운 생각으로 들여다보았다. 그 손은 이미 자기 것이 아닌 듯 보였다.

26

라캥 부인을 위협하고 있던 치명적 증세가 나타났다. 몇 달 전부터 늙은 부인의 사지를 기어오르며 목숨을 노리던 중풍은 갑자기 그녀의 목을 잡고 육체를 결박해놓았다. 어느 날 저녁 신혼부부와 조용히 이야기를 하고 있을 때였다. 그녀는 말을 하다가 돌연 멍하니 입을 벌린 채 어쩌지 못하고 있었다. 누군가 자신의 목을 조르는 것 같았다. 소리를 질러 도움을 청하려 했으나 목쉰 소리밖엔 낼 수 없었다. 혀가 돌같이 굳어진 것이다. 손과 발도 뻣뻣해졌다. 그녀는 별안간 벙어리가 되고 전신이 마비되었다.

테레즈와 로랑은 삽시간에 부인을 비틀어놓은 이 벼락에 놀라 벌떡 일어났다. 그녀가 뻣뻣해진 채 애걸하는 눈으로 뚫어지게 쳐다보자, 그들은 부인에게 왜 그러느냐고 연거푸 물어보았다. 그러나 그녀는 말은 하지 못한 채 몹시 괴로운 듯이 그들을 쳐다보고만 있었다. 그들은 앞에 있는 사람이 하나의 시체에 불과하다는 것을 깨달았다. 그것은 반쯤 살아 있는 시체였다. 그들을 쳐다보고 이야기를 듣기는 하지만 말은 하지 못하는 시체. 이런 갑작스런 발병에 그들은 절망을 느꼈다. 그러나 부인의 고통은 거의 걱정하지 않았다. 그들이 눈물을 흘린 것은 이제부터 영원히 단둘이서 살아야 할 자기들 신세가 딱해서였다.

이날부터 두 부부의 생활은 더욱 견디기 어렵게 되었다. 그들은 더이상 부드러운 잡담으로 그들의 공포를 잠재워주지 못하는 늙은 불구자 앞에서 잔인한 밤을 보내야 했다. 부인은 마치 물건 꾸러미처럼 안락의자에 누워 있었고, 그들은 식탁 양쪽에 거북하고 불안한 채 앉아 있었다. 시체나 다름없는 부인 때문에 이제 그들은 떨어져 있을 수 없게 되었다. 가끔 그들은 부인의 존재를 망각하고 그녀를 가구와 같이 취급했다. 이렇게 해서 밤의 공포가 그들을 완전히 사로잡았다. 식당은 침실과 마찬가지로 카미유의 유령이 고개를 드는 무서운 장소로 변했다. 그들은 하루에 네다섯 시간 더 고통을 겪었다. 황혼이 질 때부터 그들은 서로를 보지 않으려고 램프의 갓을 내리고, 라캥 부인이 입을 열어 자신의 존재를 그들에게 상기시킬 것이라 믿어보려 애쓰면서 벌벌 떨곤 했다. 그들이 그녀를 앉혀두고 피하지 않은 까닭은 그녀의 눈이 그때까지도 살아 있어, 움직이고 번쩍이는 눈을 쳐다보면 그나마 마음이 가벼워졌기 때문이었다.

그들은 불구가 된 그녀를 늘 램프의 밝은 빛 아래 앉혀 얼굴이 잘 보이도록 해 언제나 부인의 존재를 느끼려 했다. 늘어지고 창백한 그 얼굴은 딴 사람들에게는 차마 볼 수 없는 모습이었겠지만, 곁에 누군가 있어야만 했던 테레즈와 로랑은 정말 기쁨을 느끼면서 그 얼굴을 줄곧 쳐다볼 수 있었다. 그것은 두 눈만이 살아 있는 죽은 사람의 흐트러진 얼굴 같았다. 두 눈만이 안구 속에서 빠르게 구르면서 움직이고 있었다. 볼과 입은 완전히 굳어버려 전혀 움직이지 않았다. 라캥 부인이 잠들어 눈을 감으면 새하얗고 말없는 그 얼굴은 정말 시체의 얼굴이었다. 자신들 앞에 아무도 없는 것 같아 겁이 난 테레즈와 로랑은 중풍에 걸린 부인이 눈까풀을 다시 쳐들어 바라볼 때까지 이런저런 소음을 냈다. 그들은 부인을 그렇게 깨어 있게 했다.

두 사람은 그들을 악몽에서 끌어내주는 일종의 기분 전환용 존재로 그녀를 생각했다. 병자가 된 후로는 마치 어린애처럼 그녀를 보살펴주어야 했다. 그러느라 갖은 수고를 하다보니 그들 자신의 생각을 떨쳐낼 수 있었다. 아침에 로랑은 라캥 부인을 일으켜 안락의자에 앉혔으며, 저녁에는 다시 침대에 뉘었다. 부인은 아직도 무거웠다. 그는 모든 힘을 다 내서 그녀를 얌전히 안아 옮겨야 했다. 안락의자를 움직이는 것도 역시 로랑이었다. 그 밖의 수고는 테레즈가 했다. 테레즈는 옷을 입혀주고 음식을 먹이고 부인이 하고 싶어하는 일을 모두 돌봐주었다. 라캥 부인은 한동안은 손을 쓸 수 있었다. 그녀는 석판에 글씨를 써서 필요한 것을 부탁했다. 그러다 얼마 후엔 그 손도 못 쓰게 되었다. 손을 들어 연필을 쥘 수도 없었다. 이때부터 그녀는 오직 눈짓으로만 의사를 전달했다. 며느리는 시어머니가 원하는 것을 알아차려야 했다. 젊은 여인은 힘든 간호사 노릇에 열중했다. 그러나 이러한 일로 정신과 육체를 써야 하는 게 오히려 다행으로 여겨졌다.

부부는 서로 마주 보고 있기가 싫어 아침이면 제일 먼저 늙은 부인을 안락의자에 앉혀 식당으로 데리고 왔다. 그들은 그 안락의자가 자신들의 생활에 꼭 필요한 것처럼 행동했다. 그들은 그 의자를 식사할 때도, 이야기할 때도 언제고 옆에 놓아두었다. 부인이 자기 방으로 가고 싶어할 때는 모르는 척했다. 부인의 유일한 기능은 그들이 단둘이 마주 보고 있지 못하게 하는 데에 있었다. 그녀는 따로 떨어져 살 권리가 없었다. 여덟시에 로랑이 아틀리에로 가고 테레즈가 상점으로 내려가면, 반신불수의 부인은 정오까지 식당에 혼자 남아 있었다. 점심을 먹은 다음 다시 여섯시까지 혼자 남았다. 가끔 낮에는 며느리가 위로 올라와서 부인이 필요로 하는 게 없는지 살피면서 주위를 돌곤 했다. 이

집의 친구들은 테레즈와 로랑의 효성을 무슨 말로 칭찬해야 좋을지 몰랐다.

목요일의 손님 접대는 계속됐다. 그리고 전신이 마비된 늙은 부인도 과거와 마찬가지로 그 자리에 참석했다. 사람들은 부인의 안락의자를 식탁 가까이 가져다놓았다. 여덟시부터 열한시까지 부인은 손님들을 뚫어질 듯 번갈아 쳐다보았다. 처음 얼마 동안, 늙은 미쇼와 그리베는 옛 친구의 시체를 마주 보고 있는 것이 약간 거북했다. 어떤 태도를 취해야 할지 몰라 막연히 슬픔을 느낄 따름이었다. 그리고 어떻게 해야 적절히 슬픔을 나타내 보일 수 있을지 생각했다. 죽은 그 얼굴을 보고 말을 걸어야 하는가? 전혀 모르는 척해야 하는가? 차츰 그들은 부인에게 아무 일도 생기지 않은 듯이 대하기로 마음먹고 그녀의 병에 대해서는 전혀 모르는 척했다. 그들은 부인의 딱딱한 표정에 절대로 당황하지 않으려 하면서 떠들고 웃었다. 그것은 괴상한 광경이었다. 그들은 소녀들이 인형을 보고 말하듯이 하나의 동상을 보고 말을 했다. 부인은 그들 앞에서 뻣뻣하고 말없이 앉아 있을 뿐이었다. 그들은 수다를 떨고 부인과 신나게 대화하는 것처럼 시늉을 하면서 이런저런 몸짓을 보였다. 미쇼와 그리베는 상대방의 훌륭한 옷차림을 서로 칭찬했다. 이런 태도가 예의에 맞는 것이라 생각했기 때문이다. 동정이나 연민 같은 것을 말해 지루하게 하지는 않았다. 라캥 부인은 자신이 건강한 사람으로 대접받는 걸 알고 좋아했을 것이다. 점차 그들은 부인 앞에서도 마음놓고 전혀 거북함 없이 즐길 수 있게 되었다.

그리베는 이상한 고집을 부렸다. 그는 자신이 라캥 부인과 의사가 완전히 통하여, 부인이 쳐다보기만 하면 곧장 무엇을 원하는지 알 수 있다고 단언했다. 그것 역시 세심한 선의의 표시였다. 그러나 번번이 그리베의 생각은 들어맞지 않았다. 그는 가끔 도미노 게임을 중단하고, 조용히 쳐다보는 반신불수의 부인을 살펴보고는 그녀가 이러저러한 것들을 원하고 있다고 선언했다. 그러나 라캥 부인은 아무것도 바라지 않았거나 혹은 전혀 다른 것을 원하고 있었다. 그렇지만 그리베는 용기를 잃지 않고 자랑스럽게 "내 말이 어때!" 하고 소리치고는 곧 다시 멋대로 추측하곤 했다. 부인이 정작 자신이 바라는 것을 드러냈을 때는 모두들 긴장했다. 테레즈, 로랑, 그리고 손님들은 차례로 부인이 무엇을 바라는지 대보았다. 이럴 때도 그리베는 당치도 않은 말을 해서 사람들을 아연케 했다. 그는 되는 대로 자기 머릿속에 생각나는 것을 모두 주워댔으나, 언제나 그가 제시한 것은 라캥 부인이 바라는 것과는 완전히 다른 것이었다. 그래도 그는 되풀이 말했다.

"난 책을 읽듯이 부인의 눈을 읽는다네. 저 봐, 부인이 내가 옳다고 말하지 않아…… 그렇지요, 아주머니? 그래, 그래요."

그러나 가련한 부인의 소원을 알아차리기란 쉬운 일이 아니었다. 테레즈만이 그런 기술을 갖고 있었다. 그녀는 죽은 육체의 밑바닥에 매장되어 있는 이 답답한 정신과 쉽사리 통하고 있었다. 인생에 한몫 끼지는 못하고 겨우 바라보고만 있는 이 비참한 인간 속에는 무슨 일이 일어나고 있을까? 그녀는 보고 듣고, 명확하고 똑똑히 이치를 따지고 있을 게다. 그러나 가슴속에서 생겨나는 생각들을 외부로 표현할 수 있는 음성이나 몸짓이 그녀에게는 없었다. 아마도 몹시 답답했으리라. 그녀는 세계의 운명이 그녀의 동작 하나와 한마디 말로 결정된다고 하더라도 손을 들 수 없었고, 입을 열 수도 없었으리라. 그녀의 정신은, 잘못 파묻혔다가 땅속 이삼 미터의 어둠 속에서 잠을 깨는 산 사람들의 그것과 같았다. 그들은 소리치고 펄펄 뛰지만 남들은 애처로운 소리를 듣지 못한 채 그 위를 지나가게 마련이다. 가끔 로랑은 입을 꾹 다물고 무릎 위에 손을 나란히 모아놓고서 생생하고 재빠른 두 눈에만 생명을 담고 있는 라캥 부인을 쳐다보고 이렇게 생각하곤 했다.

'저 노인이 혼자서 뭘 생각하고 있는지 누가 알겠어…… 틀림없이 죽은 듯한 가슴속에서는 어떤 무서운 비극이 생겨나고 있겠지.'

그러나 로랑의 생각은 맞지 않았다. 라캥 부인은 그들의 보살

핌과 애정에서 극진한 행복을 느끼고 있었다. 그녀는 헌신과 애정에 싸여서 이처럼 천천히 죽어가기를 오래 전부터 바라고 있었던 터였다. 물론 할 수만 있다면 자기를 평화롭게 죽을 수 있도록 도와주는 사람들에게 감사의 뜻을 표하고 싶었다. 그러나 그녀는 자신의 상태를 순순히 받아들였다. 언제나 조용히 살아왔고 또 성격이 부드러워서 그녀는 말할 수 없고 움직일 수 없는 자신의 고통을 그렇게 심하게 느끼지는 않았다. 그녀는 다시 어린애가 되어 근심 없이 과거를 생각하며 앞만 바라본 채로 세월을 보내고 있었다. 마침내는 소녀처럼 안락의자에 얌전히 앉아 있는 일에서 즐거움을 맛보기까지 했다.

그녀의 눈은 매일 더욱 부드럽고 더욱 투명한 빛을 지니게 되었다. 그리고 손이나 입을 쓰듯이 눈을 써서 무엇을 부탁하든지 고맙다는 뜻을 나타냈다. 이처럼 그녀는 이상하지만 매력적인 방법으로 자신에게 결핍된 기관을 보충했다. 그 시선은 늘어지고 찡그린 살이 매달린 얼굴 한복판에서 거룩하고 아름답게 빛났다. 비틀려 움직이지 않는 입술이 더이상 미소를 지을 수 없게 된 후, 그녀의 눈은 놀라울 정도로 따뜻함을 나타내며 미소지었다. 거기서는 촉촉한 빛이 나오기도 하고 새벽 같은 광선이 비치기도 했다. 죽은 얼굴 속에서 마치 입술처럼 웃는 그 눈보다 더 신기해 보이는 것은 없었다. 얼굴 아래쪽은 맥없고 창백했지만

위는 거룩할 정도로 밝았다. 그녀가 이처럼 단순한 시선으로 모든 감사의 뜻과 영혼의 애정을 나타내는 것은 특히 며느리 내외를 위해서였다. 아침저녁으로 로랑이 팔에 안아 자신을 옮기면 그녀는 부드러움이 가득 찬 시선과 사랑하는 마음으로 그에게 감사했다.

그녀는 죽음을 기다리면서, 이제는 어떠한 새로운 불행도 겪지 않으리라 생각하면서 몇 주일을 살아왔다. 고통은 당할 만큼 당한 줄로 여겼던 것이다. 그러나 오산이었다. 어느 날 저녁 그녀는 무서운 고통에 짓눌렸다.

테레즈와 로랑은 그들 사이 환한 불빛 아래 부인을 앉혀두려 했으나 소용없었다. 그녀는 이미 그들을 떼어놓고 괴로움으로부터 보호해줄 수 있을 정도의 생명력을 갖고 있지 않았던 것이다. 그녀가 거기에 앉아, 그들을 바라보고 이야기를 듣고 있다는 것을 망각했을 때 그들은 환영에 사로잡혔다. 그들은 눈앞에 나타난 카미유를 쫓아내려고 안간힘을 썼다. 바로 그때 그들은 중얼거리며, 전혀 뜻하지 않게, 모든 것을 라캥 부인에게 고백하고 말았다. 로랑은 마치 환각에 사로잡힌 사람처럼 정신착란에다 발작을 일으키며 이야기하고 있었다. 반신불수의 늙은 부인은 갑자기 모든 것을 알아차리게 되었다.

무서운 경련이 그녀의 얼굴을 지나갔다. 테레즈가 보기에 뛰어오르고 고함을 친다고 생각될 정도로 그녀는 심한 충격을 받았다. 그러다가 다시 쇠처럼 딱딱하게 되어 주저앉았다. 충격은 시체를 한순간 소생시킬 정도로 무서운 것이었다. 그러나 잠시 회복되었던 감각은 곧 사라졌다. 부인은 더욱 힘없고 더욱 창백하게 되었다. 평소의 부드럽던 눈은 마치 금속 부스러기처럼 검고 딱딱해졌다.

평생 이렇게 심한 절망 속에 떨어진 적은 한 번도 없었다. 끔찍한 진실은 마치 번개처럼 부인의 눈을 불태우고, 그 마음속에 벼락같은 타격을 주었다. 만약 그녀가 일어서서 목에 치미는 공포의 고함을 지르고 아들의 살인자들을 저주할 수 있었더라면 고통은 줄어들었을지도 모른다. 그러나 모든 것을 듣고 모든 것을 이해한 후에도 그녀는 터질 것 같은 괴로움을 간직한 채 말없이 움직이지 못하고 있어야만 했다. 그녀에게는 테레즈와 로랑이 자기를 안락의자에 비끄러매어 덤벼들지 못하게 하고 "우리가 카미유를 죽였어!"라고 되풀이하여 말하면서 커다란 기쁨을 느끼는 것처럼 보였다. 그리고 자기 입에서 울음이 터져나오지 못하도록 재갈을 물린 것같이 생각되었다. 분노와 고통이 출구를 찾지 못한 채 그녀의 육체 속에서 사납게 요동치고 있었다. 그녀는 초인적으로 애를 써서 자기를 짓누르는 무게를 들어올리고, 목을 풀어 절망의 파도가 터져나올 수 있도록 해보았다. 그러나 마지막 노력도 허사였다. 그녀는 입천장에 차디찬 혀를 느꼈다. 마비 상태에서 빠져나올 수 없었던 것이다. 시체와 같은 무기력은 그녀를 뻣뻣하게 만들어버렸다. 그녀의 감각은, 혼수 상태로 땅에 묻혀서 육체의 끈에 속박된 채 머리 위에서 모래를 끼얹는 삽질 소리를 듣는 사람의 감각과 비슷했다.

마음속에서 일어난 화는 더욱 무시무시했다. 마음속에서 무언가가 왈칵 무너진 것 같았다. 그녀의 전 생애는 황폐하게 되고, 모든 애정과 선의와 헌신은 난폭하게 뒤집혀 발길에 짓밟혔다. 그녀는 따뜻하고 애정에 싸인 생활을 해왔었다. 그런데 삶의 막바지에, 조용하고 행복한 생활의 믿음을 가지고 무덤 속으로 떠나려 할 때, 단 하나의 목소리가 그녀에게 모든 것이 거짓이며, 모든 것이 죄악이라고 소리쳤던 것이다. 찢어진 베일을 통해서, 자기가 보았다고 생각했던 사랑과 우정의 피안에서 피와 치욕의 흉악한 광경을 보게 된 것이다. 만일 저주할 수만 있었더라면 그녀는 하느님을 저주했을 것이다. 하느님은 그녀를 곰살궂고 착한 소녀처럼 다루고, 조용한 기쁨의 거짓된 캔버스로 그녀의 눈을 즐겁게 해주면서 육십 년 이상 속여왔던 것이다. 그래서 어리석게도 당치 않은 많은 것을 믿고, 현실이 정욕의 피비린내 나는 진흙탕이라는 것을 보지 못한 채 어린애로 머물러 있었던 것이다. 하느님은 나빴다. 하느님은 진작 그녀에게 진실을 말하거나 그렇지 않으면 천진스럽게 눈을 감은 채 죽도록 내버려두어야 했다. 그러나 이제는 사랑을 부정하고 우정을 부정하고 희생하는 마음을 부정하면서 죽어갈 수밖에 없다. 남은 것은 살인과 욕정뿐이었다.

카미유가 테레즈와 로랑의 손에 죽었다니! 그들이 더러운 간통을 저지르다가 이런 범죄를 생각해냈다니! 라캥 부인으로서는 명확하고 선명하게 생각할 수도 없고, 이해할 수도 없는 심연이었다. 그녀는 무시무시한 전락만을 느꼈다. 자기 자신이 컴컴하고 싸늘한 구멍에 떨어지는 것 같았다. 그녀는 생각했다. '난 밑바닥으로 떨어져서 바스러지는구나.'

최초의 충격이 지나간 후에도 끔찍한 범죄가 도무지 믿어지지 않았다. 이윽고 그 전에는 이해할 수 없었던 사소한 일들을 돌이켜본 끝에 간통과 살인을 확신하게 되자 그녀는 미쳐버릴 것만 같았다. 그렇다, 테레즈와 로랑이, 자신이 키운 테레즈와 헌신적이고 따뜻한 어머니로서 사랑해주었던 로랑이 바로 카미유의 살인자들이었던 것이다. 이런 생각이 머릿속에서 마치 거대한 바퀴처럼 요란스러운 소리를 내면서 돌고 있었다. 그녀는 이 구역질 나는 상황을 자세히 알아차리게 되어 극도의 위선을 목도하고, 가혹하고 얄궂은 이중의 광경을 보게 되자 더이상 생각하기가 싫어 죽고 싶었다. 기계적이고 억누를 수 없는 단 하나의 생각만이 돌출구처럼 끈기 있고 무겁게 그녀의 두뇌를 짓고 있었다. 그녀는 '내 아들을 죽인 것은 내가 키운 애들이다' 라고 되풀이하여 생각했다. 그녀는 그밖에 자기의 절망을 달리 표현할 길을 알지 못했다.

급격한 마음의 변화를 겪으면서도 더듬더듬 정신을 차리려고 했으나 이젠 자기 자신을 알 수 없게 되었다. 평생의 모든 신의를 쫓아내는 복수심이 포악하게 치밀어올라 제정신이 아니었다. 그녀는 완전히 다른 사람이 되고 마음속이 어두워졌다. 죽어가는 살 속에서, 아들의 두 살인자를 물어뜯으려는 사정없이 잔인한 새로운 인간이 태어나는 걸 느꼈다.

중풍의 죽음과 같은 포옹을 받아들였을 때, 테레즈와 로랑의 목덜미에 뛰어들어 그들을 죽일 수 없음을 알았을 때, 그녀는 단념하고 침묵을 지킬 뿐 아무것도 할 수 없었다. 그러자 굵은 눈물이 두 눈에서 똑똑 떨어졌다. 말할 수 없고 움직이지 못하는 이 절망보다 더 애타는 것은 없었다. 주름살 하나 움직이지 않는 죽은 얼굴 위로 방울방울 떨어지는 이 눈물, 전혀 슬픔을 나타낼 수 없이 오직 눈만으로 흐느껴 우는 맥없고 창백한 이 얼굴은 가슴 아픈 광경이었다.

테레즈는 무섭고도 측은한 마음에 사로잡혔다.

"침대에 뉘어야겠어요" 하고 그녀는 시어머니를 가리키면서 로랑에게 말했다.

로랑은 급히 반신불수의 늙은 부인을 침실로 데려갔다. 그리고 허리를 굽혀 팔 안에 부인을 안았다. 이 순간, 라캥 부인은 어느 힘찬 스프링의 힘이라도 빌려 발을 딛고 일어서고 싶었다. 그녀는 안간힘을 다했다. 하느님은 로랑이 자기를 가슴에 꼭 껴안게 내버려두지는 않을 것이다. 만약 로랑이 그따위 흉측하고 뻔뻔스러운 짓을 한다면 벼락이 떨어질 것이다. 그녀는 이런 생각을 했으나 아무런 힘도 얻을 수 없었다. 하느님은 그 벼락을 보류했던 것이다. 그녀는 마치 옷 뭉치처럼 힘이 빠져 꼼짝할 수 없었다. 살인자 로랑의 팔에 들려 운반될 수밖에 없었다. 그녀는 카미유를 죽인 살인자의 팔에 몸을 맡긴 것을 느끼면서 괴로워했다. 그녀의 머리는 로랑의 어깨 위에 놓여 있었다. 그리고 그 어깨를 공포에 싸인 눈으로 쳐다보았다.

"자, 날 잘 봐" 하고 로랑은 중얼거렸다. "당신 눈은 날 잡아먹지 못할걸."

로랑은 우악스럽게 그녀를 침대 위로 던졌다. 부인은 침대 위에 기절해 쓰러졌다. 그녀의 마지막 생각은 공포와 혐오감이었다. 이후로도 그녀는 아침저녁으로 로랑의 그 더러운 팔에 안겨야만 했다.

27

두 내외가 라캥 부인 앞에서 입을 열고 고백을 하게 된 것은 오직 공포의 발작 때문이었다. 그들은 둘 다 천성적으로 잔인하지는 않았다. 만약 말을 하지 않고도 그 발작을 견딜 수 있었더라면 그들은 인정상으로도 그런 고백을 하지 않았을 것이다.

그 다음 목요일 그들은 이상스럽게 불안했다. 그날 아침 테레즈는 로랑에게 저녁 모임이 있는 동안 시어머니를 식당에 그대로 두어도 괜찮겠느냐고 물었다. 모든 것을 알고 있는 그녀가 자칫하면 사람들이 눈치를 채게 할지도 모르는 일이었다.

"쓸데없는 소리!" 하고 로랑은 대답했다. "저 노파는 새끼손가락 하나 움직일 수 없어. 어떻게 지껄일 수 있다는 거야?"

"아마 무슨 방법을 찾아낼 거예요" 하고 테레즈는 대답했다.

"그날 밤부터 난 아주머니의 눈 속에서 무서운 결단을 읽었단 말이에요."

"아니야. 의사 말이, 저 노파는 이젠 다 틀렸다고 했어. 겨우 다시 입을 뗄 수 있다 해도 마지막 숨을 넘길 때뿐일걸. 얼마 남지 않았어. 괜히 오늘 저녁에 일을 벌여서 가슴 졸이는 사태를 만드는 건 어리석은 짓이야."

테레즈는 몸을 떨었다.

"그게 무슨……" 하고 그녀는 외쳤다. "아, 그래요! 더이상 피를 볼 순 없어요. 단지 침실에 가둬두고 아파서 자고 있다고 핑계를 대면……"

"아주 좋은 생각이군! 그럼 그놈의 멍청한 미쇼란 자가 대뜸 침실에 들어가 살펴보겠지. 그렇게 되면 우리는 끝장이 날 수도 있어."

그는 망설였다. 그리고 침착해 보이려 했으나 불안해져서 중얼거렸다.

"그냥 되는 대로 내버려두는 게 차라리 나아. 모두 바보들이니까, 틀림없이 노파의 말 못 하는 절망을 전혀 알지 못할 거야. 절대로 의심하지 않을 거라고. 그런 일은 꿈에도 생각해본 일이 없을 테니 말이야. 한 번만 겪고 나면 우리들의 신중치 못했던 실언에 대해서 과히 걱정하지 않아도 괜찮을 거야. 두고 봐. 다

잘될 테니."

저녁에 손님들이 왔을 때 라캥 부인은 난로와 식탁 사이의 원래 자리를 차지하고 있었다. 로랑과 테레즈는 기분 좋은 척 그들의 두려움을 감추면서 언젠가는 일어날 수밖에 없는 사건을 고통스럽게 기다리고 있었다. 그들은 램프의 갓을 아주 낮게 내렸다. 기름 먹인 식탁보에만 불빛이 비쳤다.

손님들은 도미노 게임을 하기 전이면 언제나 하는, 평범하고 수다스러운 잡담을 나누었다. 그리베와 미쇼는 여느 때처럼 부인의 건강을 묻고는 자기들이 스스로 멋있는 대답을 꾸며댔다. 그런 다음 가련한 부인은 거들떠보지도 않고 게임에 정신을 팔았다.

라캥 부인은 무서운 비밀을 안 뒤부터 이 저녁 모임을 몹시 기다리고 있었다. 그녀는 살인자들을 고발하려고 마지막 힘을 모두 모았다. 그녀는 이 모임에 참석하지 못할까 걱정했었다. 로랑은 자기를 몰아내거나 자칫하면 죽일 수도 있었다. 아니면 적어도 침실에 가두어두리라고 생각했었다. 그런데 뜻밖에도 모임에 참석해 손님들 옆에 앉게 되었을 때, 그녀는 아들의 복수를 할 수 있게 되었다고 생각하며 뜨거운 기쁨을 느꼈다. 자기 혀가 아주 죽어버린 것을 알고 있는 그녀는 새로운 표현법을 생각해냈다. 그녀는 놀라운 의지력으로 자신의 오른손에 한순간 힘을 주어 언제나 맥없이 놓여 있던 무릎에서 살짝 쳐들 수 있게 되었다. 그런 다음 그녀는 그 손을 자기 앞에 있는 식탁의 다리를 따라 조금씩 들어올렸다. 그리고 마침내는 기름 먹인 식탁보 위에 놓았다. 그녀는 주의를 끌려는 듯 손가락을 희미하게 움직였다.

사람들은 희고 흐물흐물하고 죽어 있는 그 손을 보고 몹시 놀랐다. 그리베는 신나게 좋은 패를 내놓으려 하다가 팔을 공중에 들고 멈췄다. 부인은 중풍에 걸린 뒤로 손을 움직이지 못했던 것이다.

"이것 봐, 테레즈" 하고 미쇼가 외쳤다. "부인이 손가락을 움직이네. 부인은 틀림없이 무언가를 원하고 있는 거야."

테레즈는 대답을 못 했다. 그녀는 로랑과 마찬가지로 시어머니가 애를 쓰고 있는 것을 지켜보고 있었다. 무언가를 말하려 하는 복수심에 가득 찬 듯한 손은 램프의 강한 불 밑에 놓여 더욱 창백해 보였다. 두 살인자는 숨가쁘게 기다렸다.

"그래, 알았다" 하고 그리베가 말했다. "뭔가를 바라는 거야. 오! 우린 서로 뜻이 통해…… 도미노 게임을 같이 하고 싶은 거야. 응! 그렇지요, 아주머니?"

라캥 부인은 맹렬히 아니라는 표시를 했다. 그녀는 손가락 하나를 펴고 다른 손가락들을 안간힘을 다해 접었다. 그리고 식탁 위에 고통스럽게 글씨를 썼다. 그녀가 몇 획을 그리지도 않았을 때, 그리베는 자랑스럽게 다시 외쳤다.

"알겠다. 내가 좋은 패를 냈다고 하는 거야."

부인은 늙은 철도국 직원에게 무서운 시선을 던지고 자기가 쓰려던 낱말을 다시 쓰기 시작했다. 그러나 그리베는 번번이 쓸 필요가 없다고 하며 중단시켰다. 자기는 다 알았다는 것이다. 그리고 더욱 엉터리 소리를 했다. 그러자 미쇼가 마침내 그리베를 잠자코 있게 했다.

"왜 이래! 라캥 부인이 말하게 그냥 내버려둬. 부인, 무슨 말이지요?"

미쇼는 귀를 기울이듯 기름 먹인 식탁보 위를 들여다보았다. 그러나 부인의 손가락은 한 단어를 열 번 이상 되풀이해 쓰면서 지쳐가고 있었다. 손가락은 좌우로 떨리면서 겨우 한 단어를 그려냈다. 미쇼와 올리비에는 몸을 구부리고 보았으나 알아보지 못해서 부인에게 다시 첫번째 철자를 쓰게 했다.

"아, 옳지" 하고 올리비에가 별안간 외쳤다. "이번에는 알아봤어. 지금 막 테레즈라는 이름을 썼어. 봅시다, '테레즈와……' 아주머니, 끝까지 다 쓰세요."

테레즈는 자칫 고통의 고함을 지를 뻔했다. 그녀는 시어머니의 손가락이 기름 먹인 식탁보 위로 미끄러지는 것을 보고 있었는데, 그 손가락이 자신의 이름과 범죄를 불로 새겨놓는 것 같았다. 로랑은 부인에게 덤벼들어 팔을 꺾어놓을까 생각하며 자리에서 일어났다. 그는 모든 것이 다 틀렸다고 생각했다. 부인의 손이 카미유가 살해됐다는 것을 밝히기 위해 다시 살아난 것을 보니 무겁고 차디찬 벌이 내리는 것 같았다.

라캥 부인은 여전히 글씨를 썼지만, 점점 더 머뭇거리고 있었다.

"옳아, 난 완벽하게 읽었어" 하고 올리비에는 두 내외를 쳐다보면서 말했다. "아주머니는 두 분의 이름을 쓰셨어요. '테레즈와 로랑……' 이라고."

부인은 살인자들을 향해 질리는 시선을 던지면서 그렇다는 시늉을 되풀이했다. 그리고 끝까지 글씨를 쓰려고 했다. 그러나 손가락은 뻣뻣해지고 손가락을 움직이게 했던 마지막 힘도 사라졌다. 그녀는 팔을 따라 마비 상태가 다시 천천히 내려와서 손을 엄습하는 것을 느꼈다. 그녀는 급히 또 한 낱말을 그렸다.

늙은 미쇼가 큰 목소리로 읽었다.

"테레즈와 로랑이…… 했다."

그러자 올리비에가 물었다.

"그들이 무얼 했습니까? 당신의 소중한 아이들이?"

미칠 듯한 공포에 사로잡힌 살인자들은 하마터면 큰 소리로 문장의 끝을 이을 뻔했다. 그들은 떨리는 눈으로 복수심에 찬 부인의 손을 뚫어지게 들여다보고 있었다. 그때 별안간 그 손은 경련을 일으키더니 식탁 위에 납작 퍼지고 말았다. 그리고 마치 생명 없는 살덩어리인 양 불구자의 무릎을 따라 다시 미끄러져 내려갔다. 마비 증세가 다시 와서 간신히 그들의 처벌은 유예되었다. 실망한 미쇼와 올리비에는 다시 자리에 앉았다. 테레즈와 로랑은 가슴을 두드리는 피의 급격한 고동 밑에서 기절할 만큼 지독한 쓰디쓴 기쁨을 맛보고 있었다.

자기 말을 아무도 믿지 않아 기분이 좋지 않던 그리베는 라캥 부인의 끝맺지 않은 구절을 보충함으로써 자기 해석의 확실성을 다시 믿게 할 시기가 왔다고 생각했다. 사람들이 부인의 중단된 구절을 알아내려 하자, 그는 말했다.

"그건 빤해. 눈을 보면 난 그 구절 전체를 알아차릴 수 있어. 식탁에 다 쓸 필요도 없어. 부인의 시선 하나만 봐도 충분해. 아주머니는 '테레즈와 로랑은 날 잘 보살펴줘' 라고 말하려는 거야."

그리베는 자신의 상상력을 뽐낼 만도 했다. 왜냐하면 거기 모인 사람들의 의견도 모두 같았으니 말이다. 손님들은 두 내외를 칭찬하기 시작했다.

"부인이 자신에게 따뜻한 애정을 보인 두 내외에게 감사의 뜻을 표한 것은 확실해. 이건 가족 전체의 명예지" 하고 늙은 미쇼는 엄숙히 말했다.

그러고는 도미노를 다시 잡으면서 덧붙였다.

"자, 시작하세. 어떻게 된 거지? 그리베가 좋은 패를 던지려고 했었지, 그런 것 같은데."

그리베는 그 패를 던졌다. 도미노 게임은 지루하고 단조롭게 계속되었다.

무서운 절망에 빠져든 부인은 자신의 손을 들여다보고 있었다. 그 손이 그녀를 배반했다. 지금은 손이 납같이 무거웠다. 다시는 그 손을 들지 못할 것이다. 하늘은 카미유의 원수를 갚는 걸 원하지 않았던 것이다. 하늘은 카미유의 어머니에게서, 아들이 희생된 살인사건을 사람들에게 알릴 수 있는 유일한 방법을 빼앗아버린 것이다. 가련한 부인은 이제 자기가 할 수 있는 최선은 땅속에서 아들을 만나보는 것뿐이라고 생각했다. 그녀는 이제 자신의 존재가 무의미하게 느껴졌다. 그녀는 자신이 이미 깜깜한 무덤 속에 있다고 여기며 눈을 감았다.

28

두 달 전부터 테레즈와 로랑은 그들의 결합 때문에 생겨난 괴로움 속에서 몸부림치고 있었다. 그들은 서로 상대방 때문에 고통을 느꼈다. 그러자 마음속으로 서서히 증오심이 차올라오게 되어, 그들은 마침내 서로 말없이 위협에 가득 찬 증오의 시선을 던지게 되었다.

증오심은 피할 수 없었다. 그들은 마치 야수처럼 피가 서린 뜨거운 정욕으로 서로 사랑했었는데, 범죄의 흥분 가운데에서 그 사랑은 공포로 변해버렸다. 이제 결혼하여 함께 생활함으로써 필연적으로 갖게 된 고통을 겪으면서, 그들은 서로 부정하고 서로 화를 냈다.

그것은 무서운 폭발을 내포한 가혹한 증오심이었다. 그들은 서로 거북함을 느꼈다. 언제까지나 서로 얼굴을 마주하지 않을 수 있다면 평화로운 생활을 하고 있으리라 생각했다. 서로 대면할 때면 거대한 무게가 그들을 질식시키는 것 같았다. 할 수만 있다면 그 무게를 치워버리고 없애고 싶었다. 입 안에는 서로의 가슴을 할퀼 말들을 잔뜩 머금었고, 눈으로는 난폭한 생각이 지나갔다. 그들은 서로를 찢어발기고 싶었다.

실상 오직 하나의 생각만이 그들을 갉아먹고 있었다. 즉, 자신들의 범죄에 대한 분노, 인생을 영원히 망쳤다는 절망이 그것이다. 여기에서 그들의 모든 고통과 모든 증오심이 생겨났다. 그들은 불행을 바꿀 수 없음을 느꼈고, 죽을 때까지 카미유를 죽인 것 때문에 고통을 느끼리란 걸 알게 되었다. 영원히 이런 괴로움을 겪어야 한다고 생각하면 미칠 지경이었다. 누구를 탓해야 좋을지 알 수 없었던 그들은 스스로를 나무라고 서로 욕지거리를 했다.

그러나 자신들의 결혼이 살인의 숙명적 벌이라는 것을 내놓고 인정하기는 싫었다. 그들은 자기들 눈앞에 전개되는 생활을, 진실을 외치는 마음속의 목소리를 듣기를 거부했다. 그러나 걷잡을 수 없는 분노의 폭발 속에서, 자신들의 고뇌의 깊이와, 욕망을 채우기 위해 살인을 저지르게 했으나 결국 황폐하고 견딜 수 없는 존재만을 남긴, 그들 본성이 가진 열정적인 이기심만은 분간할 수 있었다. 과거를 회상해보면 육욕을 채우며 평화롭게 살고 싶다는 희망은 실패로 돌아가고, 오직 회한만이 남았음을 알 수 있었다. 만일 마음 편히 포옹하고 즐겁게 살 수 있었다면 조금도 카미유를 딱하게 여기지 않았을 것이며, 자신들이 저지른 범죄에서 커다란 이득을 누렸을 것이다. 그러나 육체는 결혼으로부터 뒷걸음질치고 있었다. 그리하여 그들은 공포와 혐오감이 그들을 어디로 이끌어가는지 무서운 마음으로 생각해보았다. 다만 불길하고 난폭한 결말을 지닌, 고통에 찬 무서운 미래만이 보일 뿐이었다. 그들은 마치 함께 묶인 두 적대자들처럼 빠져나가려고 헛된 애를 쓰며 발버둥을 쳤지만 풀려나지 못한 채 무기력해지기만 했다. 그러다가 결박된 상태에서 영원히 빠져나가지 못하리란 걸 깨닫게 된 그들은 살을 도려내는 듯한 끈에 신경이 상하고, 서로의 접촉에 구역질을 느끼고, 매시간 괴로움이 증가하는 걸 느꼈다. 그리고 자기들이 제 손으로 제 몸을 결박한 것을 망각하고는 한순간도 더 결박을 견딜 수가 없어서, 서로를 심하게 책망하고, 서로 욕설을 퍼붓고, 고함지르고 비난함으로써, 괴로움을 덜고 스스로 낸 상처를 감싸려고 애썼다.

매일 저녁 싸움이 벌어졌다. 마치 서로 화를 내면서 굳은 신경을 풀어주기를 기대하는 듯했다. 그들은 서로 엿보고 시선으로 더듬어 살피면서 상처를 뒤적거리고, 그 상처를 찔러서 고통에 찬 고함을 지르게 하는 일에서 쓰디쓴 쾌락을 맛보았다. 이처럼 그들은 그들 자신에 지쳐, 계속적인 자극 속에서 괴로움으로 미칠 것처럼 되지 않고는 한마디 말도, 하나의 몸짓도, 그리고 하나의 시선도 이미 견딜 수 없었다. 온몸과 정신이 포악한 짓을 하게끔 되어버렸다. 최소한의 인내심과 아주 사소한 불평도 기묘한 공포로 고장난 그들의 기관 속에서 증폭되어 단번에 무시무시한 난폭성으로 나타났다. 아무것도 아닌 일이 다음날까지 계속되는 폭풍우를 일으켰다. 너무 뜨거운 음식이나, 열린 창문이나, 한마디의 대꾸나 단순한 시선 하나도 그들을 무시무시한 광증으로 몰아넣기에 충분했다. 그리고 다툴 때면 언제나 노골적으로 죽은 자의 이야기를 끌어내놓곤 했다. 한 마디 두 마디 오가다 결국 그들은 센 강에서 카미유를 죽인 일을 서로 비난했다. 그렇게 되면 얼굴이 빨개지고 미칠 지경으로 흥분했다. 숨을 몰아쉬며, 때리고, 욕설을 퍼붓고, 남부끄러울 정도의 난폭한 짓이 벌어지는 가혹한 장면이 이어졌다. 보통 두 사람은 식사 후에 이처럼 야단법석을 떨곤 했다. 그들은 자신들의 절망적인 소리가 밖에 들리지 않도록 식당에만 머물렀다. 그들은 노란 램프가 켜진 그 축축한 지하실 같은 구석에서 마음껏 서로를 헐뜯을 수 있었다. 고요하고 차가운 분위기 속에서 목소리는 메말라 찢어질 듯했다. 그들이 싸움을 그치는 것은 견딜 수 없이 피로할 때였다. 그때야 비로소 얼마간의 휴식을 맛보았다. 싸움은 필수품처럼, 신경을 둔하게 만들어 잠들게 하는 방법 같았다.

라캥 부인은 그들의 대화를 모두 듣고 있었다. 두 손을 무릎 위에 무기력하게 내려놓고, 머리는 꼿꼿이 세우고, 얼굴은 무표정하게 굳은 채로 언제나 안락의자에 앉아 있었다. 그녀는 모든 것을 들었다. 그녀의 죽은 살은 떨리지 않았다. 눈은 무섭도록 두 살인자를 노려보고 있었다. 그녀가 겪어야 하는 수난은 가혹한 것이었다. 그녀는 이렇게 해서 카미유를 살해한 사건, 자기가 귀여운 아이들이라고 불렀던 테레즈와 로랑의 추악한 범죄의 전말을 모두 알게 되었다.

부부의 싸움은 부인에게 자세한 상황을 알려주었고, 공포에 질린 그녀의 눈앞으로는 흉악한 사건의 삽화가 전개되었다. 피비린내 나는 진흙 속으로 빨려들어가면서 지옥의 밑바닥에 닿는 것 같아 그녀는 신의 은총에 호소했다. 하지만 아직도 더 밑으로 내려가야 했다. 매일 저녁 그녀는 새로운 일을 알아야 했다. 무시무시한 이야기가 끊임없이 드러났다. 그녀는 끝없는 악몽 속에 빠진 듯했다. 첫번째 고백만 해도 충분히 난폭하고 두려운 것이었으나, 두 내외가 화내며 싸우는 와중에 범죄의 사악한 양상이 자세히 되풀이되는 것을 듣고 있으면 괴로움은 몇 배로 커졌다. 하루 한 번씩 부인은 아들의 살인사건 이야기를 들어야만 했다. 매일 그 이야기는 더욱 무시무시하게 되었고 상세하게 드러났다. 그것은 부인의 귀에 끝 모를 잔인한 폭력처럼 쏟아졌다.

큰 눈물 방울이 조용히 흘러나오는 창백한 시어머니의 얼굴 앞에서 테레즈는 회한에 사로잡히기도 했다. 그녀는 로랑에게 잠자코 있으라고 눈짓으로 간청하면서 시어머니를 가리켰다.

"내버려둬" 하고 로랑은 우악스럽게 외쳤다. "우릴 고발하진 못할 테니까…… 어쨌든 나는 저 노파보다 행복하단 말이야. 우린 노파의 돈을 가졌는데, 뭐가 걱정이야?"

이렇게 또다시 싸움은 거칠고 사납게 카미유를 몇 번이나 죽이면서 계속되었다. 가끔 측은한 마음이 생기기도 했지만 부인을 자기 침실에 가둬두고 범죄 이야기를 듣지 못하게 할 생각은 감히 하지 못했다. 만약 죽어가는 이 시체 같은 노인이 두 사람 사이에 끼어 있지 않으면 서로를 죽여버릴 것만 같은 두려움에 휩싸였기 때문이다. 그들의 동정은 비겁한 마음에 굴복했다. 자신들의 환각으로부터 스스로를 보호하기 위해서는 늙은 부인의 존재가 필요했으므로, 그녀에게 말할 수 없는 고통을 강요했던 것이다.

그들의 언쟁은 언제나 비슷했고 똑같은 욕설이 오갔다. 카미유의 이름이 튀어나와 그를 죽인 것은 당신이라고 서로 상대방을 비난하게 되면, 한바탕 무서운 난리가 벌어지곤 했다.

어느 날 저녁식사를 하고 있을 때였다. 화를 낼 구실을 찾고 있던 로랑은 주전자의 물이 미지근한 것을 발견했다. 그러자 그는 미지근한 물은 욕지기가 난다고 하면서 시원한 물을 마시고 싶다고 했다.

"얼음을 구할 수 없었어요."

테레즈는 쌀쌀맞게 대답했다.

"좋아, 난 물 안 마시겠어."

"이 물도 아주 괜찮은데요."

"미지근하고 진흙 냄새가 나. 강물 같아."

그러자 테레즈가 대꾸했다.

"강물이라고요!"

그리고 그녀는 흐느껴 울었다. 무언가가 연상되었던 것이다.

"왜 울어?"

이미 대답을 알고 있는 로랑이 안색이 변한 채 물었다.

"난…… 눈물이 나요. 난…… 당신도 잘 알잖아요. 내가 왜 우는지. 하느님 맙소사, 바로 당신이 그이를 죽였어요."

"거짓말이야!" 하고 그는 힘껏 소리쳤다. "당신은 거짓말을 하고 있어. 알면서 왜 그래? 내가 그자를 강에 던진 것은 당신이 그렇게 하도록 몰아댔기 때문이야."

"내가? 내가요!"

"그럼 당신이지! 모르는 척 말아. 강제로 고백시켜야 알겠어? 당신은 당신의 죄를 고백하고 살인에 가담했다는 걸 인정해야 해. 그래야 내 마음이 가라앉고 풀리겠어."

"그렇지만 난 카미유를 물에 빠뜨리지 않았어요."

"어째서 아니야, 천만의 말씀이지. 당신이야…… 오! 당신은 놀란 척하고 잊어버린 척하는군. 기다려봐, 내가 당신의 기억을 되살려줄 테니."

그는 식탁에서 일어나 그녀를 향해 몸을 구부렸다. 얼굴이 불꽃처럼 된 그가 그녀를 노려보며 외쳤다.

"생각나? 당신은 물가에 있었어. 내가 '저놈을 강물에 던져버리겠어' 라고 가만히 얘기하니까 당신은 동의하고 보트 안으로 들어왔잖아. 잘 알겠지, 당신이 나와 함께 그자를 죽였다는 걸."

"그렇지 않아요. 난 제정신이 아니었어요. 내가 무슨 짓을 했는지도 모르겠어요. 그렇지만 그 사람을 죽일 생각은 한 번도 하지 않았어요. 당신 혼자 저지른 일이에요."

이렇게 딱 잡아떼는 소리를 듣자 로랑은 격분했다. 그가 말했듯 그는 테레즈가 공모했다고 생각해야 그나마 마음이 가벼웠다. 할 수만 있다면 그 무서운 살인은 모두 테레즈 때문이라고 주장하고 싶었다. 테레즈를 때려서라도 그녀가 자기보다 더 큰 죄를 지었다고 고백시키고 싶었다.

그는 미친 듯이 방 안을 왔다 갔다 하기 시작했다. 그런 그를 라캥 부인의 시선이 좇고 있었다.

"아! 저 여편네, 망할 늙은이!" 하고 그는 목쉰 소리로 중얼거렸다. "저 할망구가 날 미치게 만드는군. 그래, 당신은 창녀처럼 어느 날 저녁 내 방에 들어오지 않았단 말이야? 키스로 날 취하게 만들어서 내가 당신 남편을 없애버릴 결심을 하게 하지 않았단 말이야? 내가 이리로 당신을 찾아왔을 때, 당신은 그가 병든 어린애 같아서 보기 싫다고 내게 말하지 않았어? 삼 년 전에 내가 그따위 일을 생각이나 한 줄 알아? 내가 불량배였단 말이야? 아니야, 난 아무한테도 해를 끼치지 않고 신사처럼 살고 있었어. 난 파리 한 마리도 죽인 적이 없었어."

"당신이 카미유를 죽였어요."

테레즈는 절망적으로 소리 질렀고, 그 말에 로랑은 정신이 나갈 것 같았다.

"아니야, 당신이야. 당신이라니까." 로랑은 무시무시한 목소리로 대꾸했다. "알겠어? 날 괴롭히지 마. 그러다간 재미없을걸. 뭐, 아무것도 생각나지 않는다고! 당신은 남편의 침실에서 마치 창녀처럼 내게 몸을 맡겼어. 거기서 당신은 내게 미칠 듯한 쾌락을 맛보게 했지. 솔직히 말해. 당신은 이 모든 것을 꾸며냈어. 카미유를 증오했고, 오래 전부터 그를 죽이고 싶어했단 말이야. 당신은 그를 죽여버리려고 날 정부로 삼았던 거야."

"그렇지 않아요. 당신 이야기는 말도 안 되는 소리예요. 나를 나무랄 자격이 당신에겐 없어요. 나야말로 당신을 알기 전에는 아무한테도 해를 끼치지 않는 정숙한 여자였어요. 내가 당신을 미치게 했다지만, 당신도 날 미치게 했어요. 이제 그만 따져요. 알겠어요, 로랑? 당신이 잘못한 건 한두 가지가 아니에요."

"뭘, 당신에게 내가 뭘 했다는 거야?"

"없어요…… 내게 해준 게 아무것도 없어요. 당신은 날 나 자신으로부터 구해주지 못했고 오히려 내가 자포자기한 것을 이용했어요. 내 삶을 망쳐놓는 데 당신은 재미를 느꼈던 거예요. 모든 걸 용서하겠어요…… 그렇지만 제발 내가 카미유를 죽였다곤 하지 말아요. 당신의 죄는 당신이 짊어져요. 날 더 화나게 하지 말아요."

로랑은 테레즈의 얼굴을 때리려고 손을 들었다.

"날 쳐요, 그러면 차라리 마음이 풀리겠어요. 그럼 난 덜 괴롭겠어요."

그러면서 그녀는 얼굴을 내밀었다. 로랑은 때리려던 손을 멈추고서 의자를 당겨 테레즈 곁에 앉았다.

"내 말을 들어" 하고 그는 마음을 가라앉히려고 애쓰는 목소리로 말했다. "당신도 그 일에 한몫 낀 사실을 부정하는 것은 비겁해. 당신은 우리가 함께 그 범죄를 저질렀다는 걸 똑똑히 알고 있어. 당신도 나와 똑같이 죄가 있다는 걸 알고 있단 말이야. 무엇 때문에 당신은 죄가 없다고 말하면서 내 마음을 더 무겁게 하는 거지? 당신이 죄가 없었다면 나와 결혼하는 데 동의하지 않았을 거야. 그 일이 있은 다음의 이 년을 생각해봐. 과연 죄가 없다는 증거를 내놓을 수 있을까? 난 검사에게 모든 걸 말하겠어. 그러면 우리가 함께 처벌받을지 그렇지 않을지 당신도 알게 될 거야."

전율이 두 사람 모두를 스쳐갔다. 테레즈가 말을 받았다.

"아마 나도 벌을 받게 되겠지요. 그렇지만 카미유는 당신 혼자 모든 일을 했다는 것을 잘 알고 있어요. 그는 밤에 당신을 괴롭히듯이 날 괴롭히진 않아요."

"카미유는 날 조용히 쉬게 내버려두는걸." 창백해진 로랑은 떨면서 말했다. "바로 당신이 악몽 속에서 그 사람을 보는 거야. 당신이 고함치는 소릴 나도 들었어."

"그런 말 말아요. 난 고함치지 않았어요. 유령이 나타나는 게 싫을 뿐이에요. 오! 난 알겠어요. 당신은 피하려는 거죠. 난 죄가 없어요, 난 죄가 없다고요!"

공포에 질리고 피로에 녹초가 된 그들은 죽은 자의 시체가 다시 눈앞에 떠오를까 두려워하며 서로 바라보았다. 그들의 싸움은 언제나 이렇게 끝났다. 그들은 서로 죄가 없음을 주장하고, 악몽을 쫓아내고 스스로를 기만하려 했다. 끊임없이 죄의 책임을 상대방에게 덮어씌우려 하고, 마치 법정에서처럼 상대방에게 무거운 책임을 지우려고 애를 썼다. 그런데 지극히 이상스러운 것은 스스로를 기만하려고 하면서도 살인의 모든 상황을 사실 그대로 완전히 떠올리고 있다는 점이었다. 그들은 입으로는 부정했지만 눈 속에서는 똑같은 고백을 하고 있었다. 서로 속이고 있음을 숨기지 못하고, 다만 속이기 위해서 속이고 있는 두 가여운 자들의 모든 언쟁은 유치한 거짓말이었으며, 어리석은 언사에 불과했다. 그들은 번갈아 고발자의 역할을 했다. 그리고 피차 하고 있는 고발이 아무런 소득이 없음에도 불구하고 매일 저녁 가혹한 끈기를 내서 다시 시작하곤 했다. 그들은 아무것도 증명할 수 없으며, 과거를 지워버릴 수도 없음을 알고 있었다. 그러면서도 여전히 그렇게 하려고 애썼다. 쫓아버릴 수 없는 공포는 교수형을 당하는 듯한 고통을 주었으므로 그들은 언제나 다시 싸움을 벌이곤 했다. 그런 싸움에서 얻을 수 있는 유일한 것은 말들과 고함의 폭풍우를 일으킴으로써 그 소음 속에서 잠시 멍해질 수 있다는 것뿐이었다. 그들의 흥분이 계속되고 서로 비난하는 동안, 라캥 부인은 시선을 떼지 않았다. 로랑이 테레즈를 때리려고 그의 큼직한 손을 올렸을 때, 부인의 눈은 벅찬 기쁨으로 빛나고 있었다.

29

새로운 국면이 전개되었다. 극도의 공포에 몰려 어디서 위안을 찾아야 할지 모르던 테레즈가 로랑 앞에서 큰 소리로 죽은 남편이 가엾다며 울기 시작한 것이다.

테레즈는 갑자기 힘이 빠져버렸다. 지나치게 긴장했던 그녀의 신경은 끊어지고, 메마르고 난폭한 그녀의 천성도 기가 죽었다. 이미 결혼 초기에도 감상적일 때가 있었지만, 이러한 감상적인 기분은 필연적이고도 숙명적인 반응으로 다시 나타났다. 그녀는 카미유의 유령에 대항해 필사적으로 싸웠고, 또 몇 달 동안은 울분을 토하며 반항했으며, 오직 자신의 모든 의지를 가지고 고통을 가라앉히려 애쓰며 살아왔다. 그런데 그녀는 이제 갑자기 심한 피로를 느껴 기가 꺾이고 굴복하고 말았다. 이리하여 다시 여자가 되고 다시 소녀가 되기까지 한 테레즈는 공포 앞에서 굳세게 서 있을 힘마저 잃어버리고 동정심과 눈물과 후회에 몸을 던진 것이다. 약간의 위안이라도 찾으려는 희망 때문이었다. 그녀는 육체와 정신이 쇠약하게 된 것을 이용하려 했다. 그녀의 흥분 앞에서 굴복하지 않았던 죽은 자도 어쩌면 눈물 앞에서는 굴복하리라. 그녀는 그렇게 하는 것이 카미유를 진정시키고 만족시키는 최선의 방법이라 생각하면서 나름의 계산으로 회한에 몸을 맡겼다. 하느님을 속일 생각으로 입술로만 기도를 올리고 회개한 듯 겸손한 태도를 취하면서 용서를 얻으려 하는 어떤 신자들처럼, 테레즈는 자기를 낮추고 가슴을 두드리며 뉘우치는 말들을 찾아냈다. 그녀의 마음속에는 오직 두려움과 비겁한 생각만이 있었다. 더욱이 그녀는 스스로를 방기하며, 저항하지 않고 슬픔에 몸을 맡기는 데에서 일종의 육체적 쾌락을 맛보기도 했다. 그녀는 눈물을 흘리며 자신의 절망적 감정을 내보임으로써 시어머니를 못 견디게 했다. 부인은 테레즈에게 일용품으로 변했다. 그녀에게 시어머니는 공포 없이 자신의 과오를 고백하고 용서를 구할 수 있는 일종의 기도단(祈禱壇)의 역할을 했다. 테레즈는 울고 싶거나 마음을 풀고 싶은 생각이 들면 곧 온몸이 마비된 부인 앞에 무릎을 꿇고 외치며, 혼자 회한의 연극을 하곤 했다. 그러면 가슴이 가벼워지는 것이었다.

"전 비열한 인간이에요" 하고 그녀는 중얼댔다. "전 용서받을 자격이 없습니다. 전 당신을 속였어요. 당신의 아들을 죽게 했어요. 당신은 영원히 저를 용서하지 않으시겠죠…… 그렇지만 만약 당신이 제 마음을 찢어놓는 뉘우침을 알아보신다면, 제가 얼마만큼 괴로워하는지 아신다면, 아마 당신은 저를 가엾게 여기실 거예요…… 아니 저를 가엾게 여기지 마세요. 전 이렇게 수치와 고통에 못 견뎌 당신 발밑에서 죽고 싶어요."

그녀는 이런 식으로 몇 시간을 꼬박 절망과 희망을 번갈아 가져보고, 스스로를 꾸짖었다가는 용서하면서 중얼거렸다. 그 음성은 병약한 소녀처럼 때로는 심술 난 듯, 때로는 슬픈 듯 보였다. 그녀는 머리에 스치는 수치심과 자존심과 뉘우침과 반발심에 따라 포석 위에 엎드렸다가는 다시 일어서곤 했다. 시어머니 앞에 무릎 꿇고 있다는 사실도 잊을 때가 있었다. 그리고 꿈속에서 하듯이 독백을 계속했다. 그러다 자신의 말에 놀라서는 정신없이 비틀거리며 일어났다. 그러고는 손님들 앞에서 마구 흐느껴 울게 될까봐 마음을 가라앉혀 상점으로 내려가곤 했다. 그러다가 다시 회한에 젖고 싶으면 급히 도로 올라와서 시어머니 발밑에 무릎을 꿇었다. 이런 장면이 하루에 열 번이나 되풀이되곤 했다.

테레즈는 자기가 눈물을 흘리고 뉘우치는 말을 늘어놓음으로써 시어머니가 말할 수 없는 고통을 느끼리라는 것은 전혀 생각해보지 않았다. 라캥 부인에게는 며느리가 보여주는 이 희극보다 더 무서운 형벌은 없었다. 그녀는 며느리가 퍼붓는 고통에 찬 말에 이기심이 담겨 있다는 것을 알아차렸다. 그녀는 언제나 카미유의 살인사건을 회상하는 테레즈의 긴 독백을 억지로 들으면서 무서운 고통을 느꼈다. 그녀는 테레즈를 절대 용서할 수 없었다. 그녀는 꺾일 수 없는 복수심에 사로잡혀 있으면서도 그것을 풀 수 없어 더욱 괴로웠다. 하루 종일 용서를 구하는 말과 천박하고 비겁한 애원의 소리를 들어야만 했다. 그녀는 그런 말에 대답하고 싶었다. 차가운 거절의 말이 목구멍까지 올라왔으나 끝끝내 말을 하지 못한 채 테레즈가 늘어놓는 변명을 제지하지도 못하고 듣고만 있어야 했다. 소리도 지르지 못하고 귀도 막을 수 없는 그녀의 비통한 마음은 표현할 길이 없었다. 테레즈의 말은 하나하나 부인의 머릿속에 마치 자극적인 노래처럼 천천히 탄식조로 들려왔다. 그녀는 문득, 두 살인자가 악마같이 잔인한 심보로 이런 고역을 가하는 것이려니 생각했다. 그녀의 유일한 방어책은 며느리가 자기 앞에 무릎을 꿇자마자 눈을 감는 것이었다. 그렇게 하면 말소리는 들어도 보지는 않을 수 있었다.

테레즈는 마침내 시어머니를 포옹할 정도로 대담해졌다. 어느 날 심한 뉘우침이 들었던 테레즈는 시어머니의 눈 속에서 뜻밖에 일종의 자비스러운 마음을 본 것 같았다. 그러자 그녀는 무릎을 짚고 일어서서 정신 나간 목소리로 "당신은 절 용서하는군요! 절 용서하시는군요!" 하고 외쳤다. 그러고는 머리를 돌리지 못하는 가련한 부인의 이마와 볼에 키스를 했다. 입술을 대니 시어머니의 차디찬 살이 느껴져 테레즈에게 심한 혐오감을 불러일으켰다. 그녀는 그 혐오감이 눈물이나 회한처럼 자기의 신경을 잠재우는 훌륭한 방법이려니 생각했다. 그래서 회개하는 마음에서 자신의 마음을 가볍게 하려고 시어머니에게 매일 키스했다.

"오! 당신은 정말 착하세요!" 하고 테레즈는 외쳐댔다. "제 눈물에 감동하신 것을 전 잘 알아요…… 당신의 시선은 가엾게 여기는 마음으로 가득 차 있어요…… 전 구원을 받았어요!"

그녀는 시어머니에게 질리도록 키스를 퍼부었다. 부인의 무릎 위에 자기 머리를 얹고는 손에 키스하고, 행복에 겨운 미소를 지으면서 열렬한 애정으로 부인을 보살폈다. 시간이 지나면서 테레즈는 자기 희극을 실제로 믿게 되었다. 그녀는 시어머니한테서 용서를 받았다고 생각하고 행복감에 겨워서 부인을 대했다.

이런 태도는 라캥 부인에겐 견딜 수 없는 것이었다. 그녀는 죽을 지경이었다. 며느리의 키스를 받을 때면 그녀는 로랑이 자기를 팔에 안아 일으키고 누일 때 아침저녁으로 느끼는 극심한 혐오감과 미칠 듯한 감정을 다시 받아야 했다. 그녀는 아들을 배반하고 살해한 테레즈의 더러운 애무를 억지로 받아야만 했다. 그녀는 테레즈가 자기 볼에 남긴 키스 자국을 손으로 씻을 수도 없었다. 오랜 시간 동안 그녀는 자기를 불태울 것 같은 그 키스를 느끼곤 했다. 이렇게 해서 라캥 부인은 카미유를 살해한 자들의 인형이 되어버렸다. 옷을 입혀주고, 좌우로 돌려보고 필요와 기분에 따라 가지고 노는 인형이 된 것이다. 그녀는 마치 톱밥으로 속이 채워진 인형처럼 그들의 손 안에서 죽은 듯이 있을 수밖에 없다. 그러나 그녀의 내부는 테레즈나 로랑이 조금이라도 건드리기만 하면 반항하고 찢어질 것처럼 살아 있었다. 그녀를 특히 못 견디게 했던 것은, 벼락이라도 칠 듯한 눈초리를 던지고 있는데, 거꾸로 자비심을 발견한 척하는 테레즈의 가혹한 조소였다. 라캥 부인은 이따금 저항의 고함을 지르려고 안간힘을 다하면서 눈 속에 모든 증오심을 나타냈다. 그러나 하루에도 수없이 자기가 용서받았다고 되풀이하는 테레즈는 아무것도 보려 하지 않고 자꾸만 그녀를 애무하는 것이었다. 부인은 진저리가 나면서도 테레즈의 표적이 되어, 그녀가 쏟아내는 감정을 어쩔 수 없이 모두 받아내야만 했다. 그녀는 시어머니의 거룩한 선의에 보답하겠노라고 극진한 애정을 보이며 만족해하는 며느리 앞에서 쓰디쓰고 무력한 상태로 앉아 있을 수밖에 없었다.

그러나 테레즈가 부인 앞에 무릎을 꿇고 있는 것을 볼 때면, 로랑은 우악스럽게 그녀를 일으키면서 말했다.

"그런 연극 따윈 집어치워. 내가 울고 무릎을 꿇을까, 내가? 당신이 이따위 짓을 하는 것은 날 괴롭히기 위해서야."

테레즈의 뉘우치는 모습에 로랑은 이상스럽게 마음이 흔들렸다. 그는 자신의 공모자가 울어서 눈이 벌겋게 되고, 애원하는 듯한 얼굴을 하고 있는 걸 보면 너무도 괴로웠다. 테레즈의 생생한 후회의 모습을 보니 그의 공포와 거북함은 배가되었다. 마치 영원한 가책이 온 집 안에 가득 찬 것 같았다. 더구나 자칫하면 아내가 뉘우치다 못해 사람들에게 모든 것을 밝히게 될까봐 겁이 났다. 그는 테레즈가 자신의 비난에 꿋꿋이 대항하면서 위협적인 태도로 머물러 있었으면 했다. 그러나 그녀는 전략을 바꿨던 것이다. 지금은 자신이 범죄에 가담했던 사실을 기꺼이 인정하고 있었다. 그녀는 스스로 책망하고 수세에 몰린 듯 두려워하였으며, 열렬한 죄책감으로 속죄를 애원했던 것이다. 이런 태도는 로랑의 신경을 건드렸다. 그들의 싸움은 매일 저녁 더욱 심하고 더욱 불길해졌다.

"내 말 들어요" 하고 테레즈가 말했다. "우린 큰 죄를 지었어요. 우리가 조금이라도 안정된 생활을 맛보려면 뉘우쳐야만 해요. 난 울기 시작하자 훨씬 마음이 편안해졌어요. 나처럼 하세요. 무서운 죄를 지어 제대로 벌을 받았다고 함께 인정해요."

"뭐!" 하고 로랑은 잡아채듯 대답했다. "그래, 당신 마음대로 말해봐. 난 당신이 흉악할 정도로 꾀가 많고 위선적이라는 걸 알고 있으니까. 마음이 풀리거든 울어. 그렇지만 제발이지 당신 눈물로 내 머릴 어지럽히지는 마."

"아, 당신은 나빠요. 당신은 뉘우치려 하지 않아요. 정말 비겁해요. 당신은 카미유를 배반하고 물에 빠뜨렸어요."

"나 혼자 죄가 있단 말이야?"

"아니에요, 그런 말이 아니에요. 난 당신보다 더 큰 죄를 지었어요. 내 손으로 내 남편을 구해야 했어요. 오! 난 끔찍한 내 잘못을 잘 알아요. 이젠 용서를 받으려고 애쓰고 있어요. 로랑! 당신이 여전히 절망에 빠져 있는 동안 난 용서받는 데 성공했어요…… 당신은 가련한 어머니 앞에서 당신의 추악한 기질을 숨길 생각조차 하지 않는군요. 당신은 그분께 한마디 후회의 말도 안 했어요."

테레즈는 눈을 감고 있는 라캥 부인을 포옹했다. 그러곤 시어머니 뒤로 가 부인의 머리를 받치고 있는 베개를 다시 괴어주는 등 극진하게 보살폈다. 로랑은 바짝 성이 났다.

"그냥 내버려둬" 하고 그는 소리쳤다. "당신의 모습과 당신의 친절이 노파에겐 몹시 기분 나쁘리란 걸 몰라? 손을 들 수 있다면 노파는 당신 뺨을 쳤을 거야."

테레즈의 차분한 애원하는 말들과 체념한 듯한 태도는 차츰 로랑을 맹목적인 분노 속으로 몰아넣었다. 로랑은 그녀의 꾀가 무엇인지 쉽게 알 수 있었다. 테레즈는 죽은 남편이 주는 정신적 속박에서 벗어나고 싶어했다. 그래서 로랑과 한패가 되지 않고, 혼자서만 뉘우침을 통하여 용서받으려 했던 것이다. 때로는 테레즈의 생각이 옳고 그녀의 눈물이 공포를 없앨 수 있을 것처럼 생각되기도 했다. 그러고는 자기 혼자 고민하고 자기 혼자 공포를 갖게 된다는 생각에 전율을 느꼈다. 그는 자기도 시험 삼아 뉘우치거나, 그렇지 않다면 적어도 뉘우치는 척 연극을 꾸며보려고도 했다. 그러나 흐느낄 수 없었으며 필요한 말이 나오지도 않았다. 그는 다시 난폭하게 되어, 테레즈의 심사를 어지럽혀 자기와 더불어 사나운 광증 속에 몰아넣으려고 했다. 테레즈는 힘없이 있으면서 노한 로랑의 고함에 눈물 어린 복종으로 대답하고, 로랑이 사나워질수록 더욱 겸손하고 더욱 뉘우치는 빛을 보이려고 했다. 그러면 로랑은 더 화가 났다. 테레즈는 언제부턴가 카미유를 칭찬하고 그의 좋은 점을 늘어놓아 로랑을 극도로 흥분시켰다.

"그는 착했어요" 하고 테레즈는 말했다. "한 번도 나쁜 생각이라고는 가져본 적이 없는 따뜻한 마음씨의 카미유를 죽이다니

우린 정말 잔인했어요."

"그래, 그는 착했어. 나도 알아" 하고 로랑은 비아냥거렸다. "다시 말하면 바보였단 말이지, 그렇지 않아? 당신은 잊었나보군. 당신은 그의 사소한 말에도 기분이 언짢아져, 그가 늘 바보 같은 소리만 한다고 내게 말하지 않았어?"

"비웃지 말아요. 자기가 죽인 사람을 욕하는 당신은 정말 나쁘군요. 당신은 여자의 마음을 전혀 몰라요. 로랑, 카미유는 날 사랑했고, 나도 그를 사랑했어요."

"당신이 그를 사랑했어? 아! 정말 놀라운 말을 하는군. 당신이 날 정부로 삼은 게 당신의 남편을 사랑했기 때문이라고? 언젠가 당신이 내 가슴에 안겨서 당신 손가락이 마치 찰흙 속으로 들어가듯 카미유의 살 속으로 쑥 들어갈 때면 구역질이 난다고 말했던 일이 생각나는군. 왜 당신이 날 정부로 삼았는지 난 알지. 당신에겐 그 가련한 카미유보다 훨씬 힘센 팔이 필요했던 거야."

"난 그를 누이처럼 사랑했어요. 그는 내 은인의 아들이었어요. 몸이 약한 만큼 아주 섬세했죠. 고상하고 관대하고 남을 잘 돌봐주고 사랑스러웠어요. 그런데 우리는 그를 죽여버렸어요. 하느님 맙소사!"

테레즈는 정신이 어질어질해질 정도로 마구 눈물을 흘렸다.

라캥 부인은 그 더러운 입에서 카미유를 칭찬하는 소리를 듣고서 테레즈에게 날카롭고 성난 시선을 던졌다. 로랑은 눈물을 쏟는 테레즈를 어찌해야 할지 몰라 성난 걸음으로 왔다 갔다 하면서 그녀의 뉘우침을 틀어막을 방법을 찾았다. 카미유를 칭찬하는 소리를 들은 로랑은 심한 불안을 느꼈다. 가끔은 아내의 악을 쓰는 소리에 사로잡혀서 카미유의 좋은 점을 진정으로 믿기도 했다. 그러나 그럴수록 더욱 무서워졌다. 무엇보다도 그를 미칠 듯이 만들고 난폭한 행동으로 이끌어간 것은 테레즈가 카미유와 자신을 비교하면서 전적으로 전남편을 칭찬했기 때문이었다.

"네, 그래요!" 하고 테레즈는 외쳤다. "그는 당신보다 훌륭했어요. 그가 살아 있고 대신 당신이 땅속에 누워 있다면 좋았을 거예요."

로랑은 처음에는 어깨를 으쓱해 보였다.

"당신이 뭐래도 소용없어요" 하고 테레즈는 흥분하면서 계속했다. "남편이 살아 있을 때는 그를 사랑하지 않았는지도 몰라요. 그러나 지금 나는 그를 사랑해요…… 난 그를 사랑하고 당신을 증오해요. 당신은 살인자니까……"

"입 닥쳐!"

"그리고 그는 죄없이 희생되었어요. 그는 불량배의 손에 죽은 점잖은 사람이에요. 아! 그러나 난 당신이 무섭지 않아요……

당신은 잘 알 거예요, 당신이 잔인한 사람이란 걸. 당신은 심장도 영혼도 없는 사람이에요. 카미유의 피를 뒤집어쓴 지금의 당신을 내가 어찌 사랑할 수 있겠어요? 카미유는 나한테 아주 친절했어요. 만약 카미유를 소생시켜 다시 사랑할 수만 있다면, 난 당신을 죽이겠어요. 알아듣겠어요?"

"입 닥치지 못해!"

"왜 내가 말을 못 해요? 난 진실을 말하는 거예요. 당신의 피를 흘리게 해서라도 난 용서를 받고 싶어요. 아! 정말 눈물이 나오고 괴로워 죽겠어! 이 불한당이 내 남편을 죽이게 한 것은 내 잘못이야…… 언젠가 밤이 되면 그가 누워 있는 땅에 가서 키스해야지. 그게 내 마지막 기쁨이 될 거야."

테레즈가 그려 보이는 가혹한 장면에 미칠 지경이 된 로랑은 그녀를 붙잡아 땅바닥에 쓰러뜨렸다. 그는 테레즈를 두 무릎으로 꼭 누르고는 주먹을 높이 쳐들었다.

"그래" 하고 그녀는 외쳤다. "날 때려, 날 죽여…… 카미유는 내게 손가락 하나 까딱한 적이 없어. 당신은 악마야!"

로랑은 이 말에 더욱 화가 치밀어 미친 듯이 그녀를 잡아 흔들며 주먹으로 마구 때렸다. 그는 두 번이나 그녀의 목을 조르다시피 했다. 테레즈는 두드려 맞는 데서 일종의 쓰디쓴 쾌락을 느꼈다. 그녀는 잠자코 주먹에 몸을 내맡김으로써 남편을 더욱 자극

했다. 이러한 구타는 그녀가 겪는 삶의 고통에 치유제가 되기도 했다. 저녁에 많이 맞으면, 그날 밤은 잠을 잘 잘 수 있었다. 라캥 부인은 로랑이 테레즈를 발길질하면서 마룻바닥에 끌고 다닐 때면 불타는 듯한 쾌감을 느꼈다.

테레즈가 죄를 뉘우치고 카미유를 생각하며 큰 소리로 울기 시작하면서부터 로랑의 생활은 더없이 끔찍해져갔다. 그 순간부터 그 가련한 인간은 영원히 자기 희생자와 같이 살게 되었다. 매순간 전남편을 칭찬하고 그리워하는 소리를 들어야만 했기 때문이다. 조그만 일도 칭찬의 구실이 되었다. 카미유는 이것을 하고 저것을 했으며, 이런 장점이 있고 저런 방법으로 사랑했었다는 것이다. 테레즈는 언제나 카미유의 이야기를 하고, 카미유의 죽음을 슬퍼하는 말들을 꺼내곤 했다. 그녀는 자신의 마음을 가볍게 하고, 로랑에게 더욱 가혹한 고통을 주려는 복수심에서 갖은 방법을 다 썼다. 그녀는 아주 자세한 이야기까지 꺼내서는 후회의 한숨을 쉬면서 어린 시절의 아무것도 아닌 일들을 수없이 늘어놓았다. 그렇게 해서 일상생활의 모든 행동에 죽은 자의 추억을 섞어넣었다. 이미 집 안에 드나들고 있던 그 시체는 이제 공공연히 들어앉게 되었다. 그 시체는 의자에 앉고 식탁 앞에 자리잡고 침대에 눕고 집 안에 널려 있는 가구와 물건들을 사용했다. 로랑이 포크나 솔, 그밖의 무엇이든 만질 때면 언제나 카미유가 이미 건드렸던 것임을 테레즈가 느끼게 했다. 자기가 죽인 사람과 끊임없이 부딪치게 된 살인자는 마침내 거의 미칠 지경이 되었다. 카미유와 비교되고 카미유가 썼던 물건을 쓰게 됨으로써 그는 자기와 죽은 자가 같은 사람인 듯 생각하기까지 했다. 머리가 터질 것 같았다. 그러자 그는 테레즈의 입을 막고, 자기를 미칠 듯이 몰아대는 그녀의 말을 더이상 듣지 않으려고 덤벼들었다. 그들의 모든 싸움은 로랑의 주먹질로 끝나곤 했다.

30

라캥 부인은 자신이 견뎌야 하는 고통에서 벗어나려고 굶어 죽을 생각을 하게 되었다. 그녀의 인내는 한계에 이르렀던 것이다. 두 살인자를 눈앞에서 보아야 하는 고역을 더이상 견딜 수 없었다. 그녀는 죽음에서 마지막 위안을 찾으려 했다. 매일 테레즈가 포옹하고, 로랑이 자신을 어린애처럼 팔에 안고 옮길 때마다 고통은 더해졌다. 그녀는 끔찍한 혐오감을 불러일으키는 그 애무와 포옹에서 벗어날 결심을 했다. 아들의 원수를 갚을 능력도 없이 살 바에야 차라리 아주 죽어버리고 싶었다. 아무것도 느끼지 못하는 시체가 되어 그들 마음대로 하게 내버려두는 것이 나을 것만 같았다.

그녀는 이틀 동안 있는 힘을 다해서 이를 악물고, 자기 입에 억지로 넣어준 것을 도로 뱉으면서 모든 음식을 거부했다. 테레즈는 시어머니가 사라지면 이제 누구 앞에 무릎 꿇고 후회의 눈물을 흘릴까 싶었다. 그녀는 시어머니에게 살아야 하는 이유를 끝없이 늘어놓았다. 눈물을 흘리고 과거의 분노를 되살리며, 마치 반항하는 동물의 입을 열듯이 마비된 부인의 입을 벌렸다. 테레즈는 화를 내기까지 했다. 그러나 라캥 부인은 굽히지 않았다. 그것은 끔찍한 싸움이었다.

로랑은 완전히 중립적인 태도를 보이며 무관심했다. 그는 테레즈가 부인의 자살을 기를 쓰고 막는 것을 보고 이상하게 여겼다. 부인이 불필요하게 된 지금, 그는 그녀의 죽음을 바라고 있었다. 제 손으로 그녀를 죽이지는 않겠지만, 그녀가 죽기를 원하는 바에야 막을 필요성을 전혀 느끼지 못했다.

"그냥 내버려둬" 하고 그는 외쳤다. "속 시원할 텐데 그래. 우린 이 노파가 사라지면 더 행복해질 거야."

면전에서 이런 말을 여러 번 되풀이해 듣자 라캥 부인은 묘한 감정을 느꼈다. 그녀는 로랑의 희망이 실현되어 자기가 죽은 후 두 사람이 조용하고 행복한 시간을 맛보면 어쩌나 걱정이 되었다. 그래서 자기가 죽는 것은 비겁한 일이며, 사악한 음모의 결말을 보기 전엔 가버릴 수 없다고 생각하게 되었다. 아들에게 원수를 갚았다고 말할 수 있을 때라야 그녀는 땅속 어둠으로 내려

갈 수 있을 것 같았다. 아무것도 하지 못하고 무덤에 들어갈 생각을 하니 자살하고 싶은 마음이 사라졌다. 지금 죽으면, 무덤 속 고요한 땅에서 아들의 살인자 연놈들이 벌을 받을지 어떨지 모르는 채 영원히 괴로워하면서 잠들 것이다. 죽은 후 편히 잠들기 위해서는 복수를 했다는 통렬한 기쁨이 있어야 했다. 증오심이 만족된 꿈, 영원히 꾸게 될 그 꿈을 가지고 가야 할 필요가 있었다. 그래서 며느리가 주는 음식을 받아먹고, 다시 살기로 마음먹었다.

더욱이 그녀는 결말이 멀지 않았음을 잘 알고 있었다. 둘 사이의 긴장은 매일같이 더욱 심해져 더이상은 견딜 수 없는 지경에 이른 것이다. 모든 것을 날려버릴 폭발이 임박해 있었다. 두 사람은 시간이 갈수록 서로를 더욱 위협적으로 대했다. 그들은 밤에만 고통받는 것이 아니었다. 하루 종일 그들은 불안과 고통스러운 환영에 싸여 지내고 있었다. 그 모든 것이 공포스럽고 고통스러웠다. 모든 행동과 말이 괴롭고 잔인하게 되었다. 서로에게 상처를 줬으며, 모든 말과 행동은 모질고 잔인했다. 그들은 서로를 발밑의 심연으로 밀어넣으려 하는 동시에 그곳으로 굴러떨어지는 지옥 속에서 살고 있었다.

물론 두 사람 모두 헤어져버릴까도 생각해보았다. 그들은 습기차고 음침한 그곳, 그들의 존재를 황폐하게 만들어버리는 퐁네프 파사주에서 멀리 도망가서 휴식을 맛보기를 꿈꾸었다. 그러나 감히 행동에 옮기지는 못했다. 서로의 마음을 찢어놓지 않고 서로 고통을 주고받지 않는 것은 불가능해 보였다. 그들은 증오와 잔인함에 대한 욕망을 느끼고 있었다. 반발과 끌림이 그들을 떼어놓는 동시에 붙들어놓고 있었다. 싸운 후 서로 피하고 싶어하면서도, 다시 돌아와 서로에게 마구 욕설을 퍼부었던 것이다. 더구나 여러 가지 현실적인 문제를 생각해보면 도망갈 수도 없었다. 그들은 전신이 마비된 노파를 어떻게 해야 할지 몰랐고, 목요일 손님들에게 무어라 말해야 할지도 몰랐다. 만약 도망친다면 의심을 받게 되고, 사람들이 뒤쫓아와 교수형에 처하리라 생각했다. 그들은 비겁했기 때문에 그대로 남아 있었으며, 여전히 공포의 생활 속에서 질질 끌려가며 살고 있었다.

아침나절과 오후에 로랑이 집에 없으면, 테레즈는 자기 마음속에 더욱 깊이 생겨나는 공허를 어떻게 메울지 몰라 불안해하면서 아래층 상점으로 내려갔다. 라캥 부인의 발밑에서 울지 못하거나 남편에게 두드려 맞고 욕을 얻어먹지 않을 때는 심심하기까지 했다. 상점에 혼자 있을 때면 심한 괴로움에 사로잡혀 더럽고 컴컴한 통로를 지나가는 사람들을 멍하니 바라보곤 했다. 무덤 냄새를 풍기는 이 침침한 지하실 같은 상점 구석에서 그녀는 죽도록 슬펐다. 그녀는 마침내 쉬잔에게 상점에 와서 함께 낮

시간을 보내달라고 부탁하게 되었다. 순하고 창백한 그 가련한 여자가 곁에 있으면 자기 마음이 진정되리라고 기대했기 때문이었다.

쉬잔은 테레즈의 제의를 기꺼이 승낙했다. 그녀는 이제 일종의 존경심 섞인 우정으로 테레즈를 좋아하고 있었던 것이다. 사실 오래 전부터 올리비에가 출근해 일하는 동안에 테레즈에게 와서 함께 있고 싶었던 터였다. 그녀는 수놓을 것을 가져와서 카운터 뒤 라캥 부인의 자리에 앉았다.

쉬잔이 오고부터 테레즈는 시어머니에게 관심을 덜 기울였다. 부인의 무릎 앞에서 눈물을 흘리고, 죽은 듯한 얼굴에 키스하는 일도 조금씩 줄어들었다. 딴 일을 갖게 된 것이다. 그녀는 애써 흥미를 가지려 하면서 살림살이며 단조롭고 지루한 일상사를 늘어놓는 쉬잔의 느릿느릿한 잡담을 듣고 있었다. 그러면 테레즈는 자기 자신을 잊을 수 있었다. 그녀는 그런 무의미한 이야기에 흥미를 느끼는 스스로에 놀라고, 가끔 쓴 미소를 짓곤 했다.

점차 상점의 손님들이 줄어들었다. 시어머니가 위층의 안락의자에 누워 있게 된 뒤로 테레즈는 상점을 썩도록 그냥 내버려 두었기 때문이다. 물건들은 먼지와 습기로 엉망이 되었다. 사방에서 곰팡내가 나고 천장에는 거미줄이 걸리고, 바닥은 비질을 하지 않아 지저분했다. 게다가 손님들은 테레즈가 가끔 보이는 이상한 태도 때문에 더 오지 않게 되었다. 위층에서 로랑한테 맞거나 공포의 발작으로 충격을 받았을 때, 상점의 초인종이 귀 아프게 울리면 테레즈는 머리를 가다듬고 눈물을 씻을 겨를도 없이 상점으로 내려와야 했다. 이럴 때 그녀는 기다리고 있는 손님들을 거칠게 대했다.

계단 꼭대기에서 물건이 떨어졌다고 소리 지르며 상점의 손님을 제대로 맞지 않는 적도 있었다. 당연히 이런 불친절한 태도는 손님이 떨어져나가게 했다. 라캥 부인의 부드러운 친절에 익숙했던 이곳의 여직공들은 테레즈의 무뚝뚝함과 거친 시선 앞에서 달아나버렸다. 테레즈가 쉬잔을 옆에 잡아둔 뒤부터 손님들은 완전히 오지 않게 되었다. 그 두 젊은 여인은 자신들의 잡담을 방해받지 않으려고 몇 남지 않았던 마지막 손님들을 쫓아내다시피 했던 것이다. 이때부터 잡화상은 살림살이에 한푼도 보탬이 되지 못했다. 사만 몇천 프랑의 재산을 갉아먹어야만 할 처지가 되었다.

테레즈는 가끔 오후 내내 외출을 하곤 했다. 그녀가 어딜 가는지 아는 사람은 아무도 없었다. 그녀가 쉬잔을 상점에 오게 한 것은 말상대를 삼기 위해서기도 했지만, 자신이 외출한 동안 상점을 지키게 하려는 목적도 있었다. 저녁에 그녀가 눈자위에 검은 피로의 띠를 두르고 기진맥진해서 돌아오면, 올리비에 부인은 카운터 뒤에서 다섯 시간 전과 똑같은 자세로 은근한 미소를 지은 채 기운 없이 앉아 있었다.

결혼한 지 오 개월 정도 지났을 때 테레즈는 임신한 사실을 알고 공포에 사로잡혔다. 로랑의 자식을 갖는다는 생각을 하니 끔찍했다. 그녀는 익사한 시신을 낳게 될 것만 같아 겁이 났다. 뱃속에 문드러지고 물렁해진 차디찬 시체가 느껴지는 것 같았다. 그녀는 공포로 얼어붙는 느낌이었다. 뱃속의 아이를 어떻게든 떼어버리고 싶었다. 그녀는 로랑에게 임신한 사실을 말하지 않았다. 어느 날 그녀는 일부러 그의 화를 돋운 다음 배를 내밀었다. 그렇게 해서 애가 죽었다 싶을 때까지 발로 차게 만들었다. 다음날 그녀는 유산했다.

한편 로랑 역시 진저리나는 생활을 하고 있었다. 세월이 그에게는 견딜 수 없이 길게만 느껴졌다. 하루하루가 똑같은 고통과 무거운 근심을 가져와서, 매순간 숨막히는 단조로움으로 그를 괴롭혔다. 그는 낮의 기억과 다음날에 대한 기다림이 교차하는 가운데 매일 밤 공포에 시달리면서 질질 끌려가고 있었다. 이제부터 남아 있는 모든 나날이 똑같은 고통을 가져오리라는 것을 알고 있었다. 그리하여 자기를 기다리고 있는 앞으로의 주(週)와 달과 해가 침울하고 무자비하게 줄을 지어 나타나고 자기 위에 떨어져서 조금씩 목을 조르리라는 것을 알고 있었다. 미래에 더이상 희망이 없게 되자, 현재는 넌더리나고 괴로운 것이 되었다. 로랑은 더이상 반항하지 않고 멍하게 이미 그의 존재를 점령해버린 허무에 몸을 내맡겼다. 권태가 그를 죽이고 있었다. 전날 자기가 한 일을 생각하면 구역질이 났지만, 다시 아침이면 똑같은 하루를 되풀이해야 하는 그는 어디로 가는지도 모르는 채 밖으로 나갔다. 그는 습관적으로, 혹은 강박에 몰려 아틀리에로 가곤 했다. 쓸쓸한 하늘 조각이 내다보이는, 잿빛 벽으로 둘러싸인 아틀리에는 그를 음울한 절망으로 가득 채웠다. 그는 팔을 내려뜨리고 멍하니 긴 의자 위에 웅크리고 앉아 있었다. 화필에 손을 댈 힘은 남아 있지 않았다. 새로이 무엇을 그려보려 해도 그럴 때마다 카미유의 얼굴이 캔버스 위에서 비웃기 시작했다. 미쳐버릴 것만 같아 그는 마침내 물감상자를 구석에 던져버리고 일부러 완전히 나태하게 시간을 보냈다. 그러나 억지로 게으름을 피우자니 그것도 여간 괴로운 일이 아니었다.

오후에는 무엇을 해야 할지 고통스럽게 자문해보았다. 약 반시간 동안 마자린 가의 보도 위에 서서 자신이 할 수 있는 오락거리를 생각해보기도 했다. 그는 대개 아틀리에로 다시 올라갈 생각을 접고, 게네고 가로 내려가 센 강가를 산책하기로 마음을 정했다. 저녁때까지 그는 강물을 바라보면서 문득문득 전율을 느끼기도 하고, 반쯤 멍한 상태로 걷기도 했다. 아틀리에에 있든

거리에 있든, 고통은 똑같았다. 다음날 그는 다시 똑같은 하루를 시작했다. 긴 의자 위에서 아침나절을 보내고 오후에는 강가를 어슬렁댔다. 이런 나날이 몇 달 동안 계속되었는데, 앞으로도 몇 년은 계속될 것 같았다.

가끔은 다른 할 일이 없어 카미유를 살해했던 일을 떠올려보기도 했다. 그러나 아무 할 일도 없는 지금, 그런 고통을 견뎌야 한다는 게 몹시 당혹스러웠다. 억지로라도 행복해지고 싶었다. 그는 자신이 행복해져야만 한다고 생각했다. 행복하지 않은 것은 잘못이며, 팔짱을 끼고 느긋이 앉아 있으면 되는 최고의 행복을 성취했는데도 평화로이 그런 행복을 즐기지 못하는 건 바보짓이라고 생각했기 때문이다. 그러나 그의 생각은 현실 앞에서 무력했다. 그는 자신의 모든 시간을 절망을 좇는 데 쏟았으며, 치유할 수 없는 고통 속으로 더욱 파고들었으므로, 한가함은 그의 괴로움을 더욱 끔찍하게만 했다. 그가 꿈꾸었던 동물적인 생활인 한가로움은 바로 그에게 내려진 형벌이었다. 어떨 때는 생각을 떨쳐버릴 수 있는 일거리를 간절히 원하기도 했다. 그러나 그를 짓눌러 사지를 꼼짝 못 하게 하는 소리 없는 숙명의 무게 아래 다시 떨어지곤 했다.

실상 그는 저녁에 테레즈를 때리면서 위안을 맛보곤 했었다. 그렇게 때릴 때면 정신을 마비시키는 고통에서 빠져나올 수가 있었던 것이다.

그가 느꼈던 가장 심한 육체적 정신적인 고통은 카미유한테 물린 목의 흉터에서 왔다. 그 상처가 전신을 덮는 것처럼 느껴졌다. 과거를 망각하고 있다가도 살을 찌르는 고통이 살인사건을 그의 온몸에 되새겨주었다. 거울 앞에 서기만 하면 그를 공포로 몰아넣는 현상이 눈앞에 환히 나타났다. 마음이 격해지면 목으로 피가 몰려 피부를 갉아먹고 있던 흉터를 붉게 물들였다. 조금만 당황해도 다시 깨어나 벌겋게 되어 그를 물어뜯는 이 살아 있는 상처는 두려움과 고통의 원천이었다. 마침내는 죽은 자의 이빨이 목에 그를 뜯어먹는 짐승을 가두어놓았다고 생각하기에 이르렀다. 흉터가 있는 목덜미의 살점은 이미 자기 신체의 일부인 것 같지가 않았다. 마치 남의 살을 붙여놓은 것 같았고, 자기의 근육을 썩게 만드는 독이 든 고깃덩어리처럼 느껴졌다. 어디를 가든, 자신의 범죄를 기억하게 만드는 생생하고 흉물스러운 표지를 몸에 지니고 있는 셈이었다. 테레즈는 로랑이 때릴 때마다 그 상처를 긁으려 했다. 그녀는 가끔 손톱을 그 상처 속에 박아 넣었고, 로랑은 아파서 고함을 질렀다. 로랑을 더욱 못 견디게 할 작정으로 흐느껴 우는 시늉도 했다. 그녀가 로랑의 잔인성에 복수하는 방법은 그 상처를 이용해서 그를 괴롭히는 것이었다.

면도를 하다 카미유의 이빨 자국을 없애기 위해서 목을 잘라

내고 싶다는 생각도 여러 번 했다. 언젠가 거울 앞에서 턱을 들고 흰 비누거품 아래 붉은 자국을 봤을 때 그는 별안간 화가 치밀어, 살점을 베어내려는 듯 면도칼을 들이댔다. 그러나 차디찬 면도날이 피부에 닿자 정신이 번쩍 났고 기운이 빠져 주저앉아야만 했다. 그는 자신의 비겁함이 진정되기를 기다린 후에야 겨우 면도를 마쳤다.

저녁이 되어 흐리멍텅한 정신에서 깨어나면 그는 맹목적이고 유치한 분노 속으로 빠져 들어갔다. 테레즈에게 욕설을 퍼붓고 때리다 지칠 때는 마치 어린애처럼 벽이라도 찰 듯, 부술 게 없는지 찾곤 했다. 그렇게 하면 마음이 조금 풀렸다. 그는 자기가 돌아오기만 하면 노파의 무릎 위로 숨어버리는 고양이 프랑수아에 대해서도 유별난 증오심을 가지고 있었다. 그런데도 로랑이 아직 고양이를 죽이지 않은 단 한 가지 이유는 사실 그가 고양이를 붙잡는 데 두려움을 느끼고 있었기 때문이다. 고양이는 둥근 눈을 크게 뜨고 악마처럼 뚫어지게 로랑을 쳐다보곤 했다. 붙박은 듯 쳐다보는 그 눈이 로랑의 마음을 뒤집어놓았다. 로랑은 그 눈이 무엇을 바라는지 생각해봤다. 그는 괴상한 상상을 했고, 정말로 무서움을 갖기에 이르렀다. 한참 싸움을 하고 있을 때나 오랜 침묵 끝에 식탁에서 머리를 돌리면 집요한 자세로 자기를 살피고 있는 고양이의 시선과 마주칠 때가 있었다. 그러면 그는 새파랗게 질려서 정신을 잃고 하마터면 '야! 말해봐, 응? 네가 원하는 게 도대체 뭐야?' 하고 외칠 뻔한 적도 있었다. 두려움 섞인 기쁨을 느끼면서 고양이의 다리나 꼬리를 밟을 때도 있었다. 그러면 가련한 짐승의 야옹 소리에 그는 마치 사람의 고통스러운 외침을 듣기나 한 것처럼 막연한 공포에 흠뻑 젖곤 했다. 로랑은 문자 그대로 프랑수아를 무서워하고 있었다. 고양이가 마치 난공불락의 성 한복판에 들어앉은 듯이 노파의 무릎 위에 앉아 자신의 적을 향해서 푸른 눈을 뻔뻔스럽게 겨눌 때부터, 살인자는 성난 이 짐승과 노파 사이에 존재하는 막연한 유사성을 생각하게 되었다. 그는 고양이가 라캥 부인과 마찬가지로 자신의 범죄를 알고 있으며, 말을 할 수 있다면 그 범죄를 낱낱이 고발할 거라 생각했다.

마침내 어느 날 저녁 프랑수아가 너무나 뚫어지게 그를 쳐다보자 참을 수 없을 정도로 격분한 로랑은 끝장을 내버리겠다고 결심했다. 식당의 창문을 활짝 열고는 고양이의 목덜미를 잡았다. 돌아가는 상황을 알아차린 라캥 부인의 얼굴에선 두 개의 커다란 눈물 방울이 흘러내렸다. 고양이는 로랑의 손을 물어뜯으려고 고개를 돌리며 성을 내고 앙칼을 부리기 시작했다. 그러나 로랑은 끄떡하지 않았다. 그는 고양이를 두서너 번 빙빙 돌린 다음 팔에 잔뜩 힘을 주어 맞은편의 검고 큰 벽으로 내던졌다. 프랑수아는 벽에 부딪힌 뒤 통로로 난 유리 천장 위로 다시 떨어졌다. 가련한 이 짐승은 등뼈가 부러져서 밤새도록 목쉰 야옹 소리를 지르면서 개굴창 주변을 맴돌았다. 그날 밤 라캥 부인은 카미유가 죽었을 때처럼 고양이 프랑수아를 위해 울었다. 테레즈는 심한 신경 발작을 일으켰다. 고양이의 신음 소리는 창문 밑 어둠 속에서 불길하게 들려왔다.

로랑은 얼마 가지 않아 새로운 불안을 느꼈다. 테레즈의 태도에서 어떤 변화를 눈치채고 겁을 먹은 것이다.

테레즈는 침울하고 말이 없어졌다. 그녀는 시어머니 앞에서 공연히 뉘우치는 소리를 퍼붓거나 감사의 키스를 하지도 않고 이전의 냉혹한 잔인성과 이기적 무관심으로 돌아갔다. 뉘우치려 했다가 그렇게 해도 위안이 되지 않아 다른 방법을 찾고 있는 모양이었다. 그녀의 슬픔은 자신의 생활을 안정시키지 못한 무력감에서 기인한 것이 틀림없었다. 그녀는 더이상 위안이 될 수 없는 물건을 바라보듯 멸시하는 태도로 늙은 부인을 바라보았다. 그리고 부인이 굶어 죽지 않을 정도로만 돌봐주었다. 이 무렵부터 그녀는 아무 말 없이 안절부절못하며 집 안을 돌아다녔다. 외출은 더 잦아져서 일 주일에 네다섯 번씩 집을 비웠다.

이러한 변화는 로랑에게 경계심을 불러일으켰다. 테레즈의 후회는 이제 새로운 형태를 띠어 맥없는 권태로 나타나는 것 같았다. 이 권태가 로랑에게는 전에 그를 못 견디게 했던 야단스러운 절망보다 더 불안하게 보였다. 그녀는 이제 아무 말도 하지 않고 싸움도 걸지 않았으며, 자신의 가슴속 깊이 모든 것을 묻어버린 듯했다. 로랑은 테레즈가 그처럼 내성적으로 구는 것보다는 고통을 실컷 늘어놓는 게 차라리 좋았다. 그러다가 테레즈가 답답한 마음에서 벗어나려고 목사나 검사한테 모든 것을 고백할까 겁이 났던 것이다.

그런 만큼 잦아진 테레즈의 외출이 무서운 의미를 띠는 것으로 로랑의 눈에 비쳐졌다. 그녀가 밖에서 고백을 들어줄 사람을 찾음으로써 자신을 배반할 준비를 하고 있는 것처럼 생각되었다. 두 번이나 테레즈를 미행하려 했지만 놓치고 말았다. 그는 다시 그녀를 염탐하기 시작했다. 하나의 강박관념 즉, 테레즈가 고통에 못 이겨 사실을 고백하게 되리라는 생각이 그를 사로잡고 있었다. 그래서 로랑은 그녀의 입을 틀어막고 고백의 말을 그녀의 목구멍에서 멈추게 할 필요가 있었다.

31

어느 날 아침 로랑은 아틀리에로 가지 않고 통로 맞은편 게네고 가의 한쪽 구석에 있는 술집에 자리를 잡았다. 거기서 그는 마자린 가의 인도로 나오는 사람들을 유심히 살펴보고 있었다. 테레즈를 기다리고 있었던 것이다. 전날 테레즈는 아침 일찍 외출해서 저녁때라야 돌아올 거라고 말했었다.

로랑은 반시간 이상을 기다렸다. 그는 그녀가 언제나 마자린 가로 지나다니는 걸 알고 있었다. 그러나 잠시, 그녀가 센 가로 지나감으로써 자기를 피하지나 않을까 걱정이 되었다. 그는 파사주로 다시 돌아가서 골목에 숨을까도 생각했다. 그때 테레즈가 통로에서 급히 나오는 것이 보였다. 밝은 색 옷을 입고 있었다. 테레즈가 매춘부처럼 치맛자락이 긴 옷을 입고 있는 것은 처음 보았다. 그녀는 남자들을 쳐다보며 치마 앞을 높이 쳐들어 다리와 졸라맨 높은 구두와 흰 양말을 내보이면서 유혹적인 모습으로 인도 위를 사뿐사뿐 걸어갔다. 그러고는 마자린 가로 다시 올라갔다. 로랑은 그녀를 뒤쫓았다.

날씨는 온화했다. 그녀는 머리를 살짝 젖힌 채 머리카락을 등 뒤로 내려뜨리고 천천히 걷고 있었다. 정면으로 그녀를 보고 지나가던 남자들은 몇 걸음 지나친 뒤 그녀의 뒷모습을 보려고 고개를 돌리곤 했다. 그녀는 에콜 드 메드신 가로 들어갔다. 로랑은 겁이 났다. 그 근처 어디에 경찰서가 있음을 알고 있었던 것이다. 더이상 의심할 필요도 없이 고발하러 가는 것이라는 생각이 들었다. 만약 그녀가 경찰서 문을 넘기만 하면 곧장 달려나가 저지할 생각이었다. 때려서라도 말을 못 하게 할 작정이었다. 한길 끝에서 테레즈는 지나가는 경찰을 쳐다보았다. 로랑은 경찰을 뚫어지게 쳐다보는 테레즈를 보고 가슴이 떨렸다. 그는 모습을 드러내면 즉시 체포될까 두려워 어느 문틈에 숨었다. 이렇게 숨어서 뒤를 쫓는 동안 그는 커다란 고통에 사로잡혔다. 자기 아내가 한가롭고 뻔뻔스럽게 치맛자락을 끌며 햇볕을 당당히 쬐고 있는 동안, 자신은 모든 것이 끝났고, 도망칠 수도 없으며, 교수형에 처해지리라는 생각을 곱씹으면서, 새파랗게 질려 벌벌 떨면서 뒤를 따라가고 있는 것이다. 한 걸음 한 걸음이 그에게는 처벌을 향해 가까이 다가가는 것 같았다. 공포는 그에게 일종의 맹목적인 확신을 갖게 했는데, 테레즈의 아주 하찮은 동작도 그의 확신을 더 강화시켰다. 그는 테레즈를 따라갔다. 마치 처형장으로 걸어가듯이 테레즈가 가는 곳으로 갔다.

생 미셸의 옛날 광장으로 나온 테레즈는 갑자기 무슈 르 프랭스 가의 구석에 있던 어느 카페 쪽으로 갔다. 그녀는 여자들과 학생들 패거리에 섞여 인도에 놓인 테이블에 앉더니 주위 사람들과 친숙하게 악수를 나눴다. 그리고 나서 압생트(absinthe. 19세기 프랑스에서 가장 싼값에 마실 수 있었던 대중적인 술—옮긴이)를 시켰다.

거기서 기다리고 있었던 듯한 금발의 젊은 남자와 이야기하고 있는 테레즈는 마음이 편해 보였다. 두 명의 여자가 다가오더니 테레즈가 앉은 식탁 위로 몸을 숙이고 목쉰 소리로 반말 짓거리를 했다. 고개를 돌려 바라볼 필요조차 없을 정도로 행인들이 환히 보는 한길에서 여자들은 담배를 피우고, 남자들은 그 여자들을 끌어안고 있었다. 상스러운 말과 기름진 웃음이 광장 반대편에 있는 어느 집 문간에 움직이지 않고 서 있던 로랑에게까지 들려왔다.

테레즈는 압생트 한 잔을 다 마신 뒤 금발머리 젊은이의 팔짱을 끼고 아르프 가로 내려갔다. 로랑은 생 탕드레 데 자아르 가까지 쫓아가서 그들이 여관으로 들어가는 것을 지켜보았다. 그는 인도 가운데에서 눈을 들어 그 여관의 정면을 바라보고 서 있었다. 테레즈의 모습이 잠깐 삼층의 열린 창문에서 보였다. 그 다음 로랑은 테레즈의 허리 주위로 미끄러지는 금발머리 젊은이의 손을 본 것 같았다. 그리고 창문이 쾅 하고 닫혔다.

로랑은 모든 것을 알아차렸다. 그는 곧장 안심을 하고 행복한 기분이 되어 조용히 그곳을 떠났다.

'그래, 안 될 게 뭐야?' 하고 그는 센 강가를 내려가면서 생각했다. '차라리 잘됐어. 그녀에게 할 일이 생긴 셈이지. 나쁜 생각은 하지 않을 거야. 그녀가 나보다 엄청 현명하군.'

자신이 먼저 난봉을 피울 생각을 하지 않았다는 사실이 그는 놀라웠다. 그는 방탕한 생활에서 공포에 대한 약을 발견할 수 있었으리라. 하지만 그는 그런 생각을 미처 하지 못했다. 왜냐하면 육체가 죽어버려 그럴 욕망이 조금도 생기지 않았기 때문이었다. 아내의 부정에 그는 완전히 무관심했다. 테레즈가 딴 남자의 품 안에 있다는 생각을 해도 피와 신경에서 아무런 반발도 생기지 않았다. 오히려 기분이 좋아졌다. 그는 자기가 친구의 아내를 미행한 것처럼 생각되었다. 친구의 아내가 남편을 교묘히 속이고 있다고 생각하니 도리어 우습기까지 했다. 자신의 가슴속에 전혀 존재하지 않는다고 생각될 정도로 테레즈에게 무관심했다.

그는 한 시간의 마음의 안정을 살 수 있다면 그녀를 백 번이라도 팔아넘길 수 있을 것 같았다.

그는 자신을 공포에서 안정으로 이끌어준 뜻하지 않은 행복을 즐기면서 어슬렁거렸다. 경찰서로 갈 줄 알았는데 정부에게 간 아내가 고맙기까지 했다. 이 사건은 그를 기분 좋게 만든 아주 뜻밖의 일이었다. 그 동안 자신이 두려워한 것은 잘못이었으며, 방탕한 생활이 생각을 흐리멍덩하게 함으로써 마음을 편하게 해준다면, 자기도 그렇게 하면 된다는 걸 깨달았다.

로랑은 저녁때 집으로 돌아오면서 어떻게 해서라도 아내로부터 몇천 프랑을 얻어내야겠다고 작정했다. 방탕한 생활을 하려면 남자는 돈이 많이 든다는 생각이 들자, 몸을 팔면 되는 여자들이 은근히 부럽기까지 했다. 그는 아직 돌아오지 않은 테레즈를 초조하게 기다렸다. 테레즈가 오자 그는 부드럽게 대했다. 아침부터 몰래 뒤를 살핀 일에 대해선 아무 말 하지 않았다. 그녀는 약간 취해 있었다. 옷에서는 선술집에서 풍기는 담배와 술 냄새가 났다. 녹초가 되어 얼굴이 대리석처럼 창백해진 그녀는 낮의 창피스러운 피로에 아주 몸이 무거워져 비틀거리고 있었다.

저녁을 먹는 동안은 조용했다. 테레즈는 아무것도 먹지 않았다. 후식이 나왔을 때 로랑은 식탁 위에 팔꿈치를 괴고 대뜸 오천 프랑을 내놓으라고 말했다.

"안 돼요!" 하고 그녀는 쌀쌀하게 대답했다. "당신이 바라는 대로 다 해주다가는 우린 짚더미 위에서 자게 될 거예요. 우리 처지를 몰라요? 지금 굶어 죽기 딱 좋을 지경이에요."

"그럴 수도 있는 거지" 하고 로랑은 태연히 대답했다. "아무래도 상관없어. 난 돈만 있으면 돼."

"안 돼요, 아무리 말해도 그건 절대로 안 돼요! 당신은 직장을 그만뒀고 이젠 장사도 전혀 되지 않아요. 내 지참금에서 나오는 수입으로는 살 수 없어요. 당신이 매달 강제로 빼앗아가는 몇백 프랑에다 당신을 먹이는 데 드는 돈이 밑천을 갉아먹고 있단 말이에요. 그 이상 돈을 줄 순 없어요, 알겠어요? 아무리 부탁해도 소용없어요."

"다시 생각해, 그렇게 거절하지 말고. 내가 오천 프랑이 필요하다고 했지, 어쨌든 난 그 돈을 갖고 말 거야. 당신은 내게 그 돈을 내놓아야 해."

이 조용한 고집에 테레즈는 성이 났고, 마침내 분통이 터졌다.

"아! 알겠어요" 하고 그녀는 외쳤다. "시작했을 때처럼 끝장을 낼 셈이군요. 우리가 당신을 대접한 지 사 년이 됐어요. 당신은 먹고 살 작정으로 우리집에 왔었어요. 그때부터 우리가 당신을 먹여살린 셈이에요. 당신은 아무것도 하지 않고 팔짱만 낀 채 내 돈으로 살아왔어요. 안 돼요, 한푼도 못 주겠어요. 내 말할까요, 당신은……"

그녀는 그 말을 하려고 했다. 로랑은 어깨를 으쓱 하더니 웃어대면서 이렇게만 대답했다.

"친구들에게 아주 좋은 말만 배우고 다니는군."

그가 테레즈의 행실을 알고 있다는 걸 뜻하는 말이었다. 테레즈는 머리를 쳐들더니 날카로운 어조로 말했다.

"어쨌든 난 살인자들과 어울리진 않아요."

로랑의 얼굴이 하얗게 질렸다. 그는 테레즈를 뚫어지게 쳐다보면서 잠시 침묵을 지키다가 떨리는 음성으로 대답했다.

"이봐, 내 말 들어. 진정하기로 하지. 그래봤자 당신이나 나나 아무 소용이 없어. 나는 이제 인내의 한계에 이르렀어. 더이상 불행해지기 싫으면 서로 잘 지내는 것이 좋아. 필요하니까 오천 프랑을 달라고 한 거야. 그 돈으로 우리 마음의 평정을 얻을 수 있다니까."

로랑은 이상한 미소를 짓고는 다시 말을 이었다.

"자, 생각해봐. 어서 결단을 내려."

"이미 충분히 생각했어요. 말했잖아요, 한푼도 못 주겠다고."

로랑은 벌떡 일어났다. 그녀는 얻어맞을까봐 겁이 났으나, 그렇더라도 굴복하지 않을 결심으로 몸을 웅크렸다. 그러나 로랑은 그녀 쪽으로 다가오지조차 않았다. 그는 다만 이런 생활에 지쳐서 경찰서로 가서 모든 사실을 자백할 심산이라고 냉정하게 선언했다.

"당신은 나를 끝까지 몰아대고 있어. 당신은 내가 도저히 살 수 없게 만들어. 차라리 끝장을 내야겠어…… 우린 재판을 받고 둘 다 벌을 받게 될 거야. 이게 전부야."

"내가 겁낼 줄 알아! 나도 당신과 똑같이 지쳤어. 당신이 안 가면 내가 경찰서에 가겠어. 아, 난 당신을 따라 교수대에 올라갈 생각이야. 난 당신처럼 비겁하지 않아. 자, 지금 나와 함께 가시지."

그녀는 이미 일어서서 계단 쪽으로 걸음을 옮기고 있었다.

"그래…… 좋아" 하고 로랑은 중얼거렸다. "같이 가자고."

그러나 아래층 상점으로 내려가자, 그들은 불안하고 겁이 나서 서로를 바라보았다. 마치 땅에 못 박힌 듯했다. 계단을 내려오는 동안 자백의 결과가 어떤 것일지 번개처럼 깨달았던 것이다. 그들의 눈앞에 경찰과 감옥과 재판정과 교수대가 한꺼번에 펼쳐졌다. 그러자 마음속 깊은 곳에서 두려움을 느꼈다. 가지 말자고 애걸하고 아무것도 말하지 말자고 빌기 위해서 상대방의 무릎 밑에 꿇어앉고 싶었다. 그들은 이삼 분 동안, 공포와 당혹감에 사로잡혀 말없이 서 있었다. 말을 먼저 꺼내고 마음을 먼저 굽힌 것은 테레즈였다.

"어쨌든" 하고 그녀는 말했다. "돈을 가지고 당신과 싸우다니 내가 정말 바보예요. 당신은 아무 때고 그 돈을 집어먹을 테니 차라리 지금 주는 것이 낫겠어요."

그녀는 자신의 패배를 숨기려고 애쓰지도 않았다. 그녀는 카운터에 앉아서 로랑이 은행에서 찾게 될 오천 프랑 수표에 서명했다. 그날 저녁으로 경찰서 문제는 사라졌다.

로랑은 주머니에 돈을 갖게 되자마자 술에 취하고 여자를 사면서 야단스럽고 미친 듯한 생활에 파묻혔다. 그는 방탕한 생활 속에서, 낮에는 잠을 자고 밤에는 강한 자극을 찾아다니면서 현실로부터 도피하려 했다. 그러나 그럴수록 더욱 낙담하게 되었다. 주변의 소란 한가운데에서 그는 커다란 마음속의 침묵을 듣곤 했으며, 창녀의 품에 안기거나 술잔을 비울 때도 만족감 밑바닥에서 오직 무서운 슬픔만을 발견했다. 그는 더이상 음탕한 생활도 폭식도 할 수 없었다. 뻣뻣하게 굳어버린 차디찬 그의 몸은 키스할 때나 음식을 먹을 때 불안하기만 했다. 미리부터 구역질을 느낀 그는 전혀 상상력을 일으킬 수도 없었고, 감각과 위장을 자극시킬 수도 없었다. 억지로 방탕한 짓을 하며 괴로움만 더 느끼게 됐을 뿐이었다. 그것이 전부였다. 집에 돌아와서 라캥 부인과 테레즈를 다시 대하면 피로로 인해 무서운 공포에 사로잡히곤 했다. 그럴 때면 그는 다시는 외출하지 않고 고통을 견디고 극복하겠다고 다짐하는 것이었다.

한편 테레즈의 외출은 차츰 뜸해졌다. 한 달 동안은 테레즈도 로랑과 마찬가지로 길 위에서, 카페 속에서 살았다. 저녁에 잠시 들어와서 시어머니에게 음식을 먹이고 침대에 누인 다음 다시 나가 다음날까지 집을 비운 적도 있었다. 한번은 남편과 나흘 동안 서로 만나지 않은 적도 있었다. 그러나 곧 심한 염증을 느꼈으며, 방탕한 생활이 회한의 비극을 더욱 조장시킬 뿐임을 깨달았다. 그녀는 헛되이 라틴 구역에 있는 호화로운 여관을 배회했으며, 더럽고 요란한 생활을 했던 것이다. 그녀의 신경은 완전히 망가져버렸다. 방탕, 육체적 쾌락은 이미 망각을 가져다주는 치료제가 되지 못했다. 그녀는 입천장이 타버려 아무리 강한 술에도 무감각한 술주정꾼처럼 되었다. 음탕한 쾌락에도 무감각해져, 정부들에게서는 오직 권태와 피로를 얻을 뿐이었다. 그래서 이제는 필요 없어진 정부들을 떼어버렸다. 그녀는 절망적인 게으름에 사로잡혀서 집 안에 틀어박힌 채 더러운 속옷을 입고 머리도 빗지 않고, 얼굴과 손도 씻지 않았다. 그녀는 더러움 속에서 스스로를 망각하고 있었다.

두 살인자가 제각기 도망할 수 있는 모든 방법을 써본 다음 이처럼 지쳐서 서로 다시 마주 보게 됐을 때, 그들은 이미 더 싸울 기력이 없음을 깨달았다. 방탕한 생활을 해도 소용없었기 때문에 고민 속에 다시 빠져들었던 것이다. 그들은 다시금 침침하고 습기찬 집 안에 들어앉게 되었다. 평생을 감옥에 갇혀 있게 될 것만 같았다. 왜냐하면 그들이 가끔은 구원을 찾으려 했으나 서로를 결박해놓은 피 묻은 끈은 절대로 끊을 수 없기 때문이었다. 그들은 이미 불가능한 노력을 이어나갈 생각조차 하지 않았다. 모든 반항이 웃음거리가 되리라는 것을 의식하고 있었고, 서로 쫓기고 짓눌리고 얽매여 있음을 강하게 느꼈다. 그들은 다시 함께 생활했다. 그러나 증오심은 미칠 듯이 강해져만 갔다.

저녁의 싸움이 다시 시작되었다. 주먹질과 고함 소리가 하루 종일 계속되었다. 증오심에 의심이 겹쳤다. 그리고 의심은 그들을 미치게 만들었다.

그들은 서로 상대방에 대해 공포를 느끼고 있었다. 오천 프랑을 요구하던 날의 모습은 얼마 가지 않아 아침저녁으로 벌어졌다. 서로를 고발하려는 생각이 머리에서 떠나지 않았다. 그들은 이런 상태에서 헤어날 수가 없었다. 한 사람이 어떤 말이나 행동을 하면, 상대방은 그가 경찰서로 갈 생각을 하고 있을 거라 의심했다. 이럴 때면 싸우거나 서로 애원했다. 마구 화를 내다가 경찰서로 달려가서 모든 것을 말하겠다고 소리 지르곤 했다. 상대방은 그런 말에 죽도록 겁이 나서 공포에 떨며 굴복했다. 쓴 눈물을 흘리면서 침묵을 지키겠다고 서로 약속했다. 그들은 너무나 괴로웠다. 그러나 상처에 붉게 달군 쇠를 댐으로써 병을 고칠 용기는 없었다. 그들이 범죄를 고백하겠다고 서로 위협한 것은 오직 상대방에게 공포를 주고, 그럼으로써 고백할 생각을 스스로 버리기 위해서였다. 벌을 달게 받음으로써 안정을 찾을 용기가 그들에게는 없었다.

스무 번이 넘게 그들은 서로의 뒤를 따라 경찰서 문 앞까지 갔다. 때로는 로랑이 살인한 사실을 자백하려고 했고 때로는 테레즈가 사실을 말하려고 달려갔다. 그리고 그들은 언제나 거리에서 다시 만나, 욕설을 주고받고 필사적으로 애원한 다음 늘 좀더 기다릴 결심을 하곤 했다.

새로운 발작이 생길 때마다 그들은 서로를 더욱 의심하게 되었고 더욱 험악해졌다.

아침부터 저녁까지 그들은 서로를 감시했다. 테레즈가 로랑을 혼자 외출하게 내버려두지 않기 때문에 그도 이제 통로의 집을 떠나지 않았다. 의심하는 마음과 폭로를 두려워하는 마음은 그들을 가혹한 친밀함 속에 묶어두었다. 결혼한 이래로 이처럼 가까이 결합해 산 적은 한 번도 없었다. 그리고 이처럼 고통을 느껴본 적도 없었다. 그러나 스스로에게 강요한 고통을 겪으면서도 그들은 서로에게서 눈을 떼지 않았으며, 한 시간이라도 떨어져 있기보다는 극심한 고통을 견디는 편을 택했다. 테레즈가 상점으로 내려가면, 로랑은 그녀가 손님에게 얘기할까 두려워서 뒤를 따라갔다. 한편 로랑이 문에 기대어 회랑을 지나가는 사람들을 바라보고 있으면, 테레즈는 그가 어떤 사람과 말하지 않나 살피려고 그 곁에 자리잡곤 했다. 목요일 저녁에 손님들이 집에 오면, 두 살인자는 서로에게 애원하는 시선을 던졌다. 상대방이 자신들의 범죄를 고백하리라 짐작하여, 서로 입을 열기만 하면 끔찍한 이야기가 튀어나올까봐 공포에 싸인 채 귀를 기울이는 것이었다.

그러나 이런 전쟁 같은 상태는 오래 계속될 수 없었다.

그래서 테레즈와 로랑은 제각기 새로운 범죄를 통해 첫번째 범죄의 속박에서 빠져나갈 생각을 하게 되었다. 조그마한 평정이나마 맛보기 위해서는 반드시 상대방이 없어져야 한다는 생각을 그들은 동시에 하게 되었던 것이다. 헤어져야 한다는 긴박한 필요성은 그 둘 모두 느꼈다. 서로가 영원히 헤어지고 싶었다. 그들이 떠올린 살인은 카미유의 살인에 의해서 빚어진 자연스럽고 숙명적인 생각이었다. 그들은 조금의 고민도 해보지 않고 그 계획을 유일한 구원의 방법으로 받아들였다. 로랑은 테레즈가 귀찮았다. 그녀가 한마디만 말해도 정신이 돌 것 같고, 견딜 수 없었다. 그는 테레즈를 죽이기로 마음먹었다. 테레즈 역시 똑같은 이유로 로랑을 죽일 작정이었다.

대뜸 살인을 결심하니 마음이 조금 가라앉았다. 그들은 계획을 세웠다. 그러나 조심성은 전혀 없이 열을 내며 행동했다. 그들은 살인의 결과를 그저 막연하게만 생각하고 있었으며, 도망 같은, 처벌을 피할 방법을 생각해둔 것도 아니었다. 단지 못 견딜 만큼 서로를 죽이고 싶었다. 성난 짐승처럼 그러한 욕망을 느꼈던 것이다. 첫번째 범죄는 교묘히 감추어 넘겼으니까 그것 때문에 새삼스럽게 벌을 받을 것 같지는 않았다. 그런데 감출 생각조차 하지 않고 있는 두번째 범죄를 저지르면 자칫하다가 교수형을 당할 수도 있었다. 그것은 그들이 전혀 생각지 못하는 행동의 모순이었다. 그저, 도망칠 수만 있다면 모든 돈을 갖고서 외국에 가서 살고 싶었다. 이삼 주에 걸쳐 테레즈는 나머지 지참금 몇천 프랑을 은행에서 찾아 로랑도 알고 있는 서랍 속에 넣어두었다. 그들은 라캥 부인에 대해서는 한순간도 생각해보지 않았다.

로랑은 몇 주일 전, 독물학(毒物學)에 몹시 열중하고 있던 유명한 화학자 밑에서 견습생으로 있는 예전의 학교 친구를 만났다. 그 친구는 자신이 일하고 있는 실험실로 로랑을 데려가서 실험 기계와 약품들을 보여주었다. 어느 날 저녁, 살인을 결심한 로랑은 테레즈가 자기 앞에서 설탕물을 마시는 것을 보고, 친구의 실험실에서 보았던 청산가리가 들어 있는 작은 질그릇 병을 떠올렸다. 치명적이지만 거의 흔적이 남지 않는 그 독의 무서운 효과에 대해서 친구가 해준 이야기를 생각하면서, 자기에게 필요한 것은 바로 그 청산가리라고 확신했다. 다음날 그는 몰래 집을 나와 친구를 찾아갔다. 그리고 친구가 등을 돌리고 있는 동안 그 작은 병을 훔쳤다.

같은 날 테레즈는 로랑이 없는 틈을 타 큰 부엌칼을 다시 날카롭게 갈았다. 날이 무뎌져 설탕을 자르는 데 쓰고 있던 칼이었다. 그녀는 그 칼을 찬장 구석에 감추었다.

32

다음 목요일, 여느 때처럼 손님들이 찾아온 저녁 모임은 유달리 유쾌했다. 모임은 밤 열한시 반까지 계속되었다. 그리베는 돌아갈 때, 이처럼 즐거운 시간은 처음 가져보았다고 할 정도였다.

임신중이던 쉬잔은 줄곧 테레즈에게 자신의 괴로움과 즐거움을 얘기했다. 테레즈는 퍽 흥미 있게 듣는 척했다. 그녀는 쉬잔을 열심히 지켜보며, 입술을 깨물고, 가끔 머리를 끄덕였다. 그녀의 내려뜬 눈까풀은 얼굴 전체를 그늘로 덮고 있었다. 한편 로랑은 늙은 미쇼와 올리비에의 얘기에 열심히 귀를 기울이고 있었다. 이 사람들의 얘기는 그칠 줄을 몰라 그리베가 부자간의 대화에 끼어들어 한마디 하려면 여간 힘든 게 아니었다. 그러나 어쨌든 그리베는 그 부자에 대해 일종의 존경심을 가지고 있었다.

그는 미쇼 부자가 모두 말을 잘한다고 생각했다. 그날 저녁에는 게임 대신에 이야기판이 벌어지자, 그는 퇴역 경관의 이야기가 거의 도미노 게임만큼 재미있다고 순진하게 외쳤다.

미쇼 부자와 그리베가 라캥 부인의 집에서 목요일 저녁을 보내게 된 지 벌써 사 년 가까이 되지만, 그들은 지긋지긋하게 규칙적으로 되돌아오는 단조로운 이 저녁 모임에 한 번도 지루함을 느끼지 않았다. 그들이 드나드는 그토록 평화롭고 조용한 집에서, 어떤 비극이 벌어지고 있는지는 한 번도 의심한 적이 없었다. 올리비에는 경찰관다운 농담으로, 식당에서 점잖은 집안다운 냄새가 난다고 말하곤 했다. 그리베도 뒤지지 않으려고 식당을 '평화의 전당'이라 불렀다. 테레즈는 자기 얼굴의 상처가 넘어져서 난 것이라고 손님들에게 설명했다. 아무도 그것이 로랑의 주먹에 맞은 자국이란 걸 모르고 있었다. 그들은 두 사람이 평화롭고 다정한 모범적인 부부라고 믿고 있었다.

전신이 마비된 라캥 부인은 더이상 손님들에게 목요일 저녁의 맥없이 조용한 분위기 속에 숨어 있는 끔찍한 사실을 드러내 보이려고 애쓰지 않았다. 두 살인자가 못 견뎌하는 것을 목도한 부인은 사건의 숙명적인 결과로서 언젠가는 그것이 폭발하게 되리라는 것을 알아차렸기 때문이다. 그래서 마침내는 자신의 힘이 아니더라도 저절로 사건의 진상이 폭로되리라는 것을 깨닫게 되었다. 그후 그녀는 두 살인자가 카미유를 살해한 당연한 귀결로 자연히 서로 죽이게 되도록 내버려두기로 했다. 그녀는 다만 자신이 예견한 결과를 볼 수 있을 만큼 더 오래 살 수 있도록 하늘에 빌 뿐이었다. 그녀의 마지막 소망은 테레즈와 로랑이 파열하는 극단적인 고통의 광경을 자신의 눈으로 즐기는 것이었다.

그날 저녁에도 그리베는 늙은 부인 곁에 앉아 버릇처럼 혼자 묻고 혼자 대답하면서 오랫동안 이야기를 했다. 그러나 부인은 눈짓 하나 주지 않았다. 열한시 반 종이 울리자 손님들은 벌떡 일어섰다.

"나는 여기 있으면 너무 좋아 돌아갈 생각이 안 들어" 하고 그리베가 외쳤다.

"보통 아홉시에 자는 나도 여기서는 전혀 졸음이 오지 않을 정도거든" 하고 미쇼가 맞장구를 쳤다.

올리비에는 자기가 농담을 던질 기회라고 생각했다.

"글쎄 말입니다" 하고 그는 누런 이를 내보이며 말했다. "이 방에서는 고상한 사람들 냄새가 나는 것 같아요. 그러니까 여기 있으면 기분이 썩 좋은 거지요."

그리베는 올리비에 때문에 자신의 말이 잘린 것 같아 마음이 상해서 연극하듯 움직이며 외쳤다.

"이 방은 '평화의 전당' 이야."

이러는 동안 쉬잔은 모자 끈을 매고 테레즈에게 말했다.

"내일 아침 아홉시에 올게요."

"그러지 말아요" 하고 테레즈는 급히 대답했다. "오후가 되거든 와요…… 아침에는 외출할지도 모르니까요."

그녀의 음성은 이상하게 떨리고 있었다. 그러고는 손님들을 통로까지 바래다주었다. 로랑도 역시 한 손에 램프를 들고 내려왔다. 단둘이 되자 그들 내외는 각자 안도의 한숨을 내쉬었다. 저녁 내내 그들은 말없는 초조감에 몹시 괴로웠던 것이다. 그 전날부터 서로 마주 보면 더욱 침울하고 불안했었다. 그들은 서로 쳐다보지 않고 조용히 다시 위층으로 올라갔다. 그들의 손은 경련하듯 떨리고 있었다. 로랑은 램프를 떨어뜨리지 않으려고 식탁 위에 올려놓아야만 했다.

보통 라캥 부인을 누이기 전에, 그들은 식당을 정돈하고 밤에 마실 설탕물을 한 잔 마련하고 모든 준비가 갖춰질 때까지 부인 주위를 왔다 갔다 하는 버릇이 있었다.

그러나 그날 저녁 그들은 다시 위층으로 올라와서 입술이 파래진 채 멍하니 잠깐 앉아 있었다. 얼마간 침묵이 흐른 다음, 꿈에서 깜짝 깨어난 것처럼 로랑이 입을 열었다.

"자, 이제 자러 가지 않겠어?"

"그래요, 물론이죠. 자러 가요" 하고 테레즈는 몹시 추운 듯이 떨면서 대답했다.

그녀는 일어서서 물병을 들었다.

"그냥 둬" 하고 자연스럽게 보이려고 애쓰는 목소리로 로랑이 외쳤다. "설탕물을 갖다줄게. 당신은 어머니나 돌봐드려."

그는 아내의 손에서 물병을 빼앗아 컵에 물을 한 잔 따랐다. 그리고 반쯤 뒤로 돌아서서 거기에 설탕 조각을 넣고 작은 질그릇 병의 청산가리를 부었다. 바로 그 순간 테레즈는 찬장 앞에 웅크리고 있었다. 그녀는 부엌칼을 꺼내서 허리띠에 달린 큰 주머니 속에 집어넣으려고 했다.

이때, 위험이 다가오고 있음을 경고하는 이상한 감각에 두 내외는 본능적으로 머리를 돌렸다. 그들은 서로를 바라보았다. 테레즈는 로랑의 손에서 작은 질그릇 병을 보았다. 그리고 로랑은 테레즈의 치마 사이에서 시퍼런 칼날이 번쩍이는 것을 보았다. 이런 모습으로 남편은 식탁 곁에서, 그리고 아내는 찬장 앞에 서서 말없이 냉랭하게 잠시 서로 노려보았다. 그들은 알아차렸다. 둘은 상대방의 마음에서 자기 자신의 생각을 다시 발견하고 얼어붙은 채 그대로 서 있었다. 그들은 서로의 당황한 얼굴에서 은밀한 계획을 읽으면서 서로 가엾게 여기고 서로 무서워했다.

결말이 가까워진 것을 느낀 라캥 부인은 날카로운 눈으로 그들을 뚫어지게 쳐다보고 있었다.

그러다가 테레즈와 로랑은 별안간 울음을 터뜨렸다. 마지막 발작에 그들의 마음은 찢어져서 마치 어린애들처럼 서로 상대방의 품 안으로 덤벼들었다. 그러자 따뜻하고 부드러운 무엇이 그들의 가슴속에서 깨어나는 것처럼 느껴졌다. 그들은 아무 말도 없이 그들이 지금까지 겪어왔고, 또 비겁함으로 인해 살아남게 되면 또다시 겪어야 할 심연 속의 생활을 생각하면서 눈물을 흘렸다. 과거를 회상하자, 끝없고 거대한 휴식과 망각을 바랄 만큼 지쳐, 스스로에 대해 구역질을 느꼈다. 그리고 칼과 독이 든 컵 앞에서 마지막 시선, 감사의 시선을 교환했다. 테레즈는 그 컵을 들어 반쯤 마시고 나머지를 로랑에게 내밀었다. 로랑은 단숨에 마셨다. 그것은 하나의 번개였다. 그들은 벼락을 맞은 듯이 서로 포개져 쓰러지고 마침내는 죽음 속에서 하나의 위안을 찾았다. 젊은 여인의 입은 남편의 목에 있는 흉터에 닿았다. 그것은 카미유가 이로 물어뜯어 생긴 상처였다.

뒤틀려 엎어진 두 시체는 등피를 씌운 램프의 노란빛을 받으며 밤새도록 식당의 마루 위에 남아 있었다. 그리고 다음날 정오경까지 약 열두 시간 동안, 뻣뻣한 몸으로 말없이 앉아서 라캥 부인은 아무리 보아도 싫증이 나지 않는 듯 발밑의 두 시체에 무겁고 매서운 시선을 던지고 있었다.

작가 연보

1840	4월 2일 파리에서 이탈리아계 토목기사인 프랑수아 졸라의 아들로 출생. 남프랑스 엑상프로방스에서 어린 시절을 보냄.
1847(7세)	아버지 사망. 가난 속에서 중학교 입학. 세잔을 만남.
1858(18세)	어머니와 파리로 이주. 고등 이공과 학교 입학 자격시험에 두 번 실패한 후 문학의 길로 들어섬. 위고, 뮈세 등을 동경하여 장편 서사시를 썼으나 실패.
1862(22세)	아셰트 서점에 취직. 문학이나 미술 평론, 정치 칼럼을 썼으며, 칼럼을 통해 나폴레옹 3세에 대한 혐오를 드러냄. 단편과 에세이, 희곡 등을 쓰기 시작. 1864년에 『니농에게 바치는 콩트(Contes à Ninon)』 출판. 1865년 출판된 자전적 중편 『클로드의 고백(La Confession de Claude)』에 경찰이 관심을 보이면서 아셰트 서점에서 해고.
1866(26세)	기성 대가를 비판하고 마네, 피사로, 모네, 세잔 등 인상파 화가들을 지지하는 평론 발표. 1867년 『테레즈 라캥』 발표. 자연주의 소설관 확립.
1868(28세)	'제2제정하 일가족의 자연적 사회적 역사' 라는 부제를

단 '루공 마카르 총서(Les Rougon Macquart)' 구상. 제1권 『루공 가(家)의 운명(La Fortune des Rougon)』(1870)을 시작으로 1893년 제20권 『파스칼 박사(Le Docteur Pascal)』로 20권의 총서 완성.

1871년(31세) 『쟁탈전(La Curée)』 발표.

1873년(33세) 『파리의 뱃속(Le Ventre de Paris)』 발표. 연극 〈테레즈 라캥〉 상연. 플로베르, 도데, 공쿠르, 투르게네프 등과 교유.

1874년(34세) 『플라상의 정복(La Conquête de Plassans)』 발표.

1875년(35세) 『무레 신부의 과오(La Faute de l'abbé Mouret)』 발표.

1876년(36세) 『외젠 루공의 탁월함 (Son Excellence Eugȩne Rougon)』 발표.

1877년(37세) 『목로주점(L'Assommoir)』 발표를 계기로 총서가 부도덕하다는 비난을 일소하고, 대가의 대열에 오름. 메당(Médan)에 집을 사 이주한 후 1년에 8개월씩 24년 동안 이 집에 살며 총서 등을 완성.

1878년(38세) 『사랑의 한 페이지(Une page d'amour)』 발표.

1879년(39세) 연극 〈목로주점〉 상연.

1880년(40세) 『나나(Nana)』 『실험소설론(Le Roman expérimental)』 발표.

1881년(41세) 『연극에서의 자연주의(Le Naturalismne au théâtre)』 『자연주의 소설들(Les Romanciers naturalistes)』 발표.

1882년(42세) 『가정 요리(Pot-Bouille)』 발표.

1883년(43세) 『여자들의 행복에(Au Bonheur des Dames)』 발표.

1884년(44세) 『사는 것의 즐거움(La Joie de vivre)』 발표.

1885년(45세) 『제르미날(Germinal)』 발표.

1886년(46세) 『작품(L'Œuvre)』 발표. 이 소설을 계기로 세잔을 비롯한 인상주의 화가들과 소원해짐.

1887년(47세) 『대지(La Terre)』 발표.

1888년(48세) 『꿈(Le Rêve)』 발표. 침모였던 잔 로제로(Jeanne Rozerot)와 사랑에 빠져 2명의 아이를 낳음.

1890년(50세) 『야수 인간(La Bête humaine)』 발표.

1891년(51세) 『돈(L'Argent)』 발표.

1892년(52세) 『해빙(La Débâcle)』 발표.

1893년(53세) 『파스칼 박사』 발표.

1898년(58세) 드레퓌스 사건이 일어나자 공개 서한 「나는 고발한다(J'accuse)」 발표. 『Lourdes』(1894) 『Rome』(1896) 『Paris』(1898) 등 '세 도시 이야기(Les Trois Villes)' 완성.

1899년(59세) '네 개의 복음서(Les Quatre Évangiles)' 제1권인 『Fécondité』 발표.

1901년(61세) 『일(Travail)』 발표.

1902년(62세) 9월 28일 일산화탄소 중독으로 사망. 1908년 팡테옹으로 이장.

옮긴이의 말

작가가 문학사에 남는 근거는 동일하지 않다. 셰익스피어, 괴테, 도스토옙스키, 발자크, 조정래 등의 경우처럼 어떤 작가의 이름은 작품의 분량의 크기로 남는가 하면, 보들레르, 베케트, 샐린저, 생텍쥐페리, 김승옥, 조세희처럼 단 하나의 작품으로 이름을 남기기도 한다. 톨스토이, 지드, 프루스트, 말로, 카뮈처럼 대부분의 작가들은 그들이 창조한 작품으로 이름을 남기지만 플로베르, 브르통, 사르트르, 아르토, 로브그리예처럼 어떤 작가들은 혁명적인 새로운 문학양식의 발명에 의해서 이름을 남긴다. 에밀 졸라가 문학사에 남는 이유는 특별하다. 위의 네 가지 경우 중 어느 관점에서 보더라도 졸라는 불문학사는 물론 세계문학사에 그 이름을 남겼지만, 그의 문학사적 중요성은 새로운 소설이론, 즉 플로베르의 사실주의 문학이론을 발전시켜 자연주의 문학이론을 발명함과 동시에 그 구체적 예로서 장편소설 『테레즈 라캥』을 창작함으로써 당대는 물론 그후에도 세계 문학사에 큰 영향을 끼쳤다는 데 있다.

사실주의와 자연주의의 출현은 문학의 보편적이고 근본적인 기능에 대한 반성에서 출발한다. 문학과 그밖의 예술양식은 고대와 근대, 서양과 동양, 시대와 장소에 따른 구체적인 내용과 형식의 차이에도 불구하고, 언제나 세계, 자연, 사회 및 인간에 대한 인식양식이었다는 점에서 다를 바가 없으며, 그런 점에서 종교, 철학, 과학, 예술과 동일하다. 그러나 전통적 문학이나 낭만적 문학은 재현하고자 하는 인물들의 선택에서나 그것을 인식하는 방법에서 문학의 원래적 기능, 즉 인간과 삶의 진실의 인식이라는 기능과는 동떨어져 있었다.

첫째, 주인공들은 귀족이나 사회적 엘리트, 미인이나 미남, 영웅이나 위인 등 일반 대중과는 먼 세계에 속하는 인물들이었고, 둘째, 그러한 인물들과 그들의 삶의 인식과 표현방식은 주관적이었고 과장적으로 미화하는 경향을 띠어왔다. 즉 전통적 문학은 인식으로서의 문학의 기능을 잘 수행하지 못했었다. 플로베르와 졸라가 각각 사실주의와 자연주의라는 이름으로 의도했고 실천적으로 보여주었던 것은 이와 같은 기존의 문학의 결함을 수정하여 문학의 본래적 기능인 인간과 그 삶에 관한 진실과 진리를 밝혀내는 문학을 하자는 데 있었다.

사실주의와 자연주의 문학에서 작품의 주인공은 소수의 귀족이나 부유하고 권력을 가진 지배계급이 아니라 한 사회의 절대 다수를 차지하는 평범한 일반 대중이거나 무력하고 무식한 하층 계급이다. 왜냐하면 그들이야말로 인간의 삶을 가장 잘 대변하는 계층이기 때문이다. 플로베르의 대표작 『보바리 부인』의 두 주인공은 지방 도시의 평범한 부인과 약국집 주인이며, 졸라의 『테레즈 라캥』의 두 주인공 테레즈와 로랑은 각각 파리의 음침한 골목길에서 늙은 어머니와 병약한 남편과 함께 구멍가게를 운영하며 사는 우둔하고 과묵한 여인과 화가의 꿈을 접고 평범한 직장에서 일하는 몸집이 크고 동물적인 남자다.

문학적 글쓰기의 방법론에서 사실주의 자연주의는 각기 '객관성'과 '과학성'을 강조한다. 플로베르는 종래의 문학적 묘사양식이 주관적임을 개탄하며 자신은 어디까지나 객관적인 글쓰기를 하고자 했다. 문학적 인식양식은 종교적 양식에 비해 표피적이고, 철학적 인식양식에 비해 비논리적이고 비조직적이며, 과학적 인식양식에 비해서는 주관적이고 감성적이다. 근대 과학의 발전은 전통적인 종교적 및 철학적 세계관에 회의를 품게 하고, 고전적 문학과 낭만주의적 문학이 그려 보이는 세계가 객관적이기보다는 전통적 편견과 과장된 상상력과 낭만적 희망에 의해서 왜곡되어 있음을 드러내었다. 따라서 졸라는 자신의 문학을 일종의 '과학'으로 만들고자 했다. 이처럼 플로베르와 졸라는 세계, 자연, 사회, 인간의 인식양식으로서의 문학과 예술도 지금까지 빠져 있었던 인식적 착오, 감옥을 탈피하기 위해 그러한 세계, 자연, 사회, 인간을 주관적 개입 없이, 좋건 싫건 객관적으로, 다시 말해 있는 그대로 인식하고 재현하고 대처해야 한다는 것이다. 플로베르의 사실주의와 졸라의 자연주의 간의 차이를 굳이 찾는다면 그것은 질적인 것이 아니라 정도의 차이에 있을 것이다. 자연주의자로서 졸라는 플로베르의 문학관을 더욱 철저히 그리고 체계적으로 실현에 옮기고자 했다. 자연주의적 문학의 글쓰기, '과학적 방법으로' 문학작품을 쓴다는 것은 구체적으로 무엇을 의미하는가? 『테레즈 라캥』에 대한 비평가들의 악평에 대응하는 답변으로 쓴 그의 서문을 읽어보자.

"나는 자유의지를 박탈당하고 육체의 필연에 의해 자신의 행위를 이끌어가는, 신경과 피에 극단적으로 지배받는 인물들을 선택했다. 테레즈와 로랑은 인간이라는 동물들이다. 그 이상은 아무것도 없다. 나의 두 주인공들에게 사랑은 필요의 만족이다. 바라건대 나의 목적이 무엇보다도 과학적인 것이었음을 이해해주기 바란다. 강한 남자 한 명과 채워지지 않는 욕망으로 인해 욕구 불만 상태의 여자 한 명을 설정했다. 그들 속에서 어리석음을 찾는다. 그런 다음 그들을 난폭한 드라마 속으로 내던지고 그 두 존재들의 느낌과 행동들을 면밀히 기록한다. 나는 해부학자가 시체에 대하여 행하는 것과 같은 분석적인 작업을 살아 있는 두 육체에 대하여 행한 것뿐이다. 내가 보기에 테레즈와 로랑의 잔인한 사랑 속에 부도덕한 점이나 잘못된 열정으로 내몰릴 만한 소지는 전혀 없어 보인다."

문학이 이같이 자연주의적이어야 하는 까닭은 무엇인가? 그것은 문학이 예술이나 종교, 철학이나 과학과 마찬가지로 인간을 포함한 세계인식, 즉 진리 발견의 양식이라는 졸라의 문학관과 여러 가지 진리들 가운데서 과학적 진리가 가장 신뢰할 수 있다는 졸라의 진리관에 근거한다. 다시 말해서 그것은 졸라의 '진리'에 대한 열정, 문학의 근본적 기능이 오락이나 개인감정의 정서적 표현에 있지 않고 '인간에 관한 객관적 진리' 발견에 있다는 신념에 있다.

테레즈와 로랑이 너무나 교묘하게도 동시에 서로를 암살하고 바닥에 겹쳐 쓰러지는 마지막 묘사는 인간사의 진실이라기보다는 신파극의 한 장면 같지만 그럼에도 『테레즈 라캥』은 모든 이론을 떠나서 구성의 논리적 견고성, 묘사의 투명성과 간결성 등으로 독자를 긴장시킬 뿐만 아니라 인간의 어둡고 깊은 진실과 만나게 도와준다는 점에서 걸작이다. 또한, 자연주의 문학이라는 하나의 문학사적 혁명을 일으켜 모파상, 메리메, 공쿠르 같은 작가들의 간결하면서도 투명하고, 절제됐으면서도 강렬한 새로운 문학을 탄생시키고, 20세기에는 카뮈, 로브그리예 그리고 포스트모던 작가들 속에서도 자연주의와 『테레즈 라캥』의 그림자를 발견할 수 있다는 점에서 에밀 졸라와 그의 작품의 문학사적 의미는 크다.

2009년 3월

박이문

지은이 **에밀 졸라**
1840년 파리에서 태어났다. 플로베르와 공쿠르 형제의 영향을 받은 첫 주요작품 『테레즈 라캥』으로 자연주의 소설관을 확립했다. 이후 『목로주점』 『나나』 『제르미날』 등 '루공 마카르 총서'(전20권)에 속하는 걸작들을 발표하며 자연주의 문학의 절정을 이루었다. 1898년 드레퓌스 사건을 신랄하게 비판하며 「나는 고발한다」를 발표해 커다란 반향을 일으켰고, 이를 계기로 행동하는 지식인의 대명사가 되었다. 1902년 사망 후, 1908년 프랑스의 명예를 드높인 공로를 인정받아 파리의 '팡테옹'에 안장되었다.

옮긴이 **박이문**
서울대 불문과와 동대학원을 졸업했고, 프랑스 소르본 대학에서 불문학 박사학위를, 미국 남캘리포니아 대학에서 철학 박사학위를 받았다. 이화여대 불문과를 시작으로 프랑스, 독일, 일본, 미국 등에서 30여 년 동안 가르치고 공부했으며, 포항공대 및 미국 시먼스 대학 명예교수이자 연세대 특별 초빙교수로 재직했다. 영문 시집 『Broken Words』를 비롯한 4권의 시집과 다수의 번역서 외에 50여 권의 저서를 펴냈다.

문학동네 세계문학

테레즈 라캥

1판 1쇄 2003년 2월 10일
2판 1쇄 2009년 3월 25일 | 2판 17쇄 2023년 11월 10일

지은이 에밀 졸라 | 옮긴이 박이문
책임편집 홍지은 | 디자인 박진범 유현아 | 저작권 박지영 형소진 최은진 서연주 오서영
마케팅 정민호 서지화 한민아 이민경 안남영 왕지경 황승현 김혜원 김하연
브랜딩 함유지 함근아 고보미 박민재 김희숙 정승민 배진성
제작 강신은 김동욱 이순호 | 제작처 영신사(인쇄) 경일제책(제본)

펴낸곳 (주)문학동네 | 펴낸이 김소영
출판등록 1993년 10월 22일 제2003-000045호
주소 10881 경기도 파주시 회동길 210
전자우편 editor@munhak.com | 대표전화 031) 955-8888 | 팩스 031) 955-8855
문의전화 031) 955-1927(마케팅) 031) 955-2686(편집)
문학동네카페 http://cafe.naver.com/mhdn
인스타그램 @munhakdongne | 트위터 @munhakdongne
북클럽문학동네 http://bookclubmunhak.com

ISBN 978-89-546-0779-7 03860

www.munhak.com